EMMÈNE-MOI LÀ-BAS

DES RISQUES À PRENDRE

J.H. CROIX

SKYLAR

Je traversai le parking en courant jusqu'aux toilettes publiques. Quelques secondes trop longues plus tard, j'entendis presque ma vessie lâcher un énorme soupir de soulagement lorsque je refermai la porte de la cabine derrière moi.

Enfin, marmonnai-je pour moi-même.

— Tu sais que tu es dans les toilettes des hommes ? lança une voix.

— Quoi ? glapis-je avant de plaquer ma main sur ma bouche. C'est pas vrai.

Meeeerde, m'invectivai-je en silence.

Mais c'était trop tard, mon corps avait pris le dessus. Le bruit était beaucoup trop fort à mon goût.

— Ça te dérange ? lâchai-je.

— J'étais là en premier, répondit la voix.

J'aurais juré avoir reconnu la voix et je priai pour que ce ne soit pas l'homme que je croyais.

— D'accord. Je suis désolée d'être entrée dans les toilettes des hommes.

Je tirai la chasse d'eau pour ne pas entendre le type à côté de moi uriner.

Un autre moment s'écoula avant que j'entende la porte de la

cabine à côté de moi s'ouvrir. J'envisageai de rester dans ma cabine jusqu'à ce qu'il parte, mais je refusais de passer pour une lâche. Rassemblant ce qui me restait de dignité, je remontai mon pantalon et sortis pour tomber nez à nez avec l'homme que je redoutais tant.

Tucker Harrison était là, impassible, en train de se laver les mains au lavabo. Il jeta un coup d'œil dans ma direction, une lueur sournoise illuminant ses yeux bleus.

— Salut, Skylar.

Bon sang. Je n'avais généralement pas ma langue dans ma poche, mais Tucker avait le don de me rendre muette, même sans que je le rencontre accidentellement dans les toilettes pour hommes. Je ne voulais pas admettre que j'avais le béguin pour lui, mais mon corps me trahissait chaque fois que je le voyais. Avec ses yeux bleus, ses boucles brunes en bataille et sa carrure athlétique, je sentis une chaleur envahir mon corps rien qu'à être près de lui. On était maintenant ensemble dans les toilettes pour hommes.

— Salut, couinai-je.

Je faillis m'enfuir en courant, mais je me rappelai que je ne m'étais pas encore lavé les mains. Je me raclai la gorge, mal à l'aise.

— Excuse-moi.

Il ferma le robinet et me laissa passer tout en se séchant les mains avec une serviette.

— Tu peux y aller, dit-il en désignant le lavabo du menton.

— Merci, marmonnai-je.

Mes joues étaient brûlantes. Je pris soin de garder les yeux baissés pendant que je me lavais rapidement les mains.

— Tu vas t'en aller ? finis-je par lui demander lorsque je jetai un coup d'œil pour le voir attendre près de la porte.

— J'essayais juste d'empêcher d'autres hommes d'entrer pendant que tu es ici.

— Oh... merci. J'étais pressée, murmurai-je, encore plus troublée.

— Oui, j'ai vu ça, rétorqua-t-il sèchement.

— T'es obligé d'en faire tout un plat ? marmonnai-je en secouant mes mains pour les sécher.

— Je ne sais pas ce que tu veux dire par là.

Je pris une serviette en papier dans le distributeur, je me séchai les mains aussi vite qu'il était humainement possible, puis je la jetai dans la corbeille à papier.

Tucker me tint même la porte au moment de sortir. Deux inconnus que je n'avais jamais croisés attendaient dehors. En même temps, il s'agissait de toilettes *publiques*. Je poussai un soupir quand ils se mirent à regarder Tucker et moi avec curiosité. Je me rendis soudain compte des conclusions qu'ils pouvaient tirer du fait d'avoir vu un homme et une femme sortir ensemble de toilettes publiques. Je ne pensais pas pouvoir rougir davantage, mais mes joues s'embrasèrent. Je relevai la tête et continuai à avancer.

L'un des hommes gloussa au moment d'entrer avec son acolyte.

— J'espère que vous avez passé un bon moment.

— Oh, putain de merde, marmonnai-je à mi-voix.

Tucker laissa échapper un léger rire alors que la porte se refermait derrière eux, puis il se mit à marcher à mes côtés.

— Pourquoi tu me suis ? lâchai-je.

— Parce que je vais aussi par là.

Comme par hasard.

— Désolée, c'est la dernière fois que je me trompe de porte.

— Oh, ça, je n'en doute pas, plaisanta-t-il.

Je lui lançai un regard noir.

— On peut passer à autre chose ?

— C'est déjà fait. On est sortis des toilettes, c'est du passé.

— Tu connais ces types ?

— L'un d'entre eux est un nouveau pilote. Aucune idée pour quelle compagnie il bosse.

Dans ce contexte, une compagnie aérienne était une petite entreprise qui faisait voler de petits avions légers en Alaska. Cela signifiait que j'allais probablement finir par apprendre à connaître ce type. Je travaillais pour une entreprise locale de coordination de transport aérien.

— Argh... Tu pourrais éclaircir ce malentendu avec lui, s'il te plaît ?

— Je pense qu'il vaut mieux en dire le moins possible, tu ne crois pas ? Et puis, celui qui a lancé la blague n'était pas le nouveau pilote. Probablement juste un touriste.

Tucker enfonça ses mains dans ses poches tout en continuant de marcher à mes côtés.

— C'est notre conversation la plus longue à ce jour, fis-je remarquer.

Il tourna la tête vers moi.

— Qu'est-ce que tu insinues ?

— Rien. Tu n'es pas très loquace, c'est tout.

— Ça te dérange ?

— Non, non.

Je me sentis légèrement sur la défensive après cette remarque.

— Tu vas où comme ça ? repris-je.

— Il se trouve que je vais à ton bureau.

— Hein ? Pourquoi ?

— Parce que je dois récupérer quelque chose pour Flynn. Apparemment, quelqu'un lui a laissé un colis là-bas.

— Oh, répondis-je avec brio.

En arrivant au bâtiment industriel carré où je travaillais, Tucker me tint la porte alors qu'une personne sortait. L'homme fit un mouvement brusque et me heurta, m'envoyant droit sur Tucker.

Son corps était incroyablement ferme. Sa paume se posa sur ma hanche alors qu'il me rattrapait. Une chaleur intense se diffusa depuis l'endroit où sa main reposait sur ma hanche. L'homme balbutia des excuses avant de reculer brusquement et de filer rapidement. Après un au revoir précipité à Tucker, je me réfugiai presque en courant dans le bâtiment, puis traversai rapidement le couloir jusqu'à l'arrière.

— Quelque chose ne va pas, Skylar ? demanda Ludie Hill.

Ludie et Dan étaient les propriétaires de Diamond Creek Transport, qui servait en quelque sorte de port pour le large éventail de marchandises qui débarquaient ici pour être acheminées vers les petites communautés situées en dehors du réseau routier de l'Alaska. Ils géraient également un centre de communication local pour les différents petits avions qui passaient par là, envoyant des messages de sécurité et plus encore. Une telle entreprise n'avait pas lieu d'exister ailleurs qu'en Alaska. C'était le travail le plus intéressant que j'aie jamais eu et je l'adorais.

— Ce n'est rien, j'étais presque en retard, dis-je en espérant que mon état d'agitation puisse être mis sur le compte de ma hâte à arriver à l'heure.

Ça n'avait absolument rien à voir avec ma rencontre avec Tucker Harrison dans les toilettes pour hommes, suivie d'une vraie conversation. Enfin, une sorte de conversation. Rien à voir *du tout*.

— Tu n'es pas en retard, dit-elle pour me rassurer.

Je m'installai aussitôt à mon bureau, mis mon casque et allumai l'écran de mon ordinateur. Je n'arrivais pas à croire que j'avais finalement adressé plus que quelques mots à Tucker. Avant aujourd'hui, il ignorait sans doute jusqu'à mon existence. À la limite, il connaissait peut-être mon nom. Et encore.

Chapitre Deux

TUCKER

Le lendemain

— Dan a tout chargé ce matin, annonça la voix grave et rauque de Skylar Bridges dans mon casque.

Je ne pensais pas qu'elle se doutait à quel point j'attendais chaque jour d'entendre sa voix. Je me préparais à décoller et avais contacté mon employeur pour confirmer l'état de la livraison prévue dans la baie de Kachemak. Je travaillais comme pilote pour Walker Adventures. Voler était ma passion, et ce travail me comblait. Mieux encore, l'entreprise appartenait à l'un de mes meilleurs amis de l'armée de l'air, alors j'en étais venu à considérer tout le monde comme faisant partie de ma famille.

Je souris en repensant à la façon dont Skylar avait été troublée lorsque nous nous étions croisés par erreur dans les toilettes pour hommes la veille.

— Compris. Je décolle dans quelques minutes.

Ma mission consistait à traverser la baie avec deux touristes et quelques cargaisons. Après avoir coupé la radio, je montai à bord, effectuai mes vérifications pré-vol et, par réflexe, vérifiai dans le rétroviseur que mes deux passagers avaient attaché leur ceinture. Il s'agissait d'un couple qui se rendait à Seldovia.

Une fois sur la piste, j'attendis qu'un avion termine son atterrissage avant de prendre mon envol. Alors que Diamond Creek, en Alaska, disposait d'un aéroport standard pour les avions commerciaux, cet aéroport était adjacent à ce dernier, avec une piste plus courte adaptée aux avions légers qui remplissaient le ciel de l'Alaska. Avec tant de communautés isolées hors réseau routier, l'avion restait le seul moyen de transport pour les relier et acheminer les fournitures.

Je repensai au commentaire de Skylar d'hier sur ma nature taciturne. Je savais qu'elle avait raison. Cependant, cela m'avait pris de court. J'étais tellement habitué à entendre sa voix que j'avais l'impression de lui parler bien plus souvent qu'en réalité. Mais en fait, nos échanges se limitaient à des quasi-monologues. Skylar s'occupait des appels radio pour cette petite plaque tournante de Diamond Creek. Malgré son statut de ville rurale, Diamond Creek disposait d'un petit aéroport assez fréquenté. Plus de cinquante petits avions atterrissaient et décollaient chaque jour, tous remplis de touristes, de fournitures et de résidents des petites communautés qui se rendaient à divers rendez-vous et faisaient leurs courses. Une telle organisation aurait été impensable ailleurs qu'en Alaska. En tant que pilote depuis mes années de service dans l'armée, cela me permettait de continuer à piloter des avions tout en joignant l'agréable à l'utile.

Bien que je connaisse sa voix par cœur, il était rare que je croise Skylar en personne. Mais j'avais du mal à l'oublier. Elle avait des cheveux bruns et de grands yeux bleus. Elle semblait garder ses distances avec les autres, du moins d'après mes observations. Comme je faisais de même, je la comprenais. L'Alaska était un bon endroit pour cela. Elle s'était installée en ville l'été dernier.

Comme je tenais à mon intimité, je préférais limiter au maximum mes interactions sociales. Bien que je ne puisse nier que Skylar m'avait *profondément* attiré, il m'était impératif de poser des limites nettes entre nous. Pas à cause d'elle, mais à cause de moi. Je n'avais jamais aspiré qu'à des relations sans prise de tête, mais Skylar exerçait sur moi une attraction qui ébranlait ma discipline. Ma dernière relation sérieuse s'était terminée dans un hôpital froid et stérile, et il était hors de question pour moi de revivre un tel calvaire.

Je la chassai de mes pensées. Je n'avais pas besoin de m'attarder sur Skylar, ni aujourd'hui, ni jamais.

En début de soirée, je stationnai mon avion préféré dans l'un des hangars de Walker Adventures. Après les vérifications habituelles, je verrouillai le hangar et me dirigeai vers le parking.

Je m'arrêtai pour regarder le ciel, le souffle coupé. L'Alaska avait cet effet sur presque tout le monde. Ce soir-là, le coucher de soleil était encore plus beau que d'habitude. Le ciel se déployait en stries de mandarine et de rouge, rehaussées de reflets dorés le long des contours. Quelques étoiles perçaient la mer de couleurs, tandis que la lune émergeait à l'horizon des montagnes. Après avoir poussé un soupir, je repris ma marche, mes doigts effleurant les clés dans ma poche.

Mes bottes crissaient sur le gravier alors que je traversais le parking pour rejoindre mon pick-up. Je m'immobilisai brusquement, croyant percevoir le bruit étouffé d'un sanglot. En balayant les environs du regard, je ne distinguai d'abord personne. Puis j'entendis de nouveau le bruit étouffé. La seule raison pour laquelle je sus qu'il y avait quelqu'un, c'est que je vis les derniers rayons du soleil se refléter sur une chevelure noire.

Je ne savais même pas quel véhicule Skylar conduisait, mais je me doutais que c'était elle. Je me convainquis que cela ne me regardait pas et qu'elle ne pleurait probablement pas. Bien sûr que non. Elle ne pouvait pas être en train de pleurer. Pourtant, mes pas se dirigèrent instinctivement vers elle alors que je reprenais ma marche.

— Tout va bien ? demandai-je en tâchant de conserver un ton détaché.

Elle leva brusquement la tête et se retourna.

— Oui, ça va. Tout va bien.

Sa voix était légèrement cassante. De toute évidence, tout n'allait pas bien. Les traces de larmes brillaient encore sur ses joues. Mon cœur se serra légèrement.

— Tu es sûre ?

— Oui.

Sa main reposait sur le toit d'une petite voiture à hayon.

— C'est ta voiture ? m'enquis-je, la curiosité prenant le pas sur mon cerveau qui me disait de fermer ma gueule et d'arrêter de poser des questions.

— Ouaip, répondit-elle en hochant la tête.

Il y avait un compartiment à bagages sur le toit. Il avait l'air un peu amoché.

— Tu pars en voyage ? hasardai-je en désignant le porte-bagages d'un geste.

Visiblement gênée, elle secoua la tête.

— Non, je suppose que je devrais l'enlever.

— Laisse-le là si tu t'en sers encore, dis-je en haussant les épaules.

Je m'arrêtai à l'arrière de sa voiture. Je la regardai reprendre contenance avec la même aisance que si elle enfilait une veste.

— Je le laisse surtout là pour des raisons sentimentales, admit-elle.

— Qu'est-ce que tu veux dire ?

— J'étais censée venir en Alaska avec ma meilleure amie. C'était le sien. Elle l'avait acheté pour le voyage, mais elle n'est jamais venue.

— Elle a changé d'avis au dernier moment ?

L'expression qui passa sur le visage de Skylar était indescriptible, un mélange de tristesse, de colère, de douleur profonde et d'un soupçon d'amertume. Elle hocha la tête.

— Oui, on peut dire ça comme ça.

— Au fait, tu devrais jeter un œil au loquet de l'autre côté, fis-je remarquer.

— Quoi ?

Elle fit rapidement le tour de sa voiture et leva les yeux pour examiner la zone indiquée.

— De quoi tu parles ? Je suis trop petite pour voir quoi que ce soit.

— Je parle de ça, dis-je.

Je tendis le bras et tapotai l'intérieur du loquet sur le porte-bagages. L'un des boulons menaçait de se détacher.

— Tu veux que je m'en occupe ? proposai-je.

— Je suis trop petite pour l'atteindre, dit-elle.

Je me rapprochai pour me tenir à côté d'elle, puis je tendis la main et fis bouger le loquet. — T'as la clé ?

— Tiens.

Elle fouilla dans sa poche et me tendit ses clés.

Lorsque nos doigts se frôlèrent, une décharge électrique remonta le long de mon bras. Je tournai la clé dans la serrure avant de passer la main derrière pour ajuster le boîtier et serrer le boulon à la main.

— Et voilà. Tu auras peut-être besoin d'une clé à molette pour le serrer davantage, mais ça devrait tenir. J'avais les mêmes supports sur mon ancienne voiture, ils finissent par se détacher si tu les laisses longtemps en place. Vérifie-les de temps en temps si tu veux laisser ton porte-bagages sur le toit.

— Je devrais probablement l'enlever, dit-elle avant de souffler rapidement.

— Ce n'est pas à moi de décider. Bonne nuit.

L'éclair qui était remonté le long de mon bras me donnait l'impression d'avoir affecté toutes mes cellules, envoyant une décharge électrique dans tout mon système nerveux. Je reculai et levai une main en guise de salut.

— À plus tard, conclus-je.

— Merci.

Sa voix gutturale se fit entendre par-dessus les sons du crépuscule alors que je traversais le parking.

J'attendis qu'elle monte dans sa voiture et qu'elle parte. Le bruit des pies qui jacassaient me parvint et je me souris à moi-même. C'était plutôt une heure favorable aux hiboux, mais les pies étaient autoritaires. Elles envahissaient l'espace personnel de tous les oiseaux. Je montai dans mon pick-up et rentrai chez moi. Le trajet d'une vingtaine de minutes fut jalonné de panoramas époustouflants à chaque virage.

Chapitre Trois

TUCKER

La nuit était presque tombée lorsque je m'arrêtai devant Walker Adventures. Je rangeai mes clés dans ma poche, un sourire aux lèvres, tandis que je traversais le parking jusqu'aux marches du complexe. J'avais un excellent travail, et il s'accompagnait d'un cadre de vie tout aussi fabuleux. Le pavillon principal était un bâtiment de forme octogonale. Les lumières étaient toutes allumées ce soir.

Flynn, l'un de mes meilleurs amis, celui qui m'avait contacté après nos années dans l'armée de l'air pour m'offrir ce poste, avait tout donné pour faire tourner cet endroit. Le complexe fonctionnait en totale autonomie grâce à l'énergie solaire et éolienne. Il y avait largement de quoi occuper les sept pilotes que nous étions, bientôt rejoints par d'autres.

Flynn avait même recruté quelques employés à temps partiel en ville pour gérer l'afflux de clients. Nous hébergions aussi des gens à l'auberge, jusqu'à trente à la fois. Chaque soir, les clients avaient droit à une cuisine absolument divine. Je ne résidais plus à l'auberge depuis quelque temps. Des logements avaient été aménagés à proximité pour le personnel à temps plein, mais j'avais conservé mon accès aux dîners. J'aurais été fou de refuser une telle offre.

En traversant la pièce principale, un léger murmure de conversations m'atteignit. La pièce principale offrait plusieurs espaces conviviaux où les hôtes pouvaient se retrouver. On y trouvait une grande cheminée, un coin lecture, des canapés confortables et même une télévision. Les hôtes formaient spontanément des groupes, qui se mêlaient parfois les uns aux autres. Je traversai cette zone pour me rendre dans la cuisine. Quelques hôtes avaient déjà pris place à la longue table longeant les fenêtres. Je me dirigeai vers le comptoir faisant face à la cuisine, l'endroit où le personnel avait l'habitude de s'installer.

— Salut, mec, lançai-je en m'asseyant sur un tabouret à côté de Grant, le petit frère de Flynn.

Il me fit un rapide sourire.

— Salut, comment tu vas ?

Comme Flynn, il arborait des cheveux blond foncé et des yeux bleu ardoise cerclés d'un anneau sombre, leur donnant un éclat presque charbonné.

— Tes vols se sont bien passés aujourd'hui ? demandai-je.

— Oui. Et toi ?

— Rien à signaler, répondis-je sobrement.

— Tu veux une bière ? proposa Grant.

— Toujours, intervint Diego en sortant du garde-manger avec un pack de six à la main.

— Alors, qu'est-ce qui t'amène ici ce soir ? demandai-je en prenant la bière qu'il me tendait.

Diego était un autre de mes amis les plus proches. Flynn, Diego, Elias, Gabriel et moi avions tous servi ensemble dans l'armée de l'air. Un à un, nous avions rejoint l'Alaska après que Flynn fut revenu chez lui pour prendre soin de ses jeunes frères et sœurs, désormais tous adultes.

— Il y avait un cours de yoga et Gemma reste souvent dîner après, expliqua-t-il en faisant référence à sa petite amie, le grand amour de sa vie. Je n'allais pas rater le dîner. T'es allé au cours de yoga ?

— Non, c'est un fainéant, comme toi, taquina Gemma après être entrée dans la cuisine.

— Hé, j'étais en vol, rétorquai-je.

— Moi aussi. Je suis venu avec Grant, alors je compte sur toi pour me ramener, renchérit Diego.

Gemma s'arrêta à ses côtés et il déposa un baiser sur sa joue.

— Bien sûr, je te ramènerai, acquiesça-t-elle avec un sourire.

— Si t'as des reproches à faire sur mon emploi du temps, adresse-toi à Nora, lança-t-il avec un clin d'œil.

— Je plaisantais. De toute façon, Nora n'était même pas au cours ce soir, répondit-elle.

— Tu sais combien on est débordés. On n'est qu'au printemps et c'est déjà la folie, observa Diego. Tu veux une bière ?

— Je conduis, alors non merci, déclina Gemma.

Diego s'assit à son tour à côté de moi et je pris une gorgée de ma bière.

— Qu'est-ce qu'on mange ce soir ? demandai-je à Daphné, qui s'activait avec une rapidité fulgurante près de la cuisinière.

Elle jeta un coup d'œil par-dessus son épaule.

— Poulet et légumes sautés, nappés de sirop d'érable.

— Oh, waouh. Ça promet d'être délicieux. T'as déjà fait ce plat ? demandai-je après avoir bu une autre gorgée de bière.

— C'est Cat qui a déniché la recette, répondit Daphné avec un sourire.

À tout juste dix-huit ans, Cat était la benjamine de Grant, Flynn et Nora. Elle travaillait officiellement en cuisine aux côtés de Daphné. Flynn avait décroché le jackpot en rencontrant Daphné. Venue passer ses vacances ici deux étés plus tôt, elle avait conquis son cœur... et ses papilles, étant un véritable cordon-bleu. Nous avions tout fait pour qu'elle reste – enfin, surtout Flynn. Et désormais, elle était là en permanence, pour notre plus grand bonheur.

— Beau boulot, Cat. Bordel, je suis sûr que ça va être délicieux, me réjouis-je.

Flynn entra dans la cuisine par la porte du couloir.

— Surveille ton langage, mec. J'essaie d'arrêter de dire des gros mots.

— Pourquoi ? Cat en dit bien aussi, plaisantai-je avec un sourire.

Cat rit et leva les yeux au ciel.

— Je sais, mais si on a des gosses un jour, il va bien falloir que je perde cette habitude, admit Flynn avec un sourire gêné.

Daphné me regarda et haussa les épaules.

— C'est pas moi qui lui ai demandé d'arrêter. Tu peux jurer autant que tu veux. Je ne suis pas la dernière à dire des gros mots.

— Ça fait du bien d'être là ce soir, déclarai-je après avoir bu une longue gorgée de bière.

— C'est toujours agréable ici, approuva Diego. Comment ça se passe chez toi ?

— J'y vais juste pour dormir, rétorquai-je sèchement.

Il pouffa de rire.

— Je sais. Et Harley, elle va bien ? demanda-t-il en faisant référence à sa petite sœur, qui avait emménagé ici l'an dernier.

— Oui, elle va bien. Elle bosse sur un nouveau site web pour nous. Le nôtre est vraiment trop basique. Elle sait comment le rendre plus attrayant, intervint Daphné.

Diego fit un rapide sourire à Daphné, qui s'était cependant déjà retournée. Elle ne tenait pas en place quand elle s'affairait dans la cuisine.

— Harley a vraiment un don pour ça, me dit-il pendant que Daphné continuait à s'activer.

— C'est super qu'elle s'en charge, mais on est déjà débordés. Qu'est-ce qu'on fera si elle nous ramène encore plus de clients ? s'interrogea Grant, pensif.

— Du printemps à l'automne, j'ai à peine le temps de souffler. Et même l'hiver, ça reste chargé ces derniers temps, ajoutai-je. Mais ça me va. J'adore être dans les airs.

— Ce n'est pas notre cas à tous ? Je vais peut-être devoir revoir l'emploi du temps pour la semaine prochaine, intervint Nora en s'approchant du comptoir.

— Pourquoi ? demanda Diego.

— Qu'est-ce que ça peut te faire ? rétorqua-t-elle.

Diego haussa les épaules.

— Rien. J'aime juste savoir à l'avance pour caler mon emploi du temps avec celui de Gemma.

Nora esquissa un sourire chaleureux.

— Je suis tellement contente pour vous deux.

— Et nous, on est ravis que Gabriel et toi soyez enfin sur la même longueur d'onde, plaisantai-je.

Nora me jeta un coup d'œil.

— Qu'est-ce que tu sous-entends ?

— Que vous étiez tous les deux insupportables quand vous essayiez de cacher votre relation. Rien de plus, répondis-je.

Ses joues rougirent au moment où Gabriel apparut, n'entendant que la fin de ma remarque.

— On n'a rien à cacher.

Pour prouver ses dires, il s'arrêta derrière Nora, passa ses bras autour de sa taille et posa son menton sur son épaule.

Ils avaient dû se battre pour mériter cette seconde chance, ou plutôt, Gabriel avait dû se battre, car il s'était comporté comme un idiot.

— Et toi, alors ? demanda Gabriel en jetant un coup d'œil dans ma direction.

— Comment ça, moi ? répliquai-je.

— Est-ce que tu vois quelqu'un ? demanda Diego.

— Quoi ? Vous faites des commérages sur moi maintenant ? m'indignai-je.

— Non, on est juste curieux, répondit Nora.

— Je dirais plutôt indiscrets, lança Harley en entrant par la porte de derrière et en jetant un regard moqueur à son frère.

— Oh, ne commence pas. T'es la plus indiscrète d'entre nous, dit Diego sans détour.

— En quoi est-ce que je suis indiscrète en ce moment ? demanda Harley en haussant les sourcils.

— T'es indiscrète à propos de moi, répliqua son frère.

Harley haussa les épaules.

— Et le mariage avec Gemma, c'est pour quand ?

Je me mis à rire, soulagé d'avoir échappé à l'attention générale. Les histoires d'amour, ce n'était pas mon truc. J'étais tombé amoureux une fois au lycée et ça m'avait suffi. Suite au décès de ma petite amie, j'avais décidé de faire une croix sur l'amour. Je ne voulais plus jamais vivre l'enfer du deuil.

Gemma posa ses coudes sur le comptoir entre Diego et moi, ses boucles brun miel se balançant autour de ses épaules.

— Ça fait plusieurs semaines que je ne t'ai pas vu au cours de yoga, commenta-t-elle, les yeux rivés sur moi.

— Et alors ? Je croyais que c'était facultatif.

— Oui, mais c'est un cours destiné à l'ensemble du personnel, et c'est important qu'on soit tous présents.

Daphné se retourna, posa une main sur sa hanche et pointa une spatule dans ma direction. — Tu dois te détendre davantage. T'es toujours dans ton coin et renfermé sur toi-même.

— Pfff, quelle corvée, grommelai-je. Bon, d'accord. Je viendrai la semaine prochaine, mais je vais devoir finir mon vol plus tôt pour arriver à temps.

Le pire, c'est que j'appréciais vraiment le cours de yoga.

— Par contre, tu devras en discuter avec Nora. C'est elle qui a organisé mon emploi du temps ces dernières semaines.

— Nora ! s'exclama Daphné.

Nora sourit d'un air penaud.

— Je suis désolée. On a été tellement occupés ces derniers temps.

— On doit discuter du recrutement d'autres pilotes, déclara Flynn.

— Mais si on recrute plus de pilotes, on aura besoin de plus d'avions, non ? demanda Grant.

— Très certainement, répondit Flynn. C'est le défi à relever. Je dois calculer tout ça et en parler à la banque. En attendant, tu peux toujours appeler Trey. Il aime faire au moins un ou deux vols par semaine.

Il faisait référence à un ami et pilote local qui avait vendu son avion et son entreprise à Flynn l'année dernière parce que sa femme et lui avaient eu un autre bébé et qu'il avait déjà une carrière bien remplie en tant qu'avocat.

— C'est vrai. Je vais lui envoyer un message tout de suite pour lui demander s'il veut bien s'occuper des vols tardifs le mercredi, dit Nora.

— Je te promets de venir au cours de la semaine prochaine tant que je ne suis pas dans les airs, dis-je à Gemma.

Elle passa son bras autour de mes épaules et les serra.

— Ce n'est pas grave si tu ne peux pas venir. C'est juste qu'on aime bien que tout le monde soit là.

— Et moi, j'aime bien être là.

— En plus, tu n'es pas obligé de parler, ajouta Harley.

Je tournai la tête vers elle et plissai les yeux.

— Qu'est-ce que tu insinues ?

— Rien, c'est juste que t'es pas exactement un moulin à paroles, taquina-t-elle. Mais ce n'est pas grave. Moi, je suis une vraie pipelette. C'est sans doute préférable que tu ne parles pas autant que moi.

La conversation s'éloigna de moi et du yoga, et le dîner fut délicieux. Par la suite, une fois les clients partis et le personnel seul à la table de la salle à manger, je jetai un coup d'œil autour de moi. J'étais profondément reconnaissant d'avoir ce travail. Flynn, Diego, Gabriel, Elias et moi avions été de véritables frères dans l'armée de l'air. Elias n'était pas là ce soir, mais il se joignait à nous toutes les quelques semaines. Il était heureux en ménage, à la surprise de tous. Je suppose qu'à part moi, il était sans doute le moins susceptible de tomber amoureux.

Lorsque Flynn avait repris l'entreprise familiale de vols et de villégiature après le décès de sa mère, il nous avait contactés parce qu'il avait besoin de pilotes. Nous pouvions alors vivre de notre passion et travailler tous ensemble. C'était vraiment génial. Je laissai mon regard dériver vers la vue à l'extérieur. Le soleil avait déjà disparu et le ciel violet se fondait dans l'obscurité, les étoiles et la lune prenant le relais. Lorsque j'entendis Gemma prononcer le nom de Skylar, je jetai instinctivement un coup d'œil dans sa direction.

— Bon sang, c'était rapide, dit Diego à côté de moi.

— Hein ?

— Quand elle a prononcé le nom de Skylar, tu as tout de suite tourné la tête.

— Et alors ?

Diego se contenta de glousser.

— Il y a un problème avec Skylar ? répliquai-je, décidant de ne pas me soucier des questions potentielles de mes amis indiscrets.

— Non, j'allais juste dire qu'elle est venue quelques fois au cours de yoga en ville et que je voulais l'inviter ici. Je ne pense pas qu'elle ait beaucoup d'amis. Elle n'est dans le coin que depuis quelques mois et elle est venue ici toute seule, expliqua Gemma.

— Sans blague ?

Maintenant, j'étais ouvertement curieux, et je m'en fichais.

— Oui, c'est une histoire un peu triste. Elle avait prévu ce voyage avec sa meilleure amie, mais cette dernière est décédée, alors elle a décidé de faire le voyage seule.

Je repensai à ce moment, quelques heures auparavant, où j'aurais juré que Skylar avait pleuré. J'étais presque sûr que c'était le cas, mais elle l'avait rapidement dissimulé.

— Bon sang, c'est dur, dit Diego.

— La vie est parfois dure, dit Daphné d'un ton détaché. Tu devrais l'inviter à l'une de nos soirées réservées au personnel. C'est la soirée où on a le droit d'inviter des gens.

— C'est vrai ? C'est si codifié que ça ? la taquinai-je.

Flynn afficha un sourire éclatant.

— Daphné aime bien tout planifier. Évidemment que tu peux inviter qui tu veux.

— Comme si tu avais déjà invité quelqu'un, rétorquai-je en regrettant d'être autant sur la défensive.

Plus tard dans la soirée, je quittai le pavillon principal et retournai à la maison du personnel. À ce stade, Grant, Harley et moi étions les seuls encore présents dans le bâtiment. Mes pensées tournaient sans cesse autour de Skylar. Mes amis étaient d'une importance capitale pour moi. Je les considérais comme ma famille. Je savais ce que c'était que de perdre un être cher et je me doutais qu'il avait été difficile pour elle de venir seule en Alaska. Cette pensée aurait dû être mon premier avertissement concernant l'état de mon cœur vis-à-vis de Skylar.

Chapitre Quatre

SKYLAR

Les mains sur les hanches, je fixai le porte-bagages vide qui se trouvait sur le toit de ma voiture. Je frappai négligemment l'un des pneus avec le bout de ma botte. C'était la voiture qu'Emily et moi avions achetée ensemble et que nous avions partagée pendant plusieurs années. J'avais encore la carte grise californienne avec nos deux noms dessus. Elle n'était déjà plus valide et la voiture était désormais immatriculée en Alaska, mais je m'en fichais. Ce bout de papier abîmé représentait un morceau de notre amitié.

À cause de la vie que j'avais eue, je ne pouvais pas m'empêcher de me demander si quelqu'un viendrait un jour me dire que je n'avais pas le droit de garder cette voiture. Comme j'avais grandi en passant d'une famille d'accueil à l'autre, j'étais habituée à ce que tout me soit inévitablement retiré. Rien n'avait jamais été vraiment à moi. La seule chose dans la vie qui avait été une force stabilisatrice à travers cette épreuve était mon amitié avec Emily. Mais elle n'était plus de ce monde.

C'était pour ça que j'avais toujours un porte-bagages vide sur le toit de ma voiture. On avait prévu de le remplir pour notre voyage. Mais malheureusement, j'avais conduit seule jusqu'ici. Et il était vide depuis des mois. J'ignorai les larmes qui me montaient aux yeux et inspirai profondément. J'ouvris l'une des portières arrière et je pris appui sur le rebord pour défaire les loquets. Peu après, je fis descendre avec précaution le léger porte-bagages de la voiture, sans assistance extérieure.

Je ris en le posant délicatement sur le sol. *Te voilà*, dis-je en souriant.

Voilà où en était rendue ma santé mentale : je parlais à des objets inanimés. Je n'avais jamais été très douée pour me faire des amis. En fait, je n'étais pas douée pour établir des relations tout court. C'était le rôle d'Emily dans notre vie. Le chagrin m'envahit et je pris une inspiration pour me ressaisir. J'avais entrepris ce voyage en pensant que je pourrais d'une manière ou d'une autre invoquer un peu de son énergie, de cette insouciance qui lui permettait d'avoir l'audace de s'approcher et de dire bonjour à des inconnus, et de finir par se lier d'amitié avec eux. Mais ce n'était vraiment, mais alors vraiment pas mon truc.

Je réfléchis à ce qu'il fallait faire de ce porte-bagages. Petit problème : j'avais tendance à foncer sans réfléchir aux étapes suivantes. Je jetai un coup d'œil en arrière quand j'entendis mon nom, et vis Tucker s'approcher. Je soupirai discrètement. Il allait probablement me prendre pour une idiote. J'allais lui demander de m'aider à le remettre sur le toit de ma voiture parce que je n'avais nulle part où le ranger.

— Comment ça va ? demanda-t-il en s'arrêtant à côté de moi.

Il regarda le porte-bagages vide en même temps que moi.

— Qu'est-ce que tu vas faire avec ça ?

— C'est une bonne question, répondis-je en lui adressant un sourire triste.

— Qu'est-ce que tu veux dire ? s'enquit-il avec un petit sourire.

Je me mis à ressentir des picotements dans tout le corps. Tucker ne souriait pas très souvent.

— Tu m'as aidée à l'amarrer solidement la semaine dernière, mais il est vide. Je n'ai vraiment pas besoin de le trimbaler partout, alors je l'ai enlevé. Mais je ne sais pas où le mettre, et je ne peux pas l'emporter chez moi parce que je n'ai pas de place. Mon appartement est trop petit.

Tucker me regarda et un lent sourire se dessina sur son visage. Des papillons envahirent mon estomac.

— C'est sûr que c'est problématique. Dans ce cas, tu peux sans doute le laisser dans l'un de nos hangars, proposa-t-il.

— Vraiment ? Ça ne dérangera personne ?

— Il y a plein de place. Je préviendrai Flynn et Nora.

— T'es sûr ? demandai-je, sceptique.

— Sûr et certain. Ça ne les dérangera pas.

Il se baissa et souleva le porte-bagages avec une facilité déconcertante, parvenant même à le mettre sur son épaule et à le tenir d'une seule main.

— Tu comptes porter ça tout seul ? m'étonnai-je.

Il avait déjà commencé à s'éloigner de moi.

— Ouaip, c'est le plan, Sky, lança-t-il par-dessus son épaule.

Je m'arrêtai net, mon cœur battant la chamade et une vague d'émotion me frappant si fort et si vite que j'étais reconnaissante à Tucker de ne pas avoir tourné la tête vers moi. Une seule autre personne m'avait déjà appelée Sky : Emily. Je secouai la tête et déglutis, refoulant mes émotions tandis que je me dépêchais de le rattraper.

— T'es vraiment sûr ? insistai-je alors qu'il s'arrêtait et tapait un code sur le pavé numérique près de la porte du hangar à avions.

— Sûr et certain, à cent pour cent. Tu pourras leur demander toi-même. Et j'y pense, si tu n'as pas vu Daphné dernièrement, elle veut t'inviter à dîner à l'auberge.

— Daphné ? répétai-je avec un air absent, parce que j'étais désormais incapable de digérer ce qu'il me disait.

— Oui, tu sais, la fiancée de Flynn ?

— Oh. Vraiment ?

Tucker était déjà en train de franchir la porte du hangar maintenant ouverte.

— Oui, vraiment.

Sa voix résonna dans l'espace caverneux. Il s'avança et déposa le porte-bagages vide sur le sol. Il semblait minuscule au milieu de ce vaste espace. Quand il se retourna vers moi, il fit un ample geste avec son bras.

— Tu vois, il y a largement la place.

Il marqua une pause, un léger sourire sur les lèvres.

— En fait, tu sais quoi ? Ne dis rien à Flynn ni à personne d'autre à ce sujet.

— Euh, pourquoi ?

Sa remarque m'inquiéta. Je ne voulais pas garder un secret.

— Parce que je veux voir combien de temps il leur faudra pour s'en apercevoir. Je parie qu'ils n'y verront que du feu.

Je sentis mes yeux s'écarquiller alors que je le fixais.

— Sans blague ?

— Ouais. Tu veux parier ?

— Non, je ne veux pas parier, répondis-je fermement. Ça me stresse déjà de faire ça.

— Détends-toi, Skylar. On ne fait rien de grave, c'est promis.

— Mais...

— Ne discute pas. Allez, viens.

Il se retourna et commença à sortir du hangar. Ses bruits de pas résonnaient dans l'espace. Une fois de plus, je dus me dépêcher pour le rattraper. J'étais plutôt petite, ce qui constituait une autre source de plaisanteries entre Emily et moi. Elle était grande et svelte, alors que moi, j'étais petite et pas si svelte que ça. Une minute plus tard, nous étions de retour à l'extérieur du hangar à avions.

Tucker appuya sur un bouton et la porte du garage se referma.

— On est bien d'accord que tu ne diras rien à personne ? insista-t-il.

— Ça me fait bizarre, mais d'accord. Tu me promets que je n'aurai pas d'ennuis ?

Tucker traça un signe de croix sur sa poitrine.

— Si jamais quelqu'un pose un problème avec ton porte-bagages, ce qui n'arrivera pas, je prendrai toute la responsabilité.

— Mais c'est...

— C'est juste pour s'amuser, Skylar.

— D'accord.

J'inspirai un coup, puis j'expirai lentement avant de hocher la tête.

— Et maintenant, tu consommeras moins d'essence.

— Comment ça ?

— Ces porte-bagages ne sont pas très aérodynamiques, même ceux qui sont conçus pour l'être un peu.

— Oh, je n'y avais pas pensé.

Je restai les bras ballants, sans trop savoir quoi dire ensuite.

— Du coup, tu passeras à l'auberge ? demanda-t-il.

— Hein ?

— Pour le dîner. Daphné en serait ravie.

— Hum, quand ça ?

— Demain, c'est le jour habituel pour notre soirée du personnel.

Je marquai un temps d'hésitation. Je voulais y aller parce que je voulais vraiment me faire des amis, mais j'avais une légère tendance à la phobie sociale. Et parfois, l'anxiété qui en découlait me compliquait sérieusement la vie.

Tucker pencha la tête sur le côté.

— Allez, dis oui. Si tu dis non, Daphné va me harceler, et elle finira probablement par te le reprocher. Tout comme Gemma. Daphné m'a demandé de t'inviter si jamais je te croisais. Elle a demandé à tout le monde de t'inviter, alors ne sois pas étonnée si quelqu'un d'autre te relance.

Je pouffai de rire.

— D'accord, d'accord, j'accepte l'invitation. Comment je m'y rends ?

Il sortit son portable de la poche de son jean.

— Tu peux me donner ton numéro ? Je t'enverrai les instructions par texto.

Je récitai rapidement mon numéro et il l'enregistra dans son portable. Une seconde plus tard, je sentis mon propre portable vibrer dans ma poche et je le sortis pour voir qu'il m'avait envoyé le message suivant : *C'est Tucker*.

— Tu peux juste me donner l'adresse, dis-je en levant les yeux vers lui.

— Ce n'est pas si simple. Il y a bien une adresse, mais c'est un peu perdu au milieu de nulle part. Bref, je dois y aller. Je dois décoller d'ici peu.

— Oh, d'accord.

— À demain, dit-il en trottinant vers un autre hangar.

Je réalisai que j'étais restée figée trop longtemps quand il s'arrêta, se retourna et lança :

— J'espère qu'il y a quelqu'un pour surveiller le canal de transport.

J'éclatai de rire.

— Je suis en pause-déjeuner !

Je secouai la tête avant de monter dans ma voiture pour me rendre au Misty Mountain Café. Le parking était plein quand je me garai. Je mis mes clés dans ma poche, courus à l'intérieur et m'arrêtai au bout de la file d'attente. Bien que cet endroit fût toujours très fréquenté, la file d'attente diminuait rapidement. Cammi, la propriétaire, gérait aussi le Red Truck Coffee, un café ambulant très prisé près du port.

Une fois mon tour arrivé, elle me sourit chaleureusement. Cammi attendait des jumeaux, ce que j'avais deviné grâce au compte à rebours écrit à la craie dans un coin de l'ardoise du menu. Et, bien sûr, son ventre arrondi ne laissait aucun doute. Cammi était l'une de ces personnes faciles à vivre. Je lui rendis son sourire et déclarai :

— Je ne sais jamais si je dois venir ici ou au Red Truck pour te voir.

Elle haussa les épaules.

— Si tu ne me vois pas là-bas, c'est que je suis ici. Qu'est-ce que je te sers aujourd'hui ?

— Je vais prendre un thé chai et... tiens, pourquoi pas un sandwich dinde, pesto et fromage de chèvre ? Je ne l'ai encore jamais goûté.

— J'adore ça chez toi, dit Cammi tout en actionnant sa caisse enregistreuse.

— Qu'est-ce que j'ai fait ?

— La plupart de mes clients, une fois qu'ils trouvent leur plat préféré, ne commandent plus rien d'autre. Mais toi, à chaque fois que tu viens, on dirait que tu commandes quelque chose de nouveau.

Je haussai les épaules.

— T'as sans doute raison. J'adore tester de nouvelles choses. Et avec tes plats du jour qui changent tout le temps, j'ai de quoi faire.

Elle sourit.

— Ce sont les gens comme toi qui me motivent à continuer comme ça. Si le menu commence à être trop répétitif, fais-le-moi savoir.

— Cammi, je ne me lasserai jamais de ton menu. Tout ce que tu prépares est délicieux, déclarai-je avec sincérité.

— Merci.

Elle déposa ma monnaie sur le comptoir en même temps que mon thé chai.

Je transférai la monnaie dans le pot à pourboires et je me décalai au bout du comptoir pour attendre mon sandwich. Alors qu'elle préparait les cafés du client suivant, elle demanda :

— Tu habites au-dessus de la galerie d'art Midnight Sun, c'est ça ?

Je hochai la tête tout en buvant une gorgée de mon thé.

— J'adore mon appart.

— Alors tu connais Risa.

— Bien sûr, c'est ma proprio. Elle est vraiment gentille, ajoutai-je.

— Elle est tellement gentille qu'elle ne t'en voudrait probablement pas si tu ne payais pas ton loyer, taquina Cammi.

— Je n'oserais jamais faire ça.

Cammi passa rapidement deux cafés aux clients suivants, puis s'arrêta le temps qu'ils paient. Lorsqu'elle retourna à la machine à expresso pour préparer la commande suivante, elle ajouta :

— Parfois, Risa, d'autres copines et moi organisons des soirées entre filles. Tu pourrais venir, si ça te dit.

Je ne savais même pas comment réagir. Deux fois dans la même journée, des gens m'avaient invitée à participer à des activités sociales. Je restai figée, clignant des yeux comme une idiote, jusqu'à ce que Cammi rompe le silence :

— Skylar ?

— Bien sûr, j'adorerais, dis-je lentement, presque obligée de décomposer les mots dans ma bouche.

Emily apparut dans mes pensées – ma seule et unique amie proche. Si je voulais avoir une autre amie un jour, ne serait-ce qu'une seule, j'avais tout intérêt à surmonter d'abord ce traumatisme.

— Génial. Tu me passes ton numéro ? demanda-t-elle.

Pour la deuxième fois aujourd'hui, je donnai mon numéro de portable à quelqu'un, et je reçus un message de confirmation en retour. Je répondis avec une émoticône souriante. Je me sentais un peu plus courageuse avec Cammi qu'avec Tucker. Sa présence ne déclenchait ni un envol de papillons dans mon estomac, ni une accélération de mon pouls. C'était une personne vraiment gentille, douce et facile à vivre.

Je la croisais exclusivement ici ou au Red Truck Coffee, qu'elle n'avait rouvert que récemment pour le printemps, mais je venais à l'un ou à l'autre presque tous les jours.

— Je t'enverrai un message la prochaine fois qu'on en organisera une, peut-être la semaine prochaine, dit-elle d'un ton détendu, sans se douter de l'effet bouleversant que son invitation avait sur moi.

— Oh, d'accord. Ce serait chouette.

— Parfait.

À ce moment-là, quelqu'un annonça que ma commande était prête. Cammi prit mon sandwich sur le passe et me le donna.

— Merci ! dis-je alors qu'elle s'éloignait pour prendre la commande des clients suivants dans la file d'attente.

Je me surpris à sourire en me dirigeant vers ma voiture. Je m'étais promis d'essayer de me faire une autre amie, peut-être même plusieurs. Le monde peut être bien solitaire quand on est seule. J'avais entrepris ce voyage en me disant que je le faisais pour Emily. J'espérais que cela me permettrait de prendre le nouveau départ dont j'avais désespérément envie.

Je n'avais de racines nulle part. La seule stabilité que m'avaient offerte mes années passées en familles d'accueil, c'était d'être restée dans la même ville qu'Emily. C'était ainsi que nous étions restées connectées pendant toutes ces années.

Chapitre Cinq

SKYLAR

Ne rate pas le virage. Il n'y a pas de panneau.

Je ris doucement en lisant les deux dernières lignes du texto de Tucker contenant les indications pour me rendre à l'auberge. Le message était purement informatif, une simple liste d'instructions claires.

Malgré tout, mon ventre se contracta légèrement. *Quelle idiote*, murmurai-je en levant la tête avant de poser mon portable sur la table basse.

Je repliai mes genoux vers moi et les entourai de mes bras, puis je posai mon menton sur mes avant-bras en regardant par la fenêtre. Mon appartement était petit, mais je n'avais pas besoin de plus d'espace. En plus, j'aimais les espaces douillets. Ils me semblaient toujours plus faciles à apprivoiser.

La vue était tout simplement spectaculaire. La galerie d'art Midnight Sun était nichée au milieu d'une rangée de boutiques sur une promenade longeant la plage, près du port d'Otter Cove. Matin et soir, je pouvais observer les allées et venues constantes des bateaux du port. Plus loin, la baie de Kachemak étincelait sous les premières lueurs du jour. Ce matin-là, le ciel affichait des teintes délavées : des nuances pastel mêlant rose, or et une touche de lavande. Le mont Augustine se dressait fièrement à l'horizon, au cœur du bras de mer.

Je ne pouvais pas l'expliquer, mais le volcan lui-même semblait vivant, même vu de si loin. J'avais l'impression qu'il connaissait des secrets que le reste du monde ignorait. Quelques nuages entouraient son sommet, l'un d'eux teinté d'un délicat rose pastel.

Je pris une profonde inspiration, dépliai mes jambes, me levai et traversai le salon pour aller à la salle de bain. Mon appartement se composait d'un salon et d'une kitchenette, d'une petite chambre et d'une seule salle de bain. La cuisine se trouvait sur le côté, le comptoir faisant directement face aux fenêtres qui donnaient sur la vue. Lorsque je faisais la vaisselle, j'en prenais aussi plein les yeux. La seule ligne de démarcation se situait à l'endroit où le parquet cédait sa place au carrelage de la cuisine. C'était un joli carrelage bleu, qui ajoutait une touche de couleur à l'espace. Sur le côté du salon se trouvait une salle de bain, et la chambre à coucher était juste à côté.

Emily avait déniché cet appartement en ligne. On était censées venir y vivre ensemble. C'était elle qui avait tout organisé. Mon cœur se serra alors que je jetais un dernier coup d'œil au ciel matinal par-dessus mon épaule. Elle aurait adoré voir ça. Elle avait toujours voulu voyager à travers le monde. Elle m'avait confié que la seule leçon positive de ses années en famille d'accueil avait été d'accepter qu'elle ne trouverait peut-être jamais sa place. L'Alaska faisait partie des endroits qu'elle rêvait de visiter.

Elle rêvait de devenir pilote afin de vaincre sa peur de l'avion. Elle disait que cela fonctionnerait comme une thérapie d'exposition. Après l'horrible épisode de l'agression sexuelle que nous avions subie de la part de l'un de nos frères adoptifs dans une famille d'accueil, nous avions toutes deux suivi une thérapie d'exposition pour affronter nos traumatismes. Bien sûr, c'était nous qui avions été expulsées de la famille d'accueil, pas lui. Après tout, c'était la maison de ses parents. Le seul point positif était que cette famille avait perdu son droit d'accueillir d'autres enfants. Emily avait envisagé de créer sa propre thérapie d'exposition pour dépasser sa peur de l'avion. Malheureusement, sa peur s'était tragiquement réalisée lorsqu'elle était décédée des suites de complications à l'hôpital après un accident d'avion.

Aujourd'hui, j'essayais de vivre ses rêves à sa place et de surmonter le chagrin qui m'envahissait par moments.

Je pris une douche, me préparai pour le travail et levai les yeux au ciel en me demandant quoi porter. Comme j'allais sortir dîner juste après avoir quitté le travail, je n'aurais pas le temps de retourner chez moi pour me changer. Avant de partir, je pris des nouvelles de mes deux cochons d'Inde, Squiggly et Pigley. Leur habitat spacieux était composé de trois cages reliées entre elles par des tunnels. Le soir, quand j'étais à la maison, je les laissais gambader joyeusement dans mon petit appartement, ce qui me faisait toujours sourire.

Tout en leur donnant de la laitue, je leur annonçai :

— Je rentrerai tard ce soir, alors je vais laisser la lumière allumée.

J'allumai la lumière dans la cuisine. Ils n'en avaient probablement rien à faire, mais cela me rassurait. Un peu plus tard, en me garant au travail, je jetai un coup d'œil autour de moi, comptant les véhicules et remarquant la présence du pick-up de Tucker. Il avait probablement déjà décollé.

Je traversai rapidement le parking pour entrer dans le grand bâtiment en tôle ondulée situé à l'une des extrémités. La porte claqua derrière moi alors que je me précipitais dans le couloir.

— Bonjour ! lançai-je joyeusement.

Ludie et Dan Hill dirigeaient cet endroit. Ludie était une femme au franc-parler légendaire qui semblait ne pas avoir d'âge, bien que je la soupçonnasse d'avoir dépassé les quatre-vingts ans. Dan, quant à lui, était un peu bourru, mais son amour pour Ludie transparaissait si clairement qu'il était évident qu'il était secrètement un grand tendre.

Elle leva les yeux de son bureau.

— Bonjour. Dan a mal à la tête. Si tu pouvais le remplacer tout de suite, ce serait parfait, lança-t-elle.

Dan souffrait parfois de migraines, mais il restait toujours fidèle à son poste, quoi qu'il arrive.

— Bonjour, Skylar, dit-il en hochant la tête.

J'ôtai ma veste et déposai rapidement mon sac à main sur le coin du bureau.

— Bonjour.

Je m'installai sur la chaise à l'autre extrémité du bureau en L, enfilai mon casque et ajustai le volume comme à mon habitude. Le suivi de la coordination et de la communication pour le transport des petits avions dans cette partie de l'Alaska était un travail intéressant. J'adorais ça. Il y avait plus de travail qu'on pourrait le croire au premier abord.

Diamond Creek servait de plaque tournante pour les villages alentour. Jusqu'à cinquante vols transitaient ici chaque jour, beaucoup transportant des marchandises à destination de petites communautés.

—Je prends le relais, Dan, dis-je en lui jetant un coup d'œil.

Il ôta son casque et me gratifia d'un sourire fatigué.

— Merci.

Dan était également mécanicien d'avion et s'occupait d'aider un certain nombre d'entreprises de la région. Il y avait officiellement six petites compagnies aériennes, ainsi que des compagnies de charters. Ces dernières se distinguaient en ne proposant que des vols officiels affrétés pour les touristes. Walker Adventures, l'entreprise pour laquelle Tucker travaillait, effectuait des vols charters, mais s'occupait aussi du fret et du courrier, ainsi que des vols entre les villages de l'autre côté de la baie de Kachemak.

Je commençai ma journée en surveillant les communications concernant le transport, en signalant les changements météorologiques et, à l'occasion, en discutant avec les pilotes lorsqu'ils n'avaient rien de mieux à faire.

Je terminais ma journée lorsque Ludie vint prendre le relais pour la dernière heure. Elle s'appuya contre le bureau et me regarda.

— On m'a dit que tu allais dîner à Walker Adventures.

Je me mis aussitôt à rougir et je me retournai sur ma chaise.

— Oui, Daphné m'a invitée.

Ce détail était un mensonge.

— Je croyais que c'était Tucker qui t'avait invitée, rétorqua-t-elle aussitôt.

Je rougis encore plus et me sentis déstabilisée.

— Euh, oui, il m'a transmis l'invitation de la part de Daphné.

Ça, par contre, c'était vrai.

Les yeux de Ludie s'illuminèrent d'une lueur malicieuse et se plissèrent aux coins tandis qu'elle m'adressait un demi-sourire.

— Je vois. Ce garçon t'apprécie beaucoup.

— Quoi ? Ludie ! finis-je par bafouiller.

— Et tu l'apprécies aussi, dit-elle avec un sourire.

— Je le connais à peine, Ludie.

Elle haussa les épaules.

— Si tu le dis, ma chérie. Mais j'aime bien Tucker.

Je tentai d'être nonchalante et détachée, ce que je n'avais *jamais* réussi à faire de toute ma vie.

— Hum, c'est vrai qu'il a l'air gentil.

Tu parles. *Gentil* était loin de suffire à le décrire. Bien sûr, il était gentil, mais il arrivait aussi à être sexy sans effort apparent, ce qui avait le don de me faire perdre mes moyens.

Heureusement, Ludie ne s'attarda pas davantage sur Tucker.

— En tout cas, l'endroit est charmant.

— Tu y es déjà allée ? demandai-je, piquée par la curiosité.

— Oh, bien sûr. Je connaissais Flynn, Nora et la mère de Grant. Une femme sympathique, mais son mari était à la fois un idiot et un connard. Après son décès, Flynn a quitté l'armée de l'air pour reprendre l'entreprise. Il a rénové cet endroit et l'a même rendu encore mieux qu'avant. Quoi qu'il en soit, ne rate pas le virage.

Remarquant l'heure, je me levai et enfilai ma veste.

— J'essaierai, répondis-je.
— Il n'y a pas de panneau, précisa-t-elle alors que je sortais.
Je me souris à moi-même.
— À demain, Ludie.
— J'y compte bien.

Chapitre Six

SKYLAR

J'hésitais devant les doubles portes en bois de Walker Adventures, me demandant si je devais frapper. L'auberge, perchée sur une colline surplombant une vallée, offrait une vue imprenable sur la baie de Kachemak au loin. Quelques plaques de neige subsistaient dans les champs, mais des pousses vertes pointaient déjà, et les arbres retrouvaient leur feuillage. Je me décidai enfin à tendre la main et à toquer à la porte. Un instant plus tard, la porte s'ouvrit et je tombai nez à nez avec Daphné, vêtue d'un tablier.

— Pas besoin de frapper. Les clients entrent et sortent tout le temps, déclara-t-elle.

— Je n'étais pas sûre.

Elle sourit, m'attrapa par le coude et m'entraîna à l'intérieur.

— Allez, entre.

Je contemplai la salle : des fenêtres partout, un haut plafond et ce qui semblait être un espace ouvert pour les hôtes. Dans un coin, un couple regardait une émission à la télévision, tandis qu'une femme lisait près d'un poêle à bois où les flammes dansaient joyeusement sur les bûches.

— On se croirait dans une brochure, murmurai-je.

Daphné rit doucement en me serrant le coude.

— Je sais. C'est étrange pour moi, vu que j'habite ici.

— Vraiment ?

— Oui. Flynn, Cat et moi vivons dans une zone privée à l'arrière.

Elle fit un vague geste dans une direction alors que nous traversions un passage voûté qui donnait sur une grande cuisine. Une longue table longeait un mur de fenêtres, offrant une vue quasi panoramique sur les montagnes et la baie. Sur le côté se trouvait une cuisine rutilante. Spacieuse et fonctionnelle, la cuisine était entourée d'un comptoir équipé de tabourets.

— T'as déjà rencontré Cat ? demanda Daphné en m'entraînant vers la cuisine.

Une jeune femme, que je devinai être l'une des sœurs Walker à ses cheveux blond foncé et à ses yeux gris-bleu identiques à ceux de Flynn, me sourit. Ses cheveux étaient attachés en une queue de cheval.

— Je ne crois pas qu'on se soit déjà rencontrées, répondis-je.
Cat sourit.

— Je ne suis pas pilote d'avion comme les autres. Il me faudra encore quelques années pour décrocher mon permis, lança-t-elle.

Elle s'essuya les mains sur son tablier avant de m'en tendre une. Daphné lâcha mon bras et je serrai la main de Cat.

— Je m'appelle Skylar. Je travaille avec Ludie et Dan.

— Oh, ça doit être un boulot super cool, lança-t-elle en retournant aussitôt vérifier quelque chose sur la cuisinière.

— Oui, j'aime bien mon travail, répondis-je. C'est assez sympa. Alors comme ça, tu veux devenir pilote ?

— Un jour, répondit Cat. En attendant, Daphné m'a appris à cuisiner, alors c'est ce que je fais ici.

Daphné avait déjà entamé la découpe des légumes. Elle fit un geste avec son couteau en direction du comptoir.

— Assieds-toi. On a déjà préparé des amuse-bouches.
Elle balaya la pièce du regard.

— Où sont les autres ? dit-elle.

— Ne t'en fais pas, tu sais qu'ils ne tarderont pas, lança sèchement Cat.

À ce moment précis, Flynn entra par une porte à l'arrière.

— Salut, merci d'être venue, dit-il en me lançant un rapide sourire.

Il se dirigea vers Daphné, s'arrêta à ses côtés et déposa un baiser sur son cou. Elle rougit, puis lui adressa un sourire tout en continuant à couper ses légumes.

— Tu veux boire quelque chose ? proposa-t-il en s'éloignant et en me jetant un coup d'œil.

— Un verre d'eau m'irait très bien, répondis-je.

— On a aussi de la bière, du vin et du cidre artisanal, ajouta-t-il.

— Je vais m'en tenir à l'eau puisque je conduis.

Flynn me fit un clin d'œil.

— Le trajet ne fait que vingt minutes, mais la moitié se passe sur des routes en gravier.

— Je n'ai pas quitté la ville depuis que j'ai emménagé ici, sauf pour aller à Anchorage.

— Ça fait pourtant un moment que tu vis ici, non ? demanda Daphné.

— Oui, depuis l'été dernier, répondis-je en haussant les épaules. Je suis allée à Anchorage quelques fois pour faire des courses.

— C'est une des bizarreries de l'Alaska, dit Daphné. Ici, c'est normal de faire plus de quatre heures de route pour aller faire ses courses. Je suis originaire de l'État de Géorgie, juste à côté d'Atlanta. Si je faisais autant de kilomètres pour faire mes courses là-bas, on me prendrait pour une folle.

— C'est sûr, acquiesçai-je.

— Tu viens d'où, au fait ?

— De San Francisco.

— Oh, c'est là que tu as grandi ? demanda poliment Daphné.

— Ouaip.

Je priais en silence pour que la conversation s'arrête là. Je n'avais pas de famille à proprement parler. Mes deux parents étaient décédés. Mon père lors d'une bagarre en prison et ma mère d'une overdose. Encore aujourd'hui, je me demandais si je n'avais pas des frères ou sœurs dont j'ignorais l'existence.

— Ah, ta famille vit toujours là-bas ? demanda Daphné.

C'était une question légitime. Je m'efforçai d'esquisser un sourire poli.

— Non, mes parents sont tous les deux décédés.

Bien que vraie, ma réponse ne reflétait qu'une partie de la réalité.

— Oh, toutes mes condoléances, dit Daphné en levant les yeux vers moi.

Son regard était empreint de chaleur et je ne doutais pas de sa sincère compassion.

— Merci.

Je souhaitai ardemment que la conversation s'arrête là et mon vœu fut exaucé. Daphné enchaîna sur des sujets plus légers, Dieu merci. Elle me jeta cependant un regard interrogateur et je sentis qu'elle se posait des questions sur ma vie. Le décès de mes parents m'avait *vraiment* attristée. Plus encore, j'étais surtout triste à cause de leurs vies gâchées. On ne choisit pas ses parents, et tout le monde n'est pas fait pour avoir des enfants. Ça, c'était certain.

Flynn passa par une porte entrouverte, en revint avec des bouteilles de bière et de cidre, puis me tendit un verre d'eau.

— Je ne pense pas qu'un petit verre mettrait ta vie en danger. On prend souvent quelques heures avant de passer à table.

— Tu marques un point. Je vais goûter le cidre, je n'en ai encore jamais bu, répondis-je avec un sourire.

— Jamais ?

— Ma vie sociale est… assez restreinte, disons, dis-je en haussant légèrement les épaules.

— Tu peux venir tous les mercredis si tu veux, proposa Daphné. C'est la soirée réservée au personnel. Ça veut dire qu'on peut inviter des gens.

— Vois ça comme une invitation hebdomadaire, ajouta Cat.

Je souris et hochai la tête, incapable de savoir quoi en penser. C'est dire à quel point j'étais socialement maladroite et anxieuse.

Un instant plus tard, Nora apparut, passant par la même porte que celle que j'avais franchie avec Daphné. Puis Grant entra par la porte de derrière. Elias et Cammi arrivèrent à leur tour sous un concert de salutations chaleureuses. Je ne pus m'empêcher de me demander quand Tucker allait arriver, avant de me rappeler aussitôt sec que ce n'était pas une question que je devrais me poser.

Diego entra avec Gemma et me lança un sourire décontracté en m'apercevant.

— Salut, Skylar. Ta voix est ma préférée.

— Pardon ? répondis-je, perplexe.

— Par radio, je voulais dire. T'es toujours amicale. Contrairement aux autres, qui excellent dans l'art d'être froids et secs, lâcha-t-il sans détour.

J'éclatai de rire.

— Ah, c'est vrai que Ludie est vraiment professionnelle quand elle envoie des messages radio, et Dan aussi.

Diego hocha la tête.

— C'est vrai. Mais quand ils ne sont pas à leur poste, ils jurent comme des charretiers.

— Eh bien, je ne jure pas si souvent, rétorquai-je rapidement. Ça pourrait me causer des ennuis.

En fait, je ne savais pas si ça m'en causerait, mais j'aimais mon travail et j'étais contente de l'avoir.

Diego haussa les épaules.

— Chez nous, probablement pas.

Gabriel fit son apparition en passant par la porte de derrière.

— Où mène cette porte ? finis-je par demander.

Nora esquissa un sourire.

— C'est le couloir de derrière. L'appartement de Flynn et Daphné est au bout, avec une autre entrée extérieure. Un sentier dans les bois mène à la maison du personnel et à ma maison.

— Ce n'est pas seulement ta maison, intervint Gabriel.

Elle lui jeta un regard.

— À la base, je l'avais construite pour moi, rétorqua-t-elle malicieusement.

— Oui, mais j'y habite maintenant, protesta-t-il.

Nora leva les yeux au ciel.

— D'accord, c'est notre maison.

— Je vis aussi dans l'appart, mais je vais bientôt déménager, ajouta Cat.

— Où ça ? demanda aussitôt Flynn en haussant les sourcils, visiblement surpris.

— Je suis majeure maintenant. Je peux emménager dans la maison du personnel, répliqua Cat.

Flynn plissa les yeux, mais s'abstint de répondre. Daphné pinça les lèvres et observa Flynn du coin de l'œil.

— Il va avoir du mal à avaler la pilule, me chuchota-t-elle.

— T'es sérieuse ? finit par demander Flynn, son regard fixé sur Cat.

— Tu veux vraiment que je reste dans l'appart avec toi ? répliqua Cat.

— Je ne veux pas que tu emménages avec moi dans la maison du personnel, s'insurgea Grant.

Cat lui lança un regard noir.

— J'aurai ma propre chambre. Seuls Harley, Tucker et toi y séjournez en ce moment. J'ai dix-huit ans et je peux faire ce que je veux.

Nora observa ses frères et sœurs avant de hausser les épaules.

— Elle a raison, tu sais, ajouta-t-elle d'un ton détaché.

Flynn inspira profondément, expira lentement, puis but une longue gorgée de sa bière.

— D'accord. Mais tu dois garder un œil sur elle, dit-il en tournant son regard vers son petit frère.

Grant laissa échapper un soupir las.

— Je ne suis pas sa nounou.

— Mec, ça fait des années que je vous surveille tous les trois, ironisa Flynn.

— J'étais insupportable quand Flynn est revenu à la maison, avoua Nora en s'asseyant sur un tabouret près de moi.

— C'est vrai ? m'étonnai-je.

Je n'avais pas l'habitude de voir des membres d'une même famille se disputer sans que cela ne vire au drame. Mais malgré les piques lancées de part et d'autre, seul un léger agacement transparaissait de la discussion.

— Oh, carrément. J'avais seize ans et j'en voulais au monde entier. Notre mère était décédée et c'était dur à encaisser, expliqua-t-elle.

— Oh, je suis désolée !

— Ne le sois pas. Elle me manque toujours, mais on s'entend bien maintenant.

Elle lança un sourire chaleureux à Flynn, bien qu'il n'y prêtât pas attention.

— Si tu es décidée à déménager, on va réaménager ta chambre, dit-il à Cat.

— Je pourrais y installer mon bureau, dit rapidement Daphné. J'ai besoin d'un endroit pour toutes mes démarches professionnelles.

— Demande acceptée. Ce sera ton bureau. Je l'organiserai comme tu le souhaites, déclara Flynn.

Cat agita une spatule en l'air tout en tournant en rond.

— Attends ! Je dormirai dans quelle chambre ?

— Il y en a deux qui sont inoccupées. Tu peux choisir, dit Tucker en entrant dans la cuisine et en s'incrustant dans la conversation.

— Génial ! s'exclama Cat avec un sourire radieux. Vous m'aiderez à déménager mes affaires ?

— Bien sûr, répondirent à l'unisson Diego, Elias et Tucker, tandis que Grant et Flynn restaient silencieux.

Daphné sourit au milieu du groupe.

— Ça aurait pu être bien pire.

Cat gloussa lorsque Daphné passa son bras autour de ses épaules.

Le simple fait d'avoir vu Tucker fit s'envoler des papillons dans mon estomac. Quand son regard croisa le mien, il esquissa un sourire.

— T'es arrivée à bon port. Ça veut dire que tu ne t'es pas fait avoir par l'absence de panneau.

— J'ai suivi tes instructions. Ludie m'a dit la même chose à propos du panneau, répondis-je.

— On a vraiment besoin d'un panneau, annonça Daphné.

Flynn jeta un coup d'œil dans sa direction.

— Je vais rajouter ça sur la liste des choses à faire.

Nora était assise à côté de moi, mais il y avait un tabouret libre de l'autre côté. Je m'efforçai de me convaincre que cela m'était *égal* que Tucker s'asseye là. Il contourna le comptoir, prit une bouteille de bière, puis se dirigea dans ma direction. Quelques secondes plus tard, il était près de moi. Les papillons dans mon ventre s'agitèrent de plus belle et firent naître dans tout mon corps des picotements qui se muèrent rapidement en pulsations.

Chapitre Sept

TUCKER

Je posai un coude sur le comptoir et soulevai ma bière pour en prendre une gorgée. Au moment de la reposer, je jetai un coup d'œil à Skylar, qui répondait à une question que lui avait posée Nora. Skylar dégageait une certaine douceur et je ne savais pas trop quoi en penser. Ce n'était pas une qualité qui m'attirait généralement.

Bien sûr, je me mentais aussi à moi-même chaque fois que j'essayais de m'en convaincre. Claire aussi était douce. C'était le genre de fille qui sauvait les animaux et prenait soin de tout le monde autour d'elle. Puis elle était tombée malade et était morte avant même d'avoir obtenu son diplôme de fin d'études secondaires. Je ne m'étais jamais spécialement attendu à ce que la vie soit juste, mais cet épisode m'avait montré à quel point elle pouvait être cruelle.

La douceur de Skylar était différente. Elle était accompagnée d'un côté tranchant : Skylar la masquait en jouant les dures.

La voix de Diego me tira de mes pensées :

— Hé, Tucker.

— Quoi ? m'enquis-je.

— Rien, j'essayais juste de voir à quel point tu étais distrait, me taquina-t-il en souriant.

Je savais qu'il avait remarqué que mon attention était tournée vers Skylar. Il se mordit l'intérieur de la joue pour s'empêcher de rire.

— J'ai dû répéter ton nom quatre fois, rien que ça.

— T'étais trop occupé à la dévorer des yeux, ajouta Elias avec un sourire en coin.

Je levai les yeux au ciel.

— Si tu le dis. Au fait, comment ça se passe avec Cammi ? demandai-je.

— Très bien, comme d'habitude, répondit Elias.

— Ça ne se passe pas toujours aussi bien que tu le dis. T'étais grincheux hier, intervint Cammi.

Cammi était également douce, ce qui contrastait avec Elias, qui était parfois ronchon et insupportable.

— Il a toujours été grognon le matin, ça ne date pas d'hier, dis-je.

Je reposai mon regard sur Elias.

— Elle est enceinte, dis-je. De jumeaux, en plus. Tu devrais toujours être aux petits soins avec elle.

Cammi haussa les épaules tandis qu'Elias levait les yeux au ciel.

— Je n'avais pas encore bu mon premier café, protesta-t-il. Je te jure que je ne suis pas un salaud avec elle.

— Tu n'es pas un salaud, mais tu me rends folle à force de t'inquiéter, intervint Cammi.

— Je fais de mon mieux, se défendit Elias en soupirant.

— Mec, t'as une barista rien que pour toi, lança Diego en désignant Cammi, qui éclata de rire. Rien que l'idée qu'elle te prépare ton café chaque matin devrait te rendre heureux.

À sa décharge, Elias eut l'air un peu penaud.

— Oui, je sais. Je ne suis pas très agréable à côtoyer le matin.

— Et pourtant, ton travail actuel t'oblige à te lever tôt. Tu veux que je discute de ton emploi du temps avec Nora ? plaisanta Cammi.

— Non, dîmes-nous tous les quatre à l'unisson.

Elias sourit.

— Ce n'est pas envisageable. Si je changeais mon emploi du temps, je ne te verrais presque plus le soir. T'es du genre matinale et je veux passer le plus de temps possible avec toi.

Mon ami était profondément amoureux et ne s'en cachait pas.

— Oh, qu'est-ce que t'es adorable, Elias ! s'extasia Cat.

Je fus reconnaissant de ne plus être au centre de la conversation et Diego continua à taquiner Elias, comme à son habitude. Quand je jetai un nouveau coup d'œil à Skylar, elle était silencieuse et effleurait distraitement l'étiquette de sa bouteille de cidre du bout des doigts, tout en observant les échanges autour d'elle.

— Sérieusement, t'as eu du mal à trouver le bâtiment ? demandai-je.

Elle secoua la tête.

— Même si tu m'avais prévenue qu'il n'y avait pas de panneau, tu m'avais donné quelques points de repère. L'endroit est sympa. Je trouve ça vraiment cool que vous viviez tous ici.

— Elias et Diego ne vivent plus ici, tu sais.

— Peut-être, mais je vois bien qu'ils viennent encore ici pour dîner, répliqua-t-elle.

— C'est vrai. Gemma donne aussi un cours de yoga ici une fois par semaine pour le personnel, et ça tombe justement ce soir, expliquai-je.

— Oh, c'est cool.

Skylar jeta un coup d'œil à Gemma, dont les boucles dansèrent lorsqu'elle adressa un sourire à Skylar.

— Tu peux assister au cours en ville, ou bien ici si tu veux.

— Ah, c'est au même prix ?

— En fait, ce serait gratuit ici, répondit Gemma. Parce que je travaille en tant que salariée.

— Ça me dérangerait de ne pas payer.

— Dans ce cas, tu n'as qu'à suivre deux cours par semaine.

Skylar sourit à nouveau.

— C'est tentant.

Elle m'intriguait, surtout après ce que j'avais découvert. J'avais envie de lui demander ce qui était arrivé à son amie, de savoir ce que ça faisait de faire ce voyage en solitaire. J'avais conduit jusqu'ici tout seul. C'était une sacrée balade en voiture : magnifique, frappante, époustouflante même, mais longue, et je m'étais senti carrément seul sur certains tronçons.

Cependant, ce n'était pas le bon soir pour satisfaire ma curiosité, pas avec tous mes amis présents. Daphné nous fit passer à table un peu plus tard. Skylar se retrouva assise face à moi et je compris vite que c'était une mauvaise idée, car je ne cessais de la fixer. Elle était *là*, juste en face de moi.

Elle goûta au flétan nappé de glaçage au citron et au sirop d'érable, et ses yeux s'écarquillèrent avant qu'un gémissement d'appréciation ne lui échappe.

— Oh purée. Daphné, j'avais entendu parler de ta cuisine, mais là, waouh !

Daphné sourit et repoussa sa tresse auburn derrière son épaule.

— Merci. J'adore cuisiner.

— Franchement, c'est absolument délicieux. Tu fais aussi des plats pour Cammi, c'est bien ça ?

Cammi hocha la tête.

— Oh, c'est vrai. Daphné m'a donné un sacré coup de pouce au café. On reçoit une livraison chaque matin. Je ne sais même pas comment tu fais pour tout préparer.

— Cat m'aide, répondit Daphné en haussant les épaules. On est bien organisées, et on peut toujours compter sur les gars pour assurer les livraisons gratuitement.

Skylar éclata de rire et le dîner se poursuivit. Plus la soirée avançait, plus je réalisai que céder à mon attirance pour Skylar n'était pas la chose la plus intelligente à faire. J'étais cynique, non pas parce que quelqu'un m'avait déjà brisé le cœur — sauf si je comptais la cruauté de l'univers — mais parce que je ne voulais pas risquer de perdre à nouveau l'être aimé. Pas une nouvelle fois. Je rejetais l'idée selon laquelle il vaut mieux avoir aimé et perdu que de n'avoir jamais aimé. Aimer quelqu'un et le perdre, ça fait un mal de chien.

J'entendais presque la voix chantante de ma sœur résonner dans mon esprit. Elle était thérapeute et m'avait dit plus d'une fois qu'elle pensait que je laissais mon chagrin me plomber. Elle ne comprenait pas. La place qu'occupait Claire dans mon cœur n'était plus qu'un foyer de douleur et de tristesse. Malgré tout, je tenais le coup. La peine que me causait son absence s'était estompée avec le temps, au point que je la ressentais à peine désormais. Elle était partie depuis assez longtemps pour que j'aie du mal à m'imaginer sa présence à mes côtés. Je ne voulais pas être à nouveau en colère contre le monde entier. La vie était imprévisible et les malheurs étaient inévitables. Plus le temps passait, mieux je le comprenais, même si j'étais ironiquement entouré d'exemples qui tendaient à prouver le contraire.

Daphné était venue en Alaska après la mort de son fils, emporté par un cancer rare. Cela lui avait brisé le cœur. Mon esprit, ou plutôt mon cœur, ne voulait pas envisager le fait qu'elle avait bel et bien trouvé un nouveau départ ici. Flynn et elle étaient profondément amoureux, et elle était manifestement heureuse. Une véritable guerre faisait rage dans mon esprit, mes pensées jaillissant comme des boules de billard. La direction qu'elles prenaient n'avait rien d'ordonné. Elles rebondissaient sur les bords de la table et les unes contre les autres, ricochant sans cesse sur des points de douleur.

Je menais une vie plutôt agréable, entouré d'amis — que je considérais comme des frères — sur qui je pouvais compter, et d'un travail qui me passionnait. Je n'avais pas besoin de prendre le risque de demander plus à l'univers.

— Au fait, parle-nous de San Francisco, dit Daphné à un moment donné en adressant sa question à Skylar.

— Eh bien, ça n'a vraiment rien à voir avec l'Alaska, répondit Skylar d'un ton prudent.

— Est-ce que San Francisco te manque ? demanda Cammi.

Skylar haussa les épaules.

— Pas vraiment, je n'avais rien qui me retenait là-bas. Ma meilleure amie devait m'accompagner ici, mais elle est décédée.

Sa voix resta presque neutre et je perçus le sentiment dissimulé derrière son détachement apparent. J'employais exactement le même ton quand je parlais de Claire. Je m'étais moi-même entraîné à parler ainsi. À force de répéter des souvenirs douloureux, ils finissaient par perdre de leur intensité et devenaient moins pénibles, allant jusqu'à paraître creux et oubliables.

— Oh, je suis vraiment désolée, murmura Daphné en traçant des cercles avec sa fourchette dans les restes de sauce de son assiette.

— Ne le sois pas. Ce sont des choses qui arrivent, pas vrai ?

Skylar redressa légèrement les épaules et leva le menton.

— Oh, absolument.

Le regard de Daphné était compréhensif lorsqu'elle regarda Skylar.

Skylar regardait son assiette. J'étais distrait et cela m'agaçait au plus haut point. D'ordinaire, je ne me laissais jamais distraire. C'est pour ça que l'armée de l'air avait été un choix parfait pour moi. Je restais toujours concentré. Ma personnalité était parfaitement compatible avec une carrière de pilote. Et pourtant, il suffisait d'une femme pour me distraire lors d'un dîner avec mes amis. Je savais que j'allais en entendre parler plus tard.

Le groupe se dispersa progressivement et je me retrouvai à m'attarder alors que j'aurais normalement dû retourner à la maison du personnel. Mais Skylar était toujours là. Elle proposa à Cat de l'aider à débarrasser la table et à faire la vaisselle. Lorsque Daphné tenta de la dissuader, Skylar secoua la tête.

— Tu as préparé le dîner. Laisse-moi t'aider à tout nettoyer.

— Pas besoin, on s'en charge, lança Cat en faisant signe à Daphné de sortir de la cuisine.

Grant avait les pieds appuyés sur une chaise vide et était occupé à envoyer des textos. Je traversai le coin cuisine et appuyai mes coudes sur le comptoir.

Cat me regarda.

— Si tu veux traîner ici, tu dois mettre la main à la pâte.

— Comment je peux vous aider ?

J'aidais parfois à tout nettoyer, alors ça ne sortait pas vraiment de l'ordinaire, mais Cat me jeta un regard méfiant.

— Tu peux remplir le lave-vaisselle ?

Ce faisant, je me retrouvai à côté de Skylar. Elle était en train de nettoyer les assiettes et de jeter les serviettes en papier à la poubelle. Elle me fit un rapide sourire, mais elle resta concentrée sur ses tâches. En un rien de temps, nous avions tous terminé.

— Je te raccompagne jusqu'à ta voiture, lui proposai-je.

Un heureux hasard fit que Cat était allée aux toilettes à ce moment-là et Grant était parti en vadrouille. Skylar hocha la tête et me suivit à l'avant du bâtiment, qui était désormais silencieux. Si les dîners des soirées du personnel avaient tendance à s'éterniser, c'était surtout parce que nous avions l'habitude de rester à table après le repas. Les lumières étaient tamisées. J'allumai les lumières extérieures pendant que Skylar enfilait sa veste.

Une fois arrivée en bas de l'escalier extérieur, elle s'arrêta et leva la tête vers le ciel. Les étoiles scintillaient dans l'obscurité.

— Waouh, souffla-t-elle. Je crois que je n'ai jamais vu autant d'étoiles à la fois de toute ma vie.

Elle me jeta un regard, son visage dissimulé dans l'ombre.

— On ne réalise pas vraiment l'effet de la pollution lumineuse... jusqu'à ce qu'elle disparaisse, expliquai-je.

— C'est sûr.

Son souffle forma de légères volutes dans l'air glacé de la fin de l'hiver. Techniquement, le printemps approchait, mais on n'en percevait pas encore les signes. Le printemps en Alaska n'était jamais très chaud.

— Merci de m'avoir invitée, poursuivit-elle.

— De rien, je n'étais que le messager. C'est Daphné qui t'a invitée.

— S'il te plaît, remercie-la pour moi. Je crois que je n'ai pas eu l'occasion de le faire avant de partir.

Je me sentis soudain idiot de le lui avoir fait remarquer.

— Daphné t'a peut-être invitée, mais moi aussi, je voulais que tu sois là.

Mes propres paroles me surprirent. Skylar avait déjà commencé à s'éloigner et ses bottes crissèrent sur le gravier lorsqu'elle se retourna rapidement pour me faire face.

— Oh.

— Tu as une invitation permanente maintenant, alors reviens quand tu veux.

Un soupçon d'incrédulité traversa son regard.

— Vraiment ?

— Bien sûr. Je suis on ne peut plus sincère.

Elle sonda mon regard alors que ses doutes se lisaient dans ses yeux.

— Pourquoi tu as l'air si surprise ? demandai-je.

— Parce que.

Elle haussa les épaules, visiblement hésitante.

— Je ne sais pas pourquoi. Je n'avais qu'une seule amie proche et elle est morte, poursuivit-elle.

Je pouvais sentir l'émotion derrière ses mots et la force de cette émotion me coupa le souffle.

— Je suis désolé pour ton amie. La vie est vraiment merdique parfois.

Elle leva les yeux vers moi en haussant légèrement les sourcils.

— C'est clair. Merci de dire les choses comme elles sont.

Je hochai la tête. Elle se retourna à nouveau et continua à marcher sur le parking en gravier. Je lui emboîtai le pas. Elle s'arrêta à côté de sa voiture.

— Personne n'a encore remarqué ton porte-bagages.

Skylar gloussa. C'était la première fois que je l'entendais glousser et le son m'atteignit comme les étincelles jaillissantes d'un feu.

— Je ne peux pas croire que personne ne l'a remarqué.

— Promets-moi de ne pas briser ta promesse de silence, plaisantai-je.

Elle leva les yeux au ciel.

— C'est promis. Mais je trouve ça ridicule.

— Ça n'a pas d'importance. Honnêtement, tout le monde s'en fiche. Ils s'en fichent tellement qu'ils n'ont encore rien remarqué.

Ses épaules se mirent à trembler lorsqu'elle gloussa à nouveau. Lorsqu'elle se calma, nous étions en train de nous regarder l'un l'autre au clair de lune, au-delà de la douce lueur projetée par l'entrée de l'auberge. Skylar leva les yeux vers moi comme si elle voulait me dire quelque chose. Sauf que je n'avais pas vraiment envie de parler.

Je fis un pas en avant qui m'amena pile en face d'elle. Je levai la main et effleurai doucement sa pommette du bout des doigts. Ses yeux brillaient comme des miroirs étoilés sous la lumière de la lune. Je sentis qu'elle attendait de voir ce que j'allais faire, alors je laissai mon instinct prendre les rênes. Je n'étais peut-être pas fan des histoires d'amour, mais j'étais un expert en relations sans prise de tête. Peut-être que c'était tout ce dont j'avais besoin avec Skylar. On pourrait avoir une relation sans attaches.

Je baissai la tête suffisamment lentement pour qu'elle puisse m'empêcher d'aller plus loin si elle le voulait. Elle n'en fit rien. Elle soutint mon regard jusqu'à ce que mes lèvres frôlent les siennes. Une décharge électrique sembla jaillir de son corps pour envahir le mien. Un halètement retentit, mais je ne savais pas si c'était elle ou moi. J'inclinai légèrement la tête en glissant une main dans ses cheveux.

Au moment de poser ma bouche sur la sienne, son corps se tendit avant qu'elle ne laisse échapper un petit soupir, son souffle se bloquant au fond de sa gorge. Ce son me donna l'impression d'être foudroyé par un éclair à la chaleur si intense que j'en fus presque étourdi.

Elle se rapprocha davantage et je sentis la douce pression de ses courbes contre moi. Envahi par une soudaine envie d'aller plus loin, je glissai ma main autour de sa taille pour la poser sur la courbe délicate de ses fesses. Je la rapprochai de moi, puis je laissai ma langue s'emmêler avec la sienne. Elle me surprit en intensifiant soudainement le baiser avec une audace inattendue. Elle se pressa contre moi une dernière fois avant de se reculer brusquement, haletante, comme si une décharge électrique l'avait parcourue.

Elle m'avait déstabilisé et mon cœur battait la chamade. Elle porta la main à son cœur. Nos souffles formaient de petites volutes dans l'air froid tandis qu'elle me fixait intensément.

— Qu'est-ce que c'était ? chuchota-t-elle.

— Un baiser.

— Ne gâche pas tout. Je t'en prie.

Avant que je puisse lui demander ce qu'elle voulait dire par là, elle monta précipitamment dans sa voiture et claqua la portière. Je fis un pas en arrière et observai sa voiture s'éloigner jusqu'à ce que ses feux arrière disparaissent dans l'obscurité de l'allée.

Gâcher quoi ? murmurai-je plus tard à l'intention du plafond de ma chambre.

Chapitre Huit

SKYLAR

— Pourquoi j'ai dit ça ? me demandai-je en brossant mes cheveux avec une vigueur presque agressive le lendemain matin. Tucker va me prendre pour une folle. En plus, je parle toute seule maintenant, apparemment.

Mon reflet n'avait rien à me dire en retour. Me sentant ridicule, j'ôtai mon T-shirt et mon legging avant d'entrer sous la douche, espérant que l'eau chaude dissiperait mes pensées tourmentées. J'avais sincèrement apprécié de passer du temps avec tout le monde la veille. J'avais même pensé que je pourrais peut-être me faire de nouveaux amis. Mais le fait que Tucker m'ait embrassée avait tout gâché.

Mes complexes d'abandon, profondément ancrés, semblaient incurables. J'avais tendance à devenir *rapidement* envahissante avec les mecs que je pouvais fréquenter. Pour gérer ce problème au fil des années, j'avais choisi de ne jamais m'engager dans une relation sérieuse. C'était encore plus compliqué que d'essayer de me faire des amis. Toute mon enfance avait été marquée par un besoin désespéré de me sentir à ma place, d'avoir une famille et quelqu'un qui m'aimait.

Au lycée, je m'attachais à mes petits copains avec une ténacité presque désespérée. Je n'avais jamais commis d'actes irrationnels, comme harceler l'un d'entre eux, mais chaque rupture me laissait littéralement anéantie. Durant cette période, j'avais consulté plusieurs thérapeutes. Tous avaient tenté de m'aider à comprendre mes réactions et à accepter que ces problèmes étaient normaux. Ils m'avaient dit que je devais surmonter mes complexes pour espérer une relation saine. Après ma dernière rupture, survenue il y a quelques années, j'avais décidé que cela ne valait plus la peine d'essayer. Mon cœur refusait obstinément d'écouter ma raison.

J'en étais venue à la conclusion qu'il valait mieux renoncer à toute tentative de me mettre en couple. Toute relation finissait inévitablement par me rendre nerveuse, anxieuse, puis misérable et envahissante. Et pour éviter le rejet que je redoutais, je finissais par saboter moi-même la relation. J'étais devenue experte dans cet art-là.

Ma vie semblait plus simple lorsque j'évitais soigneusement les situations susceptibles de réveiller un manque affectif. La seule et unique personne qui avait toujours été là pour moi était Emily. Et désormais, elle n'était plus là. Comme Tucker l'avait si bien résumé, *la vie est vraiment merdique parfois.*

En arrivant au travail ce matin-là, je fus soulagée de constater que Ludie était déjà dans son bureau, concentrée sur la comptabilité. Dan se déconnecta immédiatement après que j'eus mis mon casque. Je pouvais désormais me consacrer pleinement à la coordination du transport de marchandises, à la transmission des mises à jour météorologiques et à bien d'autres tâches. Je me demandai si j'allais entendre la voix de Tucker à un moment ou à un autre de la journée.

À l'instant où cette pensée me traversa, une chaleur intense et des frissons m'envahirent. Ce baiser avait peut-être été bref, mais bon sang, il avait été incroyablement agréable. Ses lèvres avaient un goût légèrement mentholé, agréable et surprenant. Il dégageait une odeur océanique avec une touche d'épicéa, une combinaison étrange mais envoûtante. Mais j'imaginai que cela faisait partie des particularités de l'Alaska. Il avait l'odeur de l'endroit où il vivait et j'adorais ça. J'étais déjà sur le point de m'emballer et cherchais désespérément quelque chose, n'importe quoi, pour me distraire.

Quand mon portable vibra pour m'indiquer que j'avais reçu un message et que je vis qu'il venait de Cammi, je faillis pousser un cri de joie.

Cammi : *Salut, je sais que je te préviens un peu tard, mais si tu peux, passe au Misty Mountain Café après 20 heures ce soir. On va dîner tard et passer du temps ensemble. Ce serait super de t'avoir avec nous.*

Elle ajouta des émoticônes de fleurs et de cœurs, typiques de Cammi. Je ne pris même pas le temps de tergiverser sur son invitation. Je répondis immédiatement, reconnaissante pour cette distraction bienvenue.

Moi : *Avec plaisir ! Je serai là. Merci d'avoir pensé à moi.*
Ma réponse me valut une nouvelle salve d'émoticônes.

———

En me garant devant le Misty Mountain Café, je tentai d'ignorer la nervosité qui montait en moi. Ma poitrine me serrait et tout mon corps semblait crispé. En matière de relations sociales, on ne pouvait pas dire que j'étais particulièrement douée. Perfectionner cette compétence avait toujours été compliqué en famille d'accueil. Comme beaucoup d'enfants en famille d'accueil, j'avais passé mon temps à tenter de m'adapter à chaque nouveau foyer et à comprendre ce qu'on attendait de moi. La stratégie la plus sûre consistait à refouler ses émotions, car il était impossible de savoir à qui faire confiance.

Le café se trouvait dans une vieille hutte Quonset, une structure assez typique de la région. Cette structure incurvée en tôle ondulée avait été métamorphosée en un lieu féérique. Une enseigne colorée accueillait les visiteurs, tandis que l'intérieur, spacieux et lumineux, était décoré d'œuvres d'art et de jolies tables peintes. Je rangeai mon portefeuille dans ma poche avant de prendre une profonde inspiration. Je redressai les épaules, sortis de ma voiture et me dirigeai vers le bâtiment.

Il n'y avait vraiment pas de quoi en faire tout un plat. C'était juste un dîner, et Cammi était sympa. Je n'imaginais pas qu'elle puisse avoir une amie qui ne soit pas aussi gentille qu'elle. En jetant un coup d'œil par la fenêtre, j'aperçus Cammi au comptoir, en pleine discussion avec Risa, ma propriétaire. Je me détendis un peu. Risa était également accueillante.

Je ne savais pas si je devais frapper avant d'entrer ou non. Alors que je pesais le pour et le contre, une femme que je ne reconnus pas posa son regard sur moi. Elle me fit signe à travers la fenêtre et je poussai la porte, m'immobilisant lorsque Cammi leva les yeux vers moi. Un sourire se dessina sur son visage.

— Salut, Skylar ! Je suis contente que tu aies pu venir.

Elle fit le tour du comptoir et Risa lui emboîta le pas.

— Salut, toi ! Tu t'es bien installée dans l'appartement ? demanda Risa en posant doucement sa main sur mon coude.

— Il est parfait, répondis-je avec sincérité.

— Je suis ravie qu'il te plaise.

— Tu penses devoir le louer quand l'été arrivera ?

À peine avais-je prononcé ces mots que je me maudis intérieurement. Ce n'était vraiment pas le moment pour ce genre de question, mais mon anxiété se manifestait souvent ainsi.

— Non, je ne loue jamais mon appartement à des touristes. C'est beaucoup de travail.

— Tu es sûre ?

Risa sourit à nouveau et me serra le coude une fois de plus.

— Évidemment, j'en suis sûre. C'est chez toi tant que tu souhaites y rester.

— Elle a déjà entendu parler des galères liées aux locations estivales, expliqua Cammi à Risa.

— Oh, les gens parlent beaucoup de ça ? demanda Risa.

Cammi leva les yeux au ciel.

— Évidemment. Les appartements sont une vraie mine d'or en été.

— Honnêtement, je n'ai aucune envie de m'embêter avec ça. Ça impliquerait de nettoyer la chambre tous les jours, de changer les draps et de jouer les guides touristiques, expliqua Risa. Je suis déjà contente quand une bonne locataire reste tout l'été. Il m'est même arrivé de laisser l'appartement vide faute de trouver quelqu'un.

— Sans blague ? s'étonna la femme qui m'avait fait signe un peu plus tôt.

Ses boucles sombres rebondirent autour de ses épaules lorsqu'elle se retourna pour me regarder.

— Tu dois être Skylar.

J'acquiesçai d'un léger mouvement de tête.

— Je te présente Susie, dit Risa à côté de moi tout en lâchant mon coude. Ne commence pas avec tes questions indiscrètes, Susie, la prévint Risa.

— Indiscrète ? Moi ? Pas du tout ! protesta Susie.

— Tu parles, rétorqua Daphné.

Après avoir jeté un coup d'œil, je la vis assise à une table.

— Oh, salut, lançai-je.

Elle leva la main pour me saluer.

— Contente de te voir. C'est l'une de nos fameuses soirées entre filles.

— Merci de m'avoir invitée.

Mon regard se porta sur Cammi et je souris.

— T'as de la chance. Daphné ne vient pas souvent et elle a apporté des restes de nourriture de l'auberge, dit Cammi d'un air complice.

— Ooh, je vais pouvoir goûter à ta nourriture deux fois en une semaine. Je me sens privilégiée.

— Je n'arrête pas de dire à Daphné qu'elle devrait ouvrir un restaurant en ville. Je sais que tout le monde t'adore à l'auberge, dit Susie en s'asseyant ostensiblement à côté de Daphné, mais Diamond Creek aurait bien besoin d'un nouveau restaurant, histoire de créer un peu de concurrence.

Daphné rit doucement.

— Pour l'instant, mon petit train-train me convient. J'ai déjà travaillé dans un restaurant à temps plein et c'était *énormément* de travail.

— Ne me dis pas que tu te la coules douce en ce moment ? demandai-je en m'asseyant lorsque Cammi me fit signe de prendre place à côté d'elle.

— Non, j'ai beaucoup de travail, mais je m'en sors. Je cuisine pour les clients de l'auberge, donc le nombre est toujours fixe. Ensuite, je fais des extras pour le plaisir, comme les sandwichs de Cammi, précisa-t-elle. J'avais ouvert un restaurant à l'époque, et croyez-moi, ça peut rapidement devenir un gouffre financier.

— Oh, c'était où ? demandai-je.

— À Atlanta, dans une autre vie.

Daphné haussa les sourcils et sourit légèrement avant de poursuivre :

— J'ai aimé cette période, c'était une belle expérience, mais le stress m'a vraiment affectée.

— Diamond Creek n'est pas Atlanta. Je doute qu'il y ait autant de monde à servir ici, fit remarquer Cammi.

Daphné la regarda d'un air sceptique.

— En pleine saison touristique ? Permets-moi d'en douter.

Susie trouva cela hystérique et éclata de rire. Le carillon au-dessus de la porte retentit et je jetai un coup d'œil pour voir deux autres femmes entrer, Gemma et Nora.

— Oh, il y a presque tous ceux qui étaient au dîner hier soir, sauf les mecs, dit Nora en s'asseyant à côté de moi. On a parfois besoin de rester entre filles.

— Qu'est-ce que tu penses de Diamond Creek jusqu'à présent ? demanda Susie. Tu travailles pour Ludie et Dan, c'est ça ?

— Oui, et ça me plaît beaucoup.

Nora me sourit.

— Skylar gère parfaitement les transports et les appels. Elle sait quand elle peut se permettre de discuter, tout en restant très professionnelle. Quant à Ludie, elle est devenue un peu trop bruyante pour moi depuis qu'elle commence à perdre l'audition.

Susie rit à nouveau.

— C'est donc pour ça qu'elle parle si fort.

— Je te jure que j'ai mal aux oreilles quand elle est en service. Ils devront bientôt tous les deux prendre leur retraite. Tu devrais leur proposer de reprendre leur entreprise, lança Nora.

— Quoi ?! m'exclamai-je.

Imperturbable, Nora haussa les épaules.

— Pourquoi pas ? Tu es déjà formée.

— Je, euh, je ne sais pas, balbutiai-je.

— Si jamais tu décides de te lancer, n'hésite pas à me demander de l'aide, m'offrit Susie.

— Euh, merci ? répondis-je, incertaine de ce qu'elle voulait dire.

Cammi sourit.

— Susie est comptable et elle est très versée dans l'art d'obtenir un prêt bancaire. C'est grâce à elle que j'ai pu acheter cet endroit.

Ma bouche s'ouvrit en grand et je regardai tour à tour Cammi et Susie. Cammi posa son bras sur mes épaules et les serra légèrement.

— C'est juste une idée.

La simple idée de diriger ma propre entreprise me semblait tellement impossible que je ne savais même pas quoi penser. Je n'arrivais pas à exprimer à quel point cette idée me semblait insensée. Je me sentais ridicule de réagir ainsi, et encore plus en repensant à tout le reste. Je n'avais jamais vraiment possédé quoi que ce soit de significatif.

— Je n'ai jamais entendu Ludie et Dan parler de partir à la retraite, dis-je finalement.

Susie haussa nonchalamment les épaules.

— Elle n'est plus toute jeune. Je vais demander à ma mère, elle doit le savoir.

— À ta mère ?

— Oui, elle est amie avec Ludie. Ludie est encore plus âgée qu'elle.

— Ta mère n'est pas si âgée que ça, rétorqua sèchement Nora.

— Elle a soixante-quatre ans et Ludie en a au moins quatre-vingts, répondit Susie.

— Elle est si âgée que ça ? m'étonnai-je.

— Oh, bien sûr, confirma Nora en hochant la tête.

Une vague d'anxiété me serra la poitrine. S'inquiéter était une seconde nature pour quelqu'un comme moi, qui n'avait jamais connu de stabilité dans son enfance. La moindre menace de changement suffisait à alimenter des heures interminables d'angoisse. Emily avait moins tendance à se faire du souci que moi, mais pas tant que ça.

Susie appuya un coude sur la table et m'adressa un sourire.

— Je suis prête à t'aider. On va découvrir le scoop et élaborer un plan.

Au moment où j'acquiesçai, une minuterie retentit. Cammi se leva d'un bond.

— Je reviens tout de suite. Le dîner est prêt.

Daphné se leva pour l'aider et quelques minutes plus tard, elles revinrent avec plusieurs casseroles remplies de tamales.

Quelques instants plus tard, je goûtai ma première bouchée.

— Oh mon Dieu, c'est trop bon, m'exclamai-je en gémissant.

— J'adore en faire. J'ai fait une fournée pour le déjeuner de ce midi et j'en ai fait un peu plus en prévision de ce soir. J'ai dû les cacher à Flynn.

— Il n'est même pas au courant ? chuchota Nora de l'autre côté de la table.

Daphné sourit et secoua la tête.

— Si l'un des mecs l'avait appris, il aurait tout mangé. Cat devait aller en ville pour ses rendez-vous et les courses, alors j'en ai profité pour les préparer.

— Waouh, je suis vraiment gâtée, commentai-je avec un sourire.

— Ah, ce n'est rien. Tu es toujours la bienvenue pour dîner avec nous chaque semaine à l'auberge.

— Et tu pourras venir ici chaque fois qu'on se réunira pour une soirée filles. Mais je ne suis pas aussi organisée, ajouta rapidement Cammi.

— Vous n'êtes pas obligées de m'inviter à chaque fois, laissai-je échapper.

Daphné me regarda d'un air perplexe.

— Bien sûr que si. On t'aime bien, Skylar, dit-elle avec conviction.

Ma gorge se noua. Je ne savais pas quoi dire, alors j'enfournai une bouchée de nourriture dans ma bouche et un soulagement m'envahit lorsque quelqu'un changea de sujet. Je pris plaisir à écouter les discussions à propos de gens que je ne connaissais pas encore et à regarder tout le monde se taquiner avec bienveillance. Je finis par comprendre que Cammi, Nora et Susie avaient grandi ici. Quant à Risa, elle avait grandi près d'Anchorage, mais son frère vivait ici. Elle avait fini par s'installer à Diamond Creek et épouser le chef de la police. Je l'avais déjà croisé, mais sans réaliser qu'il s'agissait de son mari.

— Dans ce cas, je ferais mieux d'éviter les excès de vitesse, plaisantai-je.

— Oh, tant que tu ne dépasses pas la limite de plus de quinze kilomètres/heure, tu ne risques rien, répondit Risa d'un ton désinvolte.

— Ah bon ? intervint Susie.

— En général, la police n'arrête que ceux qui dépassent la limite de plus de quinze kilomètres/heure. Enfin, sauf si tu es une récidiviste, ajouta Risa en haussant les épaules.

— Waouh, c'est bon à savoir. Je me demande si c'est comme ça ailleurs, répondis-je, songeuse.

— Je vais régler mon régulateur de vitesse en conséquence, plaisanta Susie.

Daphné était nouvelle dans la région, tout comme moi.

— Depuis combien de temps tu vis ici ? demandai-je.

— Environ deux ans.

— Elle n'était censée rester qu'un mois, fit remarquer Nora en souriant. Mais elle est tombée amoureuse de Flynn et vice-versa, et maintenant, ils vont se marier. On lui est tous reconnaissants. Il est un peu grincheux de base, mais Daphné améliore considérablement son humeur.

— Je suppose que des rapports sexuels réguliers y contribuent, lâcha Susie, pince-sans-rire.

— T'es sérieuse ? Arrête de parler de la vie sexuelle de mon frère, marmonna Nora.

Daphné éclata de rire.

Alors que je croyais qu'on ne parlerait plus de moi, Nora me lança un regard appuyé en haussant un sourcil.

— Alors, Tucker ?

— C'est à moi que tu parles ? répondis-je prudemment.

Elle hocha lentement la tête. Daphné se pinça les lèvres et je voyais bien qu'elle s'efforçait de ne pas rire.

— Tu peux être un peu plus précise ?

— Tu l'as embrassé, non ? lança Nora sans détour.

— Quoi ? Comment tu sais ça ? bafouillai-je, rouge comme une tomate.

— Vous vous êtes embrassés sur le parking. Gabriel et moi sommes sortis par l'arrière et on vous a vus en passant chez moi.

— Oh mon Dieu.

Je me pris la tête dans les mains et inspirai un grand coup.

— Waouh, poursuivis-je. Je ne sais même pas comment ça a pu arriver. Maintenant, il y a des ragots sur moi. Ce n'était qu'un baiser, lâchai-je finalement lorsque j'eus trouvé le courage de relever la tête.

— Tucker est vraiment un mec bien, dit Daphné pour tenter de me rassurer.

— Je ne sais pas ce qui m'a pris. Je n'ai pas envie d'aller plus loin et je suis presque sûre que lui non plus. Je ne l'embrasserai plus jamais, déclarai-je précipitamment.

— Nous, on espère bien que ça ira plus loin, lança Nora en frappant la table de la main.

— Allez, raconte, insista Susie. Je connais bien Tucker, mais il n'y a jamais aucun potin sur lui, rien du tout. Ce mec est d'une discrétion incroyable, surtout en sachant qu'on vit dans une petite ville comme Diamond Creek.

Puisque le secret était éventé, je décidai de ne plus me retenir et laissai libre cours à ma curiosité.

— Alors, qu'est-ce que vous savez sur lui ?

— À l'exception de Grant, tous les gars de l'auberge ont servi ensemble dans l'armée de l'air. Ils sont super proches, et Tucker est vraiment génial. Mais il semble allergique aux relations amoureuses. Honnêtement, je ne sais même pas s'il a une vie sexuelle. J'ai posé la question à Gabriel, mais il s'est contenté de hausser les épaules. Cela dit, ça aurait été surprenant qu'il trahisse son pote aussi facilement, expliqua Nora.

— C'est sûr, approuva Daphné. Mais Flynn me raconte tout, en général.

— Oui, mais c'est parce qu'il est complètement sous ton charme, répliqua Cammi avec un sourire.

Daphné leva les yeux au ciel.

— Qu'est-ce que tu sais d'autre sur lui ? demandai-je.

— Il a une petite sœur, qui est thérapeute. Ses deux parents sont encore en vie et il est très proche d'eux. Flynn m'a confié qu'il avait vécu quelque chose de difficile au lycée, mais il ne m'a pas donné de détails. Je vais directement demander à Tucker, annonça Daphné en tapotant la table du bout des doigts.

— Les gars se confient toujours à Daphné, remarqua Nora. Mais moi, ils me voient comme la petite sœur de Flynn, alors ils ne me disent rien.

— Mais Gabriel ne te voit pas comme une petite sœur, lui, plaisanta Daphné avec un clin d'œil.

Les joues de Nora se mirent à rougir.

— Moi aussi, je te dis toujours tout, alors découvre le scoop pour nous.

— Je pense que toi et Tucker iriez bien ensemble, dit Cammi. Je l'ai toujours apprécié. Il est gentil, mais il est plutôt réservé.

— Elias est réservé, intervint Susie.

— Oui, mais il est aussi un peu taciturne. Tucker n'est pas comme ça, répondit Cammi. Il est seulement réservé.

— Franchement, vous n'êtes pas très utiles pour me donner des infos, fis-je remarquer avec une pointe d'amusement.

— Tu l'aimes bien ou pas ? demanda Susie.

Mon cœur battit la chamade dans ma poitrine et j'eus le souffle coupé pendant un instant. — Je ne sais pas. Enfin... oui, je suppose, admis-je finalement, troublée.

Je n'avais pas l'habitude de parler de mes sentiments, sauf avec Emily. Mais Emily n'était plus là. Je pris une inspiration tremblante.

— Ça manque d'une nouvelle histoire d'amour dans le coin, lança Susie avec un éclat malicieux dans les yeux.

Chapitre Neuf

SKYLAR

Assise sur le canapé, je passai mes bras autour de mes genoux, posai le menton dessus et regardai par la fenêtre. La surface sombre et luisante de l'océan scintillait sous la lumière de la lune.

J'étais convaincue que Susie était complètement folle de croire que Tucker et moi pouvions vivre quelque chose qui ressemble, même de loin, à une histoire d'amour. Notre baiser n'était qu'un accident. Et puis, les histoires d'amour et moi, ça faisait deux. Je savais déjà comment ça finirait. J'allais commencer à paniquer, parce qu'il était plus facile de me résigner à rester seule que de me laisser aller à espérer autre chose.

Je poussai un soupir.

— Qu'est-ce que je devrais faire, Emily ? chuchotai-je dans l'obscurité.

Tu pourrais te donner une chance.

Parfois, j'avais l'impression d'entendre sa voix, mais je remettais aussitôt en question ma santé mentale. Elle répétait souvent qu'il fallait se donner une chance. Elle se le disait autant à elle-même qu'à moi.

Quand j'étais partie pour l'Alaska, c'était en partie parce qu'elle avait déjà tout organisé. Elle avait trouvé la location pour nous. Nous avions postulé à des emplois ensemble, et j'avais été stupéfaite d'en décrocher un après un simple entretien vidéo.

J'étais venue ici avec l'idée de me donner une chance, comme Emily me l'avait conseillé à l'époque. Mais une histoire d'amour ? Ça n'avait jamais fait partie du plan. Rien que le fait de reconstruire ma vie et de retrouver un semblant d'équilibre relevait déjà du miracle.

Après avoir poussé un autre soupir, je dépliai mes jambes et me demandai si je devais essayer d'aller me coucher. J'avais toujours eu du mal à trouver le sommeil. D'ailleurs, je n'avais jamais vécu seule auparavant. Après que les familles d'accueil nous eurent mises à la porte à nos dix-huit ans, Emily et moi avions toujours partagé un logement, même avec nos moyens limités. Parfois, on se contentait d'un studio minuscule, mais au moins, on était ensemble.

Ça faisait bizarre de me retrouver seule. Emily avait l'habitude de s'endormir avec la télévision en marche. J'essayais de me défaire de cette habitude, mais c'était difficile.

L'Alaska était incroyablement calme, bien plus que tous les endroits où j'avais vécu jusqu'ici. Une fois la galerie fermée, il ne restait plus que moi dans le bâtiment. Au bout du couloir, Risa louait une chambre à une artiste que je n'avais encore jamais croisée. Je l'avais entendue travailler quelques fois, mais elle semblait ne jamais être là la nuit. Je me rendis dans ma chambre en traînant de pieds, tirai les draps et l'édredon sur moi, puis m'allongeai. Des pensées sans queue ni tête fusaient dans ma tête. Peu à peu, elles s'estompèrent, et je finis par sombrer dans un sommeil agité.

Chapitre Dix

TUCKER

Quelques jours plus tard, je n'avais pas de vols prévus avant l'après-midi. Ce genre de matinée ne me dérangeait pas du tout, car cela signifiait que je pouvais traîner dans la cuisine de l'auberge et savourer les plats immanquablement délicieux que Daphné préparait. Ce matin-là, elle préparait des omelettes à la demande.

— Qu'est-ce que tu veux manger ? demanda-t-elle en souriant.

— Honnêtement, je te laisse décider.

— Non, choisis ce que tu préfères.

— Non, je préfère te laisser décider, tu sais mieux que moi ce qui est bon, répliquai-je.

— Dans ce cas, que dirais-tu d'une omelette au saumon fumé, fromage de chèvre et poivrons rouges ?

— Ça a l'air délicieux.

— C'est pas la première fois que je t'en fais une, dit-elle en levant les yeux au ciel avant de commencer à préparer l'omelette.

Elle connaissait une astuce pour casser deux œufs à la fois, et c'était fascinant à regarder.

— Comment tu fais ça ? demandai-je, admiratif.

— Ça demande beaucoup d'entraînement, répondit-elle avec un sourire en coin.

Quelques minutes plus tard, alors que j'en étais à la moitié de mon omelette, je brisai le silence :

— Ne le prends pas mal, mais parfois, je suis jaloux de Flynn.

Daphné esquissa un sourire.

— Comment ça ?

— Je ne rêve pas d'une histoire d'amour, mais j'aimerais avoir de bons petits plats pour toujours. Et c'est exactement ce qu'il a grâce à toi.

— Tant que tu travailleras ici, tu auras toujours de bons petits plats, répondit-elle avec légèreté.

— C'est vrai, et comme je n'ai pas l'intention de quitter ce travail, je crois que j'ai décroché le jackpot, conclus-je avec un sourire.

Elle commença ensuite à faire la vaisselle. Flynn entra dans la cuisine pour se servir une autre tasse de café, puis s'éclipsa un instant plus tard en déclarant :

— Je dois passer quelques appels au bureau.

— C'est mon bureau, lança Daphné à son intention.

Flynn s'arrêta à la porte en affichant un sourire.

— Je te le laisserai quand tu en auras besoin, promis.

Il lui adressa un clin d'œil avant de disparaître dans le couloir menant à leur appartement privé.

— Il n'y en a vraiment pas deux comme lui, soupira-t-elle avec une affection évidente dans la voix.

Il ne restait plus que Daphné et moi dans la pièce. Le silence ne semblait pas la gêner, et c'était une des choses que j'avais toujours appréciées chez elle. Elle continua à vaquer à ses occupations pendant que je savourais mon omelette et sirotais mon café.

— Au fait, parle-moi un peu de ta vie, Tucker, lança-t-elle brusquement, me faisant sursauter.

— Tu sais déjà tout sur ma vie, Daphné. Je vis ici. Je pilote des avions. Ça résume bien mon existence.

— Je sais, mais tu as une sœur, une famille...

— Ouaip, Tori est thérapeute. De temps en temps, elle me fait part de son envie de venir s'installer ici.

— Oui, et tes parents vivent en Arizona. Comment ils vont ?

— Ils vont bien. Ils sont toujours heureux en ménage et c'est déjà une victoire en soi, répondis-je.

— T'as déjà été amoureux ? demanda-t-elle.

Son ton était léger, mais je compris aussitôt ses intentions. Mon sixième sens avait vu juste.

— Peut-être, dis-je en haussant les épaules.

Je pris la dernière bouchée de mon omelette en la regardant pendant que je mâchais. Après avoir terminé, je posai ma fourchette.

— Va droit au but, Daphné. Si tu veux savoir quelque chose, tu n'as qu'à demander.

Elle soupira.

— Bon, d'accord. La rumeur dit que tu avais une petite amie au lycée et qu'il s'est passé quelque chose. J'aimerais savoir quoi.

Mon cœur se serra dans ma poitrine.

— Pourquoi ?

— Parce que je veux que tu sois heureux, mais j'ai l'impression que tu ne t'autorises pas à l'être, alors je veux comprendre pourquoi.

— Je suis heureux, tu sais.

— Peut-être, mais tu restes toujours enfermé dans ta bulle.

— Et alors ? T'as pas besoin de jouer les entremetteuses pour moi. Je jure sur la tête de mes parents que la vie de célibataire me convient.

Je pensai aussitôt à ce fichu baiser avec Skylar. À cause de ça, je l'avais évitée deux fois ces derniers jours. Comme je pilotais des avions et qu'elle travaillait à proximité, nos chemins se croisaient souvent.

— Pourquoi tu me poses des questions sur le lycée, tout à coup ? m'étonnai-je.

— Parce que nos premières relations nous façonnent souvent, fit remarquer Daphné.

— D'accord, je vais te raconter, acquiesçai-je pour me débarrasser une bonne fois pour toutes de cette conversation. J'avais une petite amie au lycée. Je l'aimais autant qu'un adolescent peut aimer.

Même si cela remontait à des années, j'avais assez de jugeote pour savoir qu'une fois adulte, les choses étaient un peu différentes en matière d'amour.

— Mais elle est morte, lâchai-je sans détour.

Ces mots, je les avais prononcés tant de fois qu'ils sortaient désormais sans effort, mais ils étaient toujours accompagnés d'une douleur sourde. Le deuil était quelque chose de bizarre. Parfois, il s'estompait, et d'autres fois, c'était une forme menaçante dans l'obscurité qui vous frappait si fort que vous pouviez à peine respirer sous l'effet de la douleur.

— Oh... Je suis désolée, murmura Daphné.

— Oui, moi aussi. Mais je sais que tu me comprends. Toi aussi, tu as perdu quelqu'un qui comptait énormément, peut-être encore plus que ma petite amie de l'époque.

— Ce n'est pas comme ça que ça fonctionne. Aucun deuil n'est comparable à un autre.

Je haussai les épaules.

— Je l'aimais vraiment. La vie peut être tellement injuste.

— Oui, c'est vrai. Et c'est pour ça que tu évites les rendez-vous galants comme la peste ?

— Daphné... commençai-je d'un ton plein de reproches.

Elle se contenta de hausser les épaules et de pencher la tête sur le côté, attendant patiemment ma réponse.

— Parce qu'on ne sait jamais quelle merde va nous tomber dessus, finis-je par dire.

— Ouais, sans blague, dit-elle sans détour avec son léger accent du sud des États-Unis. Mais est-ce que c'est une raison pour faire une croix sur l'amour pour le reste de ta vie ?

— Écoute, je suis satisfait de ma vie actuelle. Je n'ai pas vraiment envie de revivre une histoire d'amour pour devoir y renoncer encore. Une fois, ça m'a suffi.

— Je crois qu'avec cette attitude, tu ne fais qu'aggraver les choses, fit-elle remarquer.

Malgré moi, je me sentis immédiatement sur la défensive. Elle avait peut-être raison, mais je ne voulais pas réfléchir à ce que cela impliquait.

— Daphné... l'avertis-je à nouveau.

— Qu'est-ce qu'il y a, Tucker ? T'as embrassé Skylar.

— Oh, bordel ! C'est donc de ça qu'il s'agit ?

Elle haussa les épaules et esquissa un sourire.

— Peut-être que oui, peut-être que non. J'aime bien Skylar.

— N'essaie pas de jouer les entremetteuses. N'y pense même pas. Ce baiser était une erreur. Je ne sais pas ce qui m'a pris.

— Eh bien, tu voulais manifestement l'embrasser, ironisa-t-elle.

— Oui, mais Skylar est gentille. Elle cherche peut-être quelque chose de sérieux, alors que moi, c'est hors de question.

— En fait, je ne crois pas qu'elle veuille quelque chose de sérieux.

— Pourquoi ? insistai-je.

Daphné plissa les yeux et me regarda attentivement.

— Parce que je pense qu'elle est encore plus cynique que toi.

Comme toujours, Daphné avait ce don de me faire baisser ma garde. Alors, je finis par lâcher :

— Elle m'a dit un truc bizarre.

— Quoi exactement ?

— « Ne gâche pas tout », ou un truc du genre.

— Ne gâche pas quoi ? demanda Daphné, intriguée.

— Je ne sais pas, elle reste toujours à l'écart. Je ne sais même pas si elle a des amis.

— On est ses amis, déclara Daphné avec conviction.

Daphné avait une âme de mère poule. Une fois qu'elle avait décidé que quelqu'un faisait partie de son cercle, elle le prenait sous son aile et le protégeait.

— Tu pourrais lui demander ce qu'elle voulait dire par là, suggéra-t-elle.

— Euh, sans façon. Je pense qu'il vaut mieux que je ne l'embrasse plus jamais. On peut rester de simples amis.

Daphné leva les yeux au ciel, puis reprit une expression neutre et me regarda.

— Un petit conseil de la part de quelqu'un qui est aussi passé par un deuil difficile : il vaut mieux s'autoriser à vivre quelque chose de beau après. C'est presque comme si tu l'avais mérité. Comme s'il existait un équilibre dans l'univers et que tu avais déjà traversé le pire. Tu sais, parfois, je regarde autour de moi et je vois des gens qui n'ont jamais connu d'épreuves, mais qui ne sont pas heureux pour autant. Quand on a aimé et perdu, on réalise à quel point ce genre de relation est précieux.

Mon cœur se serra douloureusement. À cet instant, Cat entra dans la cuisine, interrompant notre conversation à mon plus grand soulagement. J'aimais bien Daphné. Bon sang, je l'aimais comme j'aimais tous mes amis, mais elle avait rouvert une plaie encore douloureuse.

Chapitre Onze

SKYLAR

J'avais beaucoup de travail. C'était toujours le cas, et j'avais presque toujours mon casque vissé sur les oreilles, mais les commentaires de l'autre soir sur la retraite potentielle de Ludie et Dan m'avaient donné envie d'écouter aux portes. Alors que ma journée de travail touchait à sa fin, je me surpris à m'attarder dans la salle de repos, si tant est qu'on puisse l'appeler ainsi.

Le bâtiment comportait un espace ouvert à l'avant, où la cargaison était parfois entreposée temporairement, et deux bureaux situés au fond du couloir. Le plus grand bureau accueillait une table en L équipée de plusieurs écrans d'ordinateur et d'un matériel radio permettant de surveiller et de rapporter les mouvements des avions. Le petit bureau appartenait à Ludie. Dan, quant à lui, n'avait même pas de bureau attitré. Il traînait souvent dans celui de Ludie, assis à la table ronde dans un coin, ou travaillait parfois dans la salle de repos.

Écouter aux portes n'était pas mon fort. Pire encore, c'était une habitude à laquelle j'étais carrément allergique. Mes années en famille d'accueil, où j'avais dû apprendre à vivre avec l'incertitude, m'avaient enseigné les dangers de tendre l'oreille. Il m'était arrivé d'entendre les enfants biologiques se plaindre de ma présence ou des discussions sur ce que mon assistante sociale prévoyait pour moi. En résumé, mieux valait ne rien savoir.

Je détestais l'incertitude, mais écouter des bribes de conversations hors contexte ne faisait qu'aggraver les choses, car cela créait une incertitude encore plus toxique. Il valait mieux attendre que mon assistante sociale arrive avec son sourire habituel pour m'annoncer ma prochaine destination.

Malgré tout, je n'avais jamais oublié Jolene, l'une de mes assistantes sociales. J'adorais la chanson *Jolene* de Dolly Parton, même si elle n'avait rien à voir avec ma situation — juste parce que Jolene portait ce prénom. C'était elle qui s'était arrangée pour qu'Emily et moi restions dans le même établissement scolaire pendant des années. Elle avait même tenté de nous placer dans les mêmes foyers autant que possible, après notre premier placement ensemble, où nous étions devenues inséparables.

Mais revenons à nos moutons : je traînais dans la salle de repos quand Dan passa dans le couloir. Il s'arrêta et me lança un regard intrigué.

— Qu'est-ce que tu fabriques ici si tard, Skylar ? demanda-t-il avec son habituel franc-parler.

— Rien, répondis-je en essayant d'avoir l'air décontractée.

Il plissa les yeux.

— Qu'est-ce que tu manigances ? Qu'est-ce que tu veux savoir ?

— Pardon ? balbutiai-je, sentant une bouffée de chaleur envahir mon cou et mes joues.

Il entra et s'assit.

— Tu t'inquiètes de la retraite de Ludie ?

Dan avait une capacité à lire dans les pensées qui m'avait surprise plus d'une fois.

— Oui, avouai-je, moi-même surprise par mon honnêteté.

Mal à l'aise, je me mis à frotter le bord de ma manche entre mon pouce et mon index.

— Ne t'en fais pas, tu garderas ton boulot.

— Si elle part à la retraite, qu'est-ce qui arrivera au contrat de la boîte ? demandai-je.

Toute leur activité reposait sur le contrat de coordination des transports pour l'aéroport.

Pour une raison que j'ignorais, Dan était plus facile à aborder que n'importe qui d'autre, malgré son air bourru. Ce n'était pas parce qu'il était chaleureux ou affable, mais parce que je pouvais compter sur lui pour me dire la vérité, même quand elle était difficile à entendre. Il partageait cette qualité avec Jolene. Elle avait beau être chaleureuse et accueillante, elle était aussi d'une honnêteté implacable et totale. C'était une qualité que j'appréciais particulièrement. Je préférais affronter une vérité que je redoutais plutôt que de rester dans l'ignorance.

— Parles-en à Ludie, dit Dan.

— Maintenant ?

— Bien sûr.

Je sentis mon estomac se nouer au moment de me lever. Je traversai le couloir et pénétrai directement dans le bureau de Ludie, avant de m'arrêter devant son bureau. Elle avait les yeux rivés sur son ordinateur, la main sur sa souris.

— Ludie ?

— Oui, ma chérie ? répondit-elle en levant les yeux vers moi.

— Tu comptes prendre ta retraite ?

— Un jour, dit-elle en haussant les épaules.

— Quand ça ?

— Ne t'inquiète pas pour ça.

Elle venait littéralement de me demander de faire l'impossible. Je poussai un soupir.

— Tu pourrais simplement me dire quand tu comptes le faire ? Le fait de ne rien savoir est vraiment stressant pour moi.

— Parfois, il faut se laisser porter par le courant, ma chérie.

Sans réfléchir, je lui balançai la vérité.

— Ludie, j'ai grandi dans de multiples familles d'accueil et j'ai été obligée de me laisser porter par le courant sans avoir mon mot à dire sur ma situation pendant la plus grande partie de ma vie. Ce travail est le meilleur que j'aie jamais eu et je l'adore. Si je dois me retrouver au chômage parce que tu pars à la retraite, je préfère le savoir maintenant.

— Ma chérie, on va s'arranger pour te transférer le contrat, dit-elle, le ton calme et le regard chaleureux.

— Vraiment ?

— Bien sûr.

— C'est aussi simple que ça ? demandai-je, sceptique.

Elle haussa les épaules.

— Non, ce n'est pas simple et ça te ferait endosser beaucoup plus de responsabilités. Mais je t'aime bien et tu fais un très bon travail, alors on va arranger ça pour toi.

— C'est tout ? insistai-je, incapable d'interrompre mon flot de questions.

— Oui, c'est tout.

— Quand est-ce que tu prendras ta retraite ?

Elle haussa les épaules et une envie de crier me traversa. Elle sembla percevoir ma frustration.

— Disons dans les trois prochaines années.

— Alors, j'ai trois ans pour trouver une solution ?

— Eh bien, on ne sait jamais ce qui peut arriver.

— Bon sang, Ludie. Arrête de te moquer de moi.

Face à mon exaspération, elle sourit.

— On s'assurera que tout soit réglé à l'avance.

— Tu ne me connais que depuis l'été dernier. Pourquoi tu ferais une chose pareille ?

— Parce que je t'aime bien. Tu es la première employée qu'on ait jamais recrutée. Avant, il n'y avait que Dan et moi. On n'a pas d'enfants. Et comme je l'ai dit, tu fais très bien ton travail.

— Oh.

Comme j'étais au bord des larmes, ce fut tout ce que je pus répondre.

— Susie m'a parlé, dit-elle avec un sourire.

— Vraiment ? m'étonnai-je.

— Oui, j'étais chez sa mère. Elle a mentionné qu'elle t'aiderait à gérer le volet comptable et je ne doute pas qu'elle le fera. Susie s'y connaît dans ce domaine. Tout sera déjà organisé quand je serai prête à prendre ma retraite. Bref, je dois m'occuper de commander des fournitures de bureau, alors file. Ton service est terminé. En plus, il commence à faire nuit.

Je ris toute seule au moment de monter dans ma voiture pour rentrer chez moi. Mais à peine l'étourdissement causé par la réponse de Ludie s'était-il dissipé que l'inquiétude s'installa : comment allais-je gérer tout cela ? J'étais une personne inquiète de nature et ma thérapeute préférée appelait ça l'« anxiété d'anticipation. » Elle m'avait expliqué que mon enfance chaotique m'avait poussée à être constamment sur mes gardes. La vie m'avait prouvé qu'il y avait *toujours* quelque chose qui finissait par aller de travers. La seule personne sur qui j'avais pu compter dans ma vie n'était plus de ce monde.

Chaque fois que je pensais à cette thérapeute, je me demandais ce qu'elle penserait si elle savait qu'Emily était morte. Je me disais qu'elle serait triste pour moi et cette idée m'irritait : je ne voulais pas de la compassion des autres. Je refoulai les larmes qui me montaient aux yeux et pris une profonde inspiration.

Chapitre Douze

SKYLAR

Le lendemain matin, je garai ma voiture sur le parking en gravier du Red Truck Coffee et je souris quand je vis Cammi à travers la fenêtre de service. Mes bottes crissèrent sur le gravier alors que je rejoignais la file d'attente.

Il faisait frais ce matin-là et je trouvais impressionnant qu'elle soit déjà si occupée. Lors du dîner avec les filles l'autre soir, j'avais appris que les clients affluaient ici dès l'ouverture au printemps, attirés par la saison touristique. En peu de temps, j'avais appris à distinguer les touristes des gens du coin. Les touristes arboraient souvent des vêtements coûteux, tandis que ceux qui allaient au port pour pêcher portaient des jeans usés, des vêtements chauds et des bottes en caoutchouc.

J'attendais depuis quelques instants à peine lorsqu'une présence derrière moi attira mon attention. Je jetai un coup d'œil par-dessus mon épaule et vis Tucker.

— Oh ! couinai-je.

Il était en train de consulter son portable et leva les yeux vers moi.

— Oh, salut, Skylar.

— Salut, désolée de t'interrompre.

Il sourit en haussant les épaules.

— Je regardais juste mon planning de vols pour la journée.

— Tu peux le consulter sur ton portable ?

— On a un planning partagé. Nora s'assure qu'on le connaisse toujours sur le bout des doigts. Et toi, comment ça va ?

— Oh, ça va très bien. Et toi ?

— Ça va plutôt bien.

Une tension palpable s'était installée et je me sentais troublée. Si seulement on ne s'était pas embrassés... J'avais craint que cela ne gâche tout, et c'était exactement ce qui semblait se produire. Je voulais juste me faire des amis ici. Les histoires d'amour se terminaient toujours de façon désastreuse pour moi et je le savais parfaitement. Mais convaincre mon corps d'écouter ma raison avait toujours été mission impossible. Et avec Tucker, c'était encore pire.

Il était tellement beau et sexy. Ses cheveux bruns bouclés étaient légèrement en bataille et ses yeux bleus brillaient intensément dans la lumière du matin. Sa démarche décontractée semblait indiquer qu'il ignorait à quel point il était séduisant. Ou peut-être qu'il le savait parfaitement. Après tout, j'avais mis de côté toutes mes inhibitions pour l'embrasser, même en sachant que c'était une mauvaise idée. Je n'avais aucun doute qu'il devait être habitué à avoir les femmes à ses pieds.

— Tu vas bosser ? demanda-t-il.

J'acquiesçai d'un signe de tête.

— C'est ton tour, poursuivit-il avec un léger mouvement du menton.

— Oh ! couinai-je à nouveau avant de me retourner et de me précipiter vers le comptoir. Salut, Cammi.

Je tentai vainement de dissimuler mon rougissement. J'avais une fâcheuse tendance à rougir pour un rien. Heureusement, ce n'était que Cammi. Quand bien même elle ne m'aurait pas invitée à dîner l'autre soir, je savais qu'elle n'était pas du genre à se moquer des autres. Pas en public, du moins. Elle était tout simplement adorable, une vraie crème.

— Salut, Skylar. Envie d'essayer une nouveauté ? J'ai justement ajouté quelque chose au menu.

— Qu'est-ce que tu proposes ?

— Un double expresso avec mon nouveau sirop maison.

— Quel genre de sirop ? m'enquis-je avec méfiance.

— Je te promets que ce n'est pas trop sucré, dit-elle avec un sourire chaleureux.

— Tu me connais. Je n'aime carrément pas les cafés trop sucrés, dis-je en secouant rapidement la tête.

— Je sais. Alors, tu veux goûter ?

— Bon, d'accord.

— Tu veux aussi quelque chose à grignoter ? Daphné m'a livré des scones orange-canneberge, qui sont délicieux soit dit en passant, et des roulés salés. Aujourd'hui, j'ai épinards-gruyère ou jambon-gruyère. Fais ton choix.

— Je vais prendre un scone et un roulé aux épinards. J'ai besoin d'un mélange sucré-salé ce matin.

— Je vais prendre la même chose, dit Tucker à côté de moi.

Le son de sa voix me fit pratiquement sursauter. Instinctivement, je fis un pas de côté pour mettre un peu de distance entre nous.

— C'est moi qui paie ce matin, ajouta-t-il.

— Ce n'est pas nécessaire, couinai-je.

Apparemment, mes échanges avec Tucker ce matin-là étaient condamnés à être ponctués de couinements de ma part.

— Tu paieras la prochaine fois, répliqua-t-il avec insistance.

— Je ne t'ai jamais croisé ici, protestai-je.

— Normal, Cammi vient tout juste d'ouvrir pour la saison. Fais-moi confiance, tu vas me voir ici presque tous les jours. C'est ici que je prends mon café avant d'aller bosser.

— Vous n'avez pas de café à l'auberge ? demandai-je.

— Daphné est une excellente cuisinière, mais le café de Cammi est imbattable, déclara simplement Tucker.

Cammi sourit chaleureusement.

— Merci. Je te prépare comme d'habitude.

Elle lui fit un clin d'œil avant de se tourner pour préparer nos commandes.

— Qu'est-ce que tu prends d'habitude ? demandai-je.

— Un *shot in the dark*.

— Qu'est-ce que c'est ?

— C'est du café noir avec un shot d'expresso. J'ai besoin de caféine pour tenir, surtout que je vais être dans les airs toute la journée.

— Tu pilotes jusqu'à quelle heure ?

— Jusqu'à ce qu'il fasse trop sombre. Selon le planning de Nora, j'atterrirai à…

Il sortit son portable, tapota sur l'écran et fit défiler la page avec son pouce.

— … dix-sept heures trente. Juste avant le coucher du soleil. Elle a ajusté le planning pour que je puisse rentrer à temps pour le cours de yoga à l'auberge.

— Parce que ça te fait du bien, lança Cammi.

— Qui prend tes derniers vols ce jour-là ?

— Trey Holden.

Ce Trey était un avocat et un pilote amateur que je n'avais rencontré qu'une seule fois, lorsqu'il avait déposé une livraison pour un client de l'autre côté de la baie.

— Oh, c'est vrai, il effectue parfois des vols pour votre entreprise. C'est sympa d'avoir un cours de yoga à l'auberge. Je suis allée plusieurs fois au cours de Gemma en ville. Elle est géniale.

— Voici ton café, Skylar, dit Cammi en faisant glisser le gobelet en carton sur le comptoir jusqu'à moi.

Tucker posa résolument un billet sur le comptoir alors que je commençais à sortir mon portefeuille. Je me sentis hésiter. C'était une chose que je ne savais pas comment gérer. Même avant de renoncer définitivement aux rencontres, je préférais toujours payer. Je n'aimais pas dépendre de quelqu'un, même pour un geste aussi trivial.

— Tucker… commençai-je sur un ton plein de reproches.

— Skylar, fais-moi confiance. Je paie toujours le café à mes amis, et eux me rendent la pareille.

— Il dit la vérité, le défendit Cammi au moment de lui tendre son café.

Elle rendit sa monnaie à Tucker, qui la plaça aussitôt dans le pot à pourboires. Il s'écarta pendant qu'elle prenait les commandes des clients suivants. Elle commença à préparer leurs cafés, puis appela nos noms pour nous remettre nos scones et nos roulés salés dans deux sacs en papier différents.

Je restai là, à me demander quoi dire, avant de me résoudre à siroter mon café.

— Merci, dis-je finalement.

— Demain, c'est à ton tour de payer.

Il m'adressa un sourire qui me donna des papillons dans le ventre.

— T'es sûr et certain que je te verrai ici demain ?

— Pas forcément demain, mais bientôt. La prochaine fois que tu me verras, c'est toi qui paieras. Marché conclu ?

— D'accord.

Sans perdre une seconde, je traversai le parking à toute vitesse, montai dans ma voiture et pris une gorgée de mon café. Je n'aurais pas dû être aussi troublée, mais c'était ce stupide baiser qui me perturbait. J'inspirai un bon coup et démarrai. Quelques instants plus tard, je réalisai que la voiture de Tucker me suivait de près. Comme par hasard, il se rendait au même endroit que moi.

Merde, merde, merde, marmonnai-je.

Il allait probablement se garer juste à côté de moi. Je décidai de l'ignorer si c'était le cas.

Chapitre Treize

TUCKER

Je suivis Skylar jusqu'à l'aéroport, en me disant que mon impression d'avoir spontanément pris feu simplement en restant à côté d'elle n'était pas aussi préoccupante que ça. Cette réaction était passagère. Il le fallait.

Bien entendu, je n'avais pas non plus oublié ce baiser et je n'arrêtais pas de me demander ce que Skylar avait voulu dire quand elle m'avait dit de ne pas tout gâcher.

Je finis par me garer juste à côté d'elle, car c'était la place de parking la plus logique : elle se trouvait juste en face de l'un des hangars de Walker Adventures. Il n'y avait pas beaucoup d'autres places, de toute façon. Je me retrouvai à attendre à l'arrière de sa voiture.

Elle en sortit et me demanda :

— Est-ce que quelqu'un a remarqué mon porte-bagages ?

Je gloussai en réponse.

— Non. Je t'avais bien dit que personne ne le remarquerait. Et honnêtement, le temps que quelqu'un s'en aperçoive, il pensera qu'il y était depuis le début.

Skylar me regarda d'un air dubitatif.

— Si ça risque de poser problème, fais-le-moi savoir.

— Aucun risque.

Elle hocha la tête et avala une gorgée de café.

— Qu'est-ce que tu voulais dire quand tu m'as dit de ne pas tout gâcher ? lâchai-je sans réfléchir.

Ses yeux s'écarquillèrent et elle recracha sa gorgée de café. Elle sortit un mouchoir de son sac à main et essuya le café qui coulait sur son menton.

— Pourquoi tu me demandes ça tout à coup ? demanda-t-elle, l'air passablement irritée.

— C'était juste une question.

— Ton timing était vraiment naze. Ne pose pas de questions gênantes quand quelqu'un est en train de boire, marmonna-t-elle.

— Message reçu, dis-je en attendant sa réponse.

Quelques secondes passèrent avant qu'elle ne réponde :

— Rien.

— Comment ça, rien ?

— Oublie le baiser. Oublie ce que j'ai dit, lâcha-t-elle précipitamment.

Avant que je puisse dire quoi que ce soit d'autre, elle se retourna et traversa le parking en courant, avant de disparaître quelques instants plus tard par la porte de l'immeuble où elle travaillait.

Même si je voulais la suivre, je m'abstins de le faire. Je savais que Ludie et Dan étaient certainement déjà à l'intérieur. Il n'y avait nulle part où lui poser cette question en privé. Quant à sa réponse, je supposai que je devais la prendre telle quelle.

Ma journée fut bien remplie, ce qui était une bonne chose. Cela me permit de m'occuper l'esprit. Sauf à deux reprises, quand la voix gutturale et mélodieuse de Skylar résonna à travers la radio. Le son de sa voix me donna l'impression que de la lave coulait dans mes veines. Il était impossible que j'oublie ce baiser.

Les commentaires que Daphné m'avait faits l'autre jour me revinrent en mémoire et je ne pus m'empêcher de me demander s'ils ne détenaient pas un fond de vérité.

Chapitre Quatorze

SKYLAR

Après l'atterrissage du dernier avion de la journée, il se mit à bruiner et je maudis les dieux de la météo. J'avais pris rendez-vous pour faire réviser ma voiture et je devais la déposer ce soir-là au garage. Tant pis.

Ludie et Dan avaient déjà fini leur journée. Je fermai boutique et me dépêchai de me rendre au garage en voiture. Après avoir déposé mes clés et signé la paperasse, je sortis rapidement, pressée de quitter les lieux. Mon appartement se trouvait à environ un quart d'heure de marche. C'était tout à fait faisable, et avec un peu de chance, la pluie ne serait pas trop gênante.

À peine cinq minutes après le début de ma marche, le ciel s'ouvrit, déversant des trombes d'eau sur moi. En un instant, je fus trempée jusqu'aux os. Je resserrai ma veste autour de mes épaules, bien que cela ne servît à rien, et baissai la tête, ignorant les voitures qui me croisaient sous la pluie battante.

Je me répétais que mon appartement n'était pas si loin pour me donner du courage. J'entendis le bruit d'un véhicule qui s'approchait par-derrière avant de ralentir. Je gardai mon regard rivé sur le trottoir devant moi, observant la pluie frapper la surface et créer des éclaboussures.

— Skylar ! cria une voix par-dessus le fracas de la pluie.

Je ne pus pas m'en empêcher. Je finis par regarder sur le côté. C'était Tucker. Et merde.

— Monte, lança-t-il.

— Non merci, ça va aller. Je rentre juste chez moi.

— Il pleut à verse. Monte dans mon pick-up, insista-t-il.

— Je t'assure que ça va aller, mentis-je bien que je fusse trempée, transie de froid, et complètement misérable.

J'étais aussi incroyablement têtue sur le fait d'être indépendante et de n'avoir besoin de personne pour quoi que ce soit. Je n'avais certainement pas besoin qu'on me ramène en voiture parce qu'il pleuvait. Je pouvais très bien rentrer à pied.

— Soit tu montes, soit je roule au pas à côté de toi jusque chez toi, insista-t-il, sa voix couvrant le bruit de la pluie.

Il ne pouvait pas bien voir mon visage, mais je levai les yeux au ciel et soupirai. En sortant mes mains de mes poches, je réalisai qu'elles étaient déjà tellement engourdies que j'avais du mal à les mouvoir. Ma main tremblante glissa sur la poignée de la portière lorsque je tentai de l'ouvrir. Il ouvrit cette dernière de l'intérieur.

Je me hissai péniblement dans l'habitacle, claquai la portière et m'effondrai sur le siège, me sentant comme un chaton sauvé in extremis de la noyade.

— C'est quoi ce bordel, Skylar ? s'exclama Tucker.

L'intérieur de son pick-up était chaud et sec, mais mes dents claquaient tellement que je n'arrivais même pas à parler. Il poussa le chauffage à fond et dirigea toutes les bouches d'aération vers moi.

— La prochaine fois que t'auras besoin d'aller quelque part, envoie-moi simplement un texto. Si je ne suis pas en vol, je viendrai te chercher.

— C... c... c'était p... p... pas n... n... nécess... ssaire, balbutiai-je difficilement, mes dents claquant sans relâche.

Je risquai finalement un regard vers lui, m'attendant à voir de l'agacement dans son expression, mais il avait simplement l'air préoccupé.

— T'es complètement gelée, Skylar. Qu'est-ce qui t'a pris de rentrer à pied alors que t'as une voiture ?

Je pris une inspiration tremblante.

— J'avais un rendez-vous pour une révision. Ils m'ont dit que c'était essentiel à cause d'un rappel de pièce.

L'habitacle était désormais suffisamment chaud pour que je puisse parler à peu près normalement.

— Et du coup, t'as décidé de rentrer à pied ? Et t'iras aussi au boulot à pied demain ? demanda-t-il en démarrant son pick-up et en commençant à rouler.

— C'est pas si loin, rétorquai-je.

— Tu sais, je ne dis pas ça parce que t'es une femme. Je tiens juste à ce que ce soit clair. J'adore la marche à pied quand on peut profiter de l'air frais et d'une vue incroyable. Mais certainement pas sous une météo pareille, bordel ! Si Ludie découvre que tu ne lui as pas demandé de te ramener chez toi, elle va te passer un savon.

— Eh bien, elle ne le saura pas tant que tu ne lui diras pas, parvins-je à rétorquer, même si j'avais l'air un peu ridicule parce que mes dents claquaient encore entre chaque mot.

Tucker concentra son regard sur la route devant lui. La pluie tombait si violemment que son pare-brise semblait submergé et les essuie-glaces peinaient à suivre le rythme. Il fit un geste vers les éléments déchaînés, comme s'il lisait dans mes pensées.

— C'est un vrai déluge, bordel.

— Je le vois bien.

J'étendis mes mains et je les plaçai directement devant le radiateur. Je tremblais de tous mes membres.

— T'habites au-dessus de la galerie d'art Midnight Sun, c'est ça ?

— Oui, merci de t'être arrêté.

— C'est rien. Mais tu me dois juste une petite chose en retour.

Je fus aussitôt transpercée de déception. J'avais l'habitude des gens qui attendaient toujours quelque chose en retour, mais je n'aurais jamais cru Tucker capable de ça.

— La prochaine fois que t'as besoin d'un taxi, dis-le-moi. Que ce soit à l'avance ou en dernière minute, peu importe. C'est tout ce que je te demande.

— Bien sûr, mentis-je.

Il ne pouvait pas savoir quand j'aurais effectivement besoin d'un taxi. Je n'aurais qu'à lui mentir. À peine quelques minutes plus tard, Tucker s'arrêta devant la galerie d'art et jeta un coup d'œil dans ma direction.

— Je te raccompagne jusqu'à ta porte.

— Pas la peine de... commençai-je.

Il secoua la tête.

— Je te raccompagne, j'ai dit. J'ai peur que tu sois toujours au bord de l'hypothermie.

Je n'avais même pas la force de discuter. J'étais frigorifiée et trempée jusqu'aux os. Quelques instants plus tard, nous étions dans le couloir et l'eau qui ruisselait de moi formait une flaque sur le sol. Mes mains tremblaient tellement que je n'arrivais même pas à insérer ma clé dans la serrure.

Après le troisième essai, Tucker dit :

— Laisse-moi essayer.

Le frôlement de sa main contre la mienne quand il me prit les clés me donna chaud et sa voix était bourrue. Quelques secondes plus tard, nous entrâmes dans mon appartement et il me regarda.

— J'ai peur que tu sois en hypothermie.

— Tu t'inquiètes pour rien.

Je tentai d'avoir l'air sûre de moi, mais c'était difficile avec mes dents qui claquaient.

— Je ne pars pas tant que tu ne t'es pas douchée, séchée, et que tu ne trembles plus, déclara-t-il d'un ton posé.

— T'es sérieux ? bafouillai-je, frissonnant encore de la tête aux pieds.

— C'est soit ça, soit je t'emmène à l'hôpital.

— Quoi ?!

Sa menace fit son effet et je jetai précipitamment ma veste mouillée par terre. Il l'attrapa au vol et l'accrocha au portemanteau près de la porte. Puis il posa ses mains sur ses hanches et me regarda en haussant un sourcil.

— Merde alors, murmurai-je.

Je me retournai et me dirigeai droit vers la salle de bain. Ça me faisait bizarre de le voir chez moi, alors je fermai la porte et la verrouillai. Même quand j'étais seule, je fermais la porte de ma salle de bain à clé. C'était une habitude qui datait de l'époque où j'étais en famille d'accueil.

Je tremblais encore de partout pendant que j'enlevais mes vêtements. Le soulagement fut immédiat lorsque l'eau presque brûlante coula sur ma peau et je fus envahie d'un bonheur indescriptible. Je n'étais pas sûre d'avoir frôlé l'hypothermie, mais il me fallut de longues minutes sous l'eau chaude pour retrouver une vraie sensation de chaleur. Une fois pleinement réchauffée, je réussis enfin à tenir le savon sans difficulté.

Je ne savais pas combien de temps j'étais restée sous la douche parce que mon portable était dans la poche de mon manteau, qui se trouvait dans le salon. Au moment de terminer ma douche, j'avais enfin retrouvé mon calme.

Je commençai à me sécher, mais je me souvins que je n'avais pas de vêtements secs ici. Merde. J'attrapai mon peignoir épais en éponge, suspendu au mur. Je l'enfilai, puis serrai fermement la ceinture. C'était en fait celui d'Emily et il m'arrivait aux chevilles. Mal à l'aise, je sortis enfin de la salle de bain.

Tucker était assis à la petite table de la cuisine, concentré sur son portable. Il leva les yeux et m'observa attentivement.

— T'as l'air d'avoir plus chaud.

Je réalisai que ma peau, encore rougie par la douche, trahissait ma récente bataille contre le froid. Et j'en fus presque soulagée, car le simple son de sa voix suffisait à faire grimper ma température.

— Oui, ça va mieux. Je ne sais pas si c'était vraiment de l'hypothermie, mais merci de m'avoir ramenée. J'étais gelée, et il m'a fallu plus de temps que prévu pour me réchauffer sous la douche.

Il esquissa un sourire à peine visible.

— J'ai déjà eu une hypothermie. Je ne sais pas si c'était ton cas, mais je reconnais les signes. Ce genre de temps est le pire pour attraper ça.

— Sérieux ? demandai-je en traversant la pièce pour récupérer mon portable dans la poche de mon manteau.

— Ouais. Il y a plus de cas d'hypothermie au printemps et à l'automne qu'en plein hiver. Les gens se préparent mieux au froid en hiver.

— Oh, je ne savais pas. J'ai grandi en Californie, et là-bas, il ne fait jamais vraiment froid.

— Je pense que tu devrais manger quelque chose maintenant, déclara-t-il.

— Je peux très bien m'occuper de ça toute seule, marmonnai-je, sur la défensive.

Il m'observa sans mot dire.

— J'ai regardé dans ton frigo. T'as juste une brique de lait à moitié entamée et deux œufs. Tu veux que je nous commande une pizza ?

J'ouvris la bouche pour argumenter, mais il me devança.

— Je ne partirai pas tant que t'auras pas mangé.

— Bon sang, t'adores jouer au chef, hein ? Je vais m'habiller.

Je quittai la pièce de façon théâtrale, si toutefois c'était possible avec des cheveux mouillés et un peignoir trop grand.

Je fermai la porte de ma chambre à clé. J'enfilai rapidement un pantalon de survêtement propre et sec et un haut ample en polaire. J'avais décidé de m'habiller de façon aussi confortable et décontractée que possible. Avec un peu de chance, cette tenue ne me rendait pas du tout attirante, et c'était exactement ce que je voulais.

Un instant plus tard, je pris une grande inspiration devant la porte de ma chambre avant de sortir. Je pouvais gérer ça. Tucker avait fait tout ça par simple gentillesse.

— Tu veux une pizza à quoi ? demanda-t-il dès qu'il me vit.

— C'est comme tu veux.

— Certes, je pourrais choisir, mais toi, qu'est-ce que *tu* veux ?

C'était une autre habitude qu'Emily me reprochait souvent à l'époque. Quand j'étais en famille d'accueil, j'essayais de me faire aussi petite et aussi discrète que possible. Je ne voulais surtout pas donner l'impression d'en demander trop. Par exemple, si une famille aimait la pizza aux poivrons verts et aux oignons — deux ingrédients que je détestais, en passant — je faisais avec, et je ne les enlevais pas non plus de ma part.

— Euh, j'aime bien l'hawaïenne, ou alors une pizza avec supplément champignons.

À la seconde où Tucker me sourit, je sentis mon estomac faire des cabrioles. Mon pouls accéléra et mon cœur rua et se cabra comme un étalon sauvage.

— On peut prendre une moitié-moitié. J'aime bien l'hawaïenne, et les champignons me vont aussi.

— T'es pas obligé de manger des champignons si t'aimes pas spécialement. Commandons juste une hawaïenne, dis-je rapidement.

— Non. T'as dit que t'aimais la pizza aux champignons, alors tu vas avoir le meilleur des deux mondes.

À peine une seconde plus tard, il avait déjà sorti son portable pour passer commande. Il ajouta également des gressins et une autre pizza hawaïenne à la commande. Au moment où il raccrocha, je déclarai :

— On ne mangera jamais tout ça.

— J'apporterai les restes à l'auberge. Les autres seront ravis, dit-il tranquillement.

Je n'aimais pas ce sentiment, mais ressentis tout de même une petite pointe de jalousie. Même en sachant qu'ils étaient simplement amis, ils avaient tout d'une véritable famille. C'était le genre d'endroit que j'avais toujours voulu dans ma vie, où les gens se souciaient les uns des autres et se charriaient gentiment.

Un endroit où on pouvait croire qu'on était le bienvenu. Un endroit sûr.

Je chassai ces pensées de mon esprit avant de hocher la tête.

— Tu veux boire quelque chose ? demandai-je.

— Juste un verre d'eau, s'il te plaît. J'aime pas trop le lait, plaisanta-t-il.

Je rougis avant de soupirer.

— J'ai pas été faire les courses ces derniers temps. Je ne suis pas très douée pour ça. D'habitude, je me contente de prendre quelque chose au rayon traiteur de l'épicerie.

— Surtout, ne dis pas ça à Daphné, sinon elle te forcera à venir dîner tous les soirs.

— Oh, je ne peux pas faire ça, répondis-je rapidement.

— Bien sûr que si, et personne ne s'en plaindrait, affirma Tucker avec un sérieux désarmant.

Chapitre Quinze

TUCKER

Skylar me regarda droit dans les yeux. J'aurais aimé savoir déchiffrer son expression. Elle semblait nerveuse, mais elle maîtrisait l'art de ne rien montrer.

Elle me regarda fixement pendant quelques instants avant de hausser les épaules.

— J'en doute.

Son ton détaché me serra le cœur. Elle n'était même pas sarcastique.

— Ne doute pas de moi, murmurai-je d'une voix grave.

Je devais lui faire comprendre.

— Fais-moi confiance, insistai-je.

Elle leva les yeux au ciel.

— Tucker... tu me connais à peine, tout comme Daphné. C'était vraiment gentil de sa part de m'inviter à dîner, mais...

— Skylar, on te croise presque tous les jours, et on entend ta voix tout le temps. Et moi, je t'ai carrément embrassée.

Je regrettai cette phrase aussitôt après l'avoir prononcée. Pas parce que j'avais un secret à cacher, mais parce que ce n'était pas le bon moment pour parler de ça.

— Ce baiser était une erreur, dit-elle catégoriquement.

Ses joues rosirent et elle détourna le regard. Elle s'approcha d'un meuble, en sortit deux verres, puis les remplit d'eau.

— Tu veux des glaçons ? demanda-t-elle par-dessus son épaule.

— Non merci.

— Je peux aussi faire du thé, proposa-t-elle en se retournant.

— Je ne suis pas fan.

— Sinon, un chocolat chaud.

— Va pour un chocolat chaud, répondis-je.

Une bière m'aurait mieux convenu, mais je devais conduire. Elle remplit une bouilloire d'eau et la mit sur le feu avant d'allumer le brûleur.

— On n'est pas près de s'embrasser à nouveau, dit-elle en se retournant, sa détermination semblant un peu forcée.

Elle enchaîna aussitôt :

— Je dois vérifier que mes cochons d'Inde vont bien.

Elle traversa la pièce en hâte et s'arrêta près d'une table, à côté du canapé, où je remarquai trois récipients en verre reliés entre eux.

Je la suivis et la regardai s'extasier devant deux cochons d'Inde joufflus : l'un noir et blanc, l'autre marron et blanc. Elle vérifia leur eau avant de se tourner vers moi.

— Celui-ci s'appelle Pigley, dit-elle en désignant l'animal noir et blanc. Et l'autre, c'est Squiggly.

— Ils sont adorables, déclarai-je.

Elle esquissa un léger sourire avant de se retourner et de repartir dans la cuisine.

— Pourquoi on ne pourrait plus s'embrasser ? demandai-je, bien décidé à ne pas la laisser éluder le sujet.

— Parce que c'est une mauvaise idée.

Elle plissa les yeux et releva le menton.

— J'embrasse si mal que ça ? plaisantai-je.

Ses yeux s'écarquillèrent et elle recracha sa gorgée d'eau. Ensuite, elle déglutit et secoua vivement la tête.

— Non !

Maintenant que nous étions dans le vif du sujet, je pris mon courage à deux mains.

— Dis-moi ce que tu voulais dire par : « Ne gâche pas tout. »

Le simple fait qu'elle daigne me répondre me déstabilisa.

— J'essaie de reconstruire ma vie ici et je ne veux pas tout foutre en l'air. Les relations, ça complique tout.

— C'était juste un baiser, Skylar.

— Je sais. C'est rien.

Je ne comprenais pas ce qui m'arrivait, mais je savais que c'était insensé. J'avais aimé une fille autrefois et je l'avais vue mourir bien trop jeune. Je m'étais dit que l'amour n'en valait plus jamais la peine. Je ne me faisais aucune illusion : je n'étais pas amoureux de Skylar. Pourtant, elle m'énervait vraiment. Sa façon de rejeter un simple baiser avec tant d'obstination me mettait hors de moi.

— Ce baiser n'était pas « rien. » C'était même un baiser plutôt sympa, insistai-je.

Elle rougit encore davantage. Je devinai qu'elle n'avait qu'une envie : s'éloigner à l'autre bout de la cuisine. Elle traversa la cuisine et s'installa sur la seule autre chaise libre, en diagonale par rapport à moi, à une trentaine de centimètres à peine.

— D'accord, j'avoue. Le baiser était sympa, murmura-t-elle.

Un sourire me vint malgré moi.

— C'était si pénible que ça ?

— Je viens de te dire que c'était sympa, répliqua-t-elle.

— Je pense qu'on devrait réessayer. J'ai un argument à faire valoir.

— Putain, t'es sérieux ? marmonna-t-elle en levant les yeux au ciel. Tu n'as *pas* d'argument à faire valoir. Je commençais juste à me faire des amis. Je ne veux pas gâcher ça en t'embrassant.

— Personne ne se fâchera contre toi pour m'avoir embrassé.

— Et comment tu peux en être sûr ?

— Bon sang, qu'est-ce qui t'est arrivé dans la vie, Skylar ? laissai-je échapper.

Ses yeux s'écarquillèrent. Pendant une seconde, j'aurais juré qu'elle allait fondre en larmes. Elle se reprit si vite que je fus pris d'un doute, mais cela ne changea rien à l'intense tristesse et au chagrin que je sentis émaner d'elle.

— Mes parents sont tous les deux morts, ma mère d'une overdose et mon père d'une bagarre en prison. J'ai passé la plus grande partie de mon enfance dans différentes familles d'accueil, jusqu'à ce que je sois jugée « trop vieille pour ça », dit-elle en mimant des guillemets. C'est ce qui arrive quand t'as pas de vraie famille. La plupart des gens s'en fichent et ça n'a plus vraiment d'importance une fois que t'as dix-huit ans. Je ne compte que sur moi-même. Je suis venue en Alaska parce que j'étais censée m'y installer avec ma meilleure amie. Elle était la seule personne que je considérais comme ma famille. On avait grandi ensemble en famille d'accueil. Ce n'était pas une mauvaise famille, mais notre mère adoptive est tombée malade, alors on a dû partir. Heureusement, une assistante sociale géniale a fait en sorte qu'on reste dans le même district scolaire, même si on ne vivait plus ensemble. Emily et moi avions tout planifié : c'est elle qui a trouvé cet appartement.

Skylar marqua une pause et fit un geste circulaire de la main avant de poursuivre :

— On a même trouvé du travail, et puis elle est morte. Ma voiture ? En réalité, c'est notre voiture. Son nom figure toujours sur la carte grise avec le mien. Je ne sais même pas ce que je suis censée faire à ce sujet.

Elle parlait calmement, comme si elle s'était déjà entraînée à dire chaque mot. L'émotion sous-jacente résonnait comme un battement de tambour. Une envie irrépressible de la prendre dans mes bras et de la protéger de tout ce qui n'allait pas dans sa vie me submergea. Parce que personne ne méritait de vivre un tel calvaire.

Elle leva le menton et conclut :

— Tu comprends maintenant pourquoi je ne peux vraiment compter que sur moi-même ?

— Oui, je comprends tout à fait, dis-je doucement.

Je tendis la main et rapprochai sa chaise de la mienne, encadrant ses genoux avec les miens.

— Je sais ce que ça fait de perdre quelqu'un qu'on aime. Par chance, j'ai toujours de la famille et elle m'a soutenu dans cette épreuve. Je suis désolé que ce ne soit pas ton cas.

Ce détour conversationnel s'était transformé en autoroute à ce stade. Une autoroute dont je sentis qu'elle menait directement au cœur de Skylar. Mon propre cœur battait la chamade. Nous nous regardâmes l'un l'autre en silence. Je tendis la main pour écarter quelques boucles de cheveux qui restaient collées sur ses joues.

Je n'avais pas prévu de l'embrasser, mais mon cerveau était déjà comme court-circuité. Au moment où ses lèvres pulpeuses s'entrouvrirent sous les miennes, je penchai la tête sur le côté et laissai échapper un gémissement. Elle se cambra contre moi et notre baiser sembla s'éterniser. Je la buvais littéralement. Elle avait un goût sucré et chaud. Sans réfléchir, je l'attirai sur mes genoux. Elle était toute en douceur et en courbes généreuses. Elle se mit à califourchon sur moi et prit mes joues dans ses mains, prenant le contrôle de notre baiser.

Je perdis pied, lâchant les dernières amarres qui me rattachaient à la raison. Putain de merde. Elle m'embrassait sans retenue. Nos langues s'emmêlaient tandis que ses hanches se frottaient à mon entrejambe dur. Elle avait l'air un peu sauvage dans mes bras. J'avais un bras enroulé autour de sa taille et je ne pus résister à l'envie de glisser l'autre sous l'ourlet de son haut moelleux et accueillant. Sa peau, soyeuse et tiède, portait encore les traces de sa douche récente. Elle s'abandonna à mon contact quand je pris son sein. Son téton était dur et je ressentis tout le poids de son sein généreux.

Je rompis le baiser pour reprendre mon souffle et elle murmura mon nom d'une voix rauque. Je savais ce qu'il me restait à faire.

— Laisse-moi faire, murmurai-je contre sa gorge.

Je m'attendais déjà à ce qu'elle me dise d'aller me faire foutre. Elle n'en fit rien.

Cette facette de Skylar m'était encore inconnue. Elle semblait vulnérable, mais contenait une pointe de sauvagerie. Je n'aurais pas pu l'imaginer ainsi si elle n'était pas là, sur mes genoux, vivante et tremblante. Je pouvais sentir le désir qui émanait d'elle.

Je tendis la main entre nous. Elle avait les yeux écarquillés et me regardait comme je la regardais. Je glissai ma main dans son pantalon de survêtement et constatai qu'elle ne portait même pas de sous-vêtements. Ma bite palpita. Je plongeai ma main dans son entrejambe. Son essence recouvrit mes doigts alors que j'explorais ses plis.

Elle me regarda faire en se mordant la lèvre inférieure. Je fus pris d'une envie irrépressible de la goûter. Je baissai la tête et fis glisser ma langue le long de sa clavicule, déposant un baiser brûlant dans le renfoncement à la base de sa gorge. Elle cria quand j'enfonçai mes doigts dans son fruit défendu. Elle me prit de court en jouissant brusquement, un cri rauque s'échappant de ses lèvres. Ses parois se contractèrent autour de mes doigts, recouvrant ma main de son nectar. Je restai tout contre elle jusqu'à ce qu'elle se détende. Elle se recroquevilla doucement sur mon épaule alors que j'éloignais lentement ma main. Je fus stupéfait par l'intimité de ce moment. J'en voulais déjà plus. J'éprouvais un besoin impérieux de la connaître. J'avais besoin de lui montrer que cela pouvait en valoir la peine.

Je m'attendais encore à ce qu'elle s'éloigne brusquement de moi, mais elle n'en fit rien. Après quelques instants, elle releva la tête et nous nous regardâmes en silence.

Elle inspira profondément avant de murmurer :

— Tu m'as promis que ça ne gâcherait rien.

— Je le pensais vraiment, répondis-je juste au moment où la sonnette de la porte retentit.

Le son mit abruptement fin à notre moment d'intimité. Elle

descendit précipitamment de mes genoux et courut vers la porte. Elle salua le livreur de pizza, me laissant le temps de me lever, de réajuster mon jean et de me laver les mains à l'évier. Je me dirigeai vers la porte en disant par-dessus son épaule :

— C'est pour moi.

Le livreur me tendit les boîtes.

— Voilà pour vous. Ça vous fera pile vingt dollars.

Je sortis deux billets de vingt dollars et lui dis de garder la monnaie. Skylar me fixait, les yeux écarquillés, lorsque je refermai la porte.

— Pourquoi tu lui as donné un si gros pourboire ?

— Parce qu'il fait un temps épouvantable et que ce type est probablement payé au salaire minimum. Il ne survivrait pas sans pourboires.

Elle me regarda et haussa les épaules.

— J'imagine que t'as raison.

Je haussai les épaules à mon tour.

— C'est mon argent, de toute façon.

Elle me regarda un peu de travers et retourna dans la cuisine.

— Alors, tu restes ou tu t'en vas ? lança-t-elle en sortant des assiettes d'un placard.

— J'ai dit que j'allais rester jusqu'à ce que t'aies mangé, alors je reste.

— Mais la pizza aura déjà refroidi le temps que tu arrives à l'auberge.

— Personne ne s'en souciera. Même réchauffée, une pizza reste bonne.

De mon côté, j'avais déjà très faim. Ce qui s'était passé quelques minutes plus tôt n'aurait jamais dû arriver. Et pourtant, je ne pouvais pas revenir dans le passé.

Il me fallait trouver un moyen d'avancer, un moyen de la convaincre — même si l'idée me paraissait insensée — qu'il existait quelque chose entre nous qui méritait d'être exploré.

Malgré sa nervosité, Skylar resta calme après cela. Elle me tendit une assiette, remplit à nouveau mon verre d'eau et prépara un chocolat chaud instantané. Elle s'assit face à moi et posa deux parts de pizza dans son assiette. Nous mangeâmes en silence, puis elle repoussa son assiette.

— Donnons-nous une chance, lâchai-je en soutenant son regard.

Chapitre Seize

SKYLAR

— Pardon ?

— Nous, répondit Tucker.

— Pas question.

Il me regarda pendant un long moment tandis que mon cœur battait la chamade.

— On en reparlera plus tard, déclara-t-il finalement.

Je haussai les épaules, soulagée qu'il ait décidé de laisser tomber. Je considérais déjà comme un miracle le fait d'avoir réussi à garder mon sang-froid.

— J'ai fini de manger. Tu peux partir maintenant.

Il insista pour laver son assiette, mais il finit par partir et je parvins à lui souhaiter bonne nuit et à le remercier à nouveau de m'avoir ramenée. Après son départ, je m'installai sur le canapé, les genoux repliés contre ma poitrine, le menton posé dessus, et contemplai la nuit pluvieuse.

Les lumières projetées par les docks du port scintillaient dans la brume. Je pouvais voir la surface de l'océan onduler sous la pluie. J'avais demandé à Tucker de ne pas tout gâcher. Et pourtant, c'était probablement moi qui venais de tout gâcher.

Je pris une grande inspiration pour essayer de me calmer. Mon corps était encore parcouru de sensations. J'avais fait la chose la plus stupide qui soit en m'abandonnant à ce baiser, et à *tout le reste*, avec lui.

Les histoires d'amour étaient dangereuses pour moi parce que j'avais tendance à m'y jeter à corps perdu. C'était plus facile de penser que ça n'avait pas d'importance s'il ne s'agissait que de sexe. Bon sang, c'était d'une stupidité sans nom.

Fébrile, je pris une autre douche, tentant d'effacer de ma mémoire la sensation des mains de Tucker sur ma peau. Mon Dieu, que c'était bon d'être dans ses bras. J'allais devoir lui reparler et lui expliquer que j'avais temporairement perdu la tête.

L'univers m'accorda une petite faveur en me permettant de m'endormir presque aussitôt. Le lendemain matin, je me dirigeai vers le Misty Mountain Café, en évitant volontairement le Red Truck Coffee parce que Tucker aurait pu s'y trouver. De toute manière, j'appréciais autant un café que l'autre. Il était encore extrêmement tôt. Le soleil venait tout juste de se lever lorsque je commençai à marcher pour aller chercher ma voiture. Le matin avait un aspect fraîchement lavé. La pluie s'était arrêtée et le ciel était inondé de couleurs : un rouge profond nuancé de mandarine et d'or. L'air était vivifiant et pur.

Lorsque j'entendis un véhicule ralentir derrière moi, je poussai un juron. J'avais oublié que Tucker savait que je devais me rendre au garage à pied. Je me préparai mentalement à ce qu'il ralentisse et s'arrête à côté de moi. Quand je risquai un coup d'œil en direction du véhicule, la vitre était baissée, et ce n'était pas lui. C'était Daphné.

— Salut, Skylar. Belle matinée pour une promenade. T'as probablement pas besoin d'un taxi, mais peut-être que si.

Ses cheveux auburn étaient entortillés en une tresse sur le dessus de sa tête et son sourire était éclatant.

— C'est vrai, la matinée est magnifique, mais j'accepte volontiers ton offre, répondis-je, prenant mon courage à deux mains.

Elle tendit le bras pour ouvrir la portière de son SUV.

— Allez, monte.

— Tu vas où comme ça ? demanda-t-elle.

— Je dois aller récupérer ma voiture. Ça te dérangerait de me déposer au garage ?

— Et si on prenait un café ensemble avant que je te dépose ?

Je marquai un temps d'hésitation. Comme on dit, les vieilles habitudes ont la vie dure.

— Bien sûr, me surpris-je à répondre.

Prendre un café avec Daphné pourrait être sympa. J'entendis la voix d'Emily dans mon esprit. *Tu dois te faire des amis. Et moi aussi. On ira prendre un nouveau départ ailleurs, loin de notre passé compliqué.*

— Tu livres à manger ce matin ? demandai-je.

— Non, Tucker a décollé très tôt aujourd'hui. Il a déjà déposé la livraison de ce matin chez Cammi.

Je me mordis la langue. J'avais envie de lui demander où Tucker était allé, mais il n'y avait que peu d'options, et, au fond, ça ne me regardait pas. De plus, il me suffisait de me connecter sur mon ordinateur au bureau juste après pour avoir la réponse. Nous tenions un registre de tous les vols pour pouvoir coordonner le transport de marchandises en temps réel.

Daphné parla du temps qu'il faisait et rit d'une anecdote qui s'était passée dans la cuisine de l'auberge. Quelques minutes plus tard, nous arrivâmes au Misty Mountain Café. Nous y entrâmes ensemble et je réalisai que c'était la première fois que j'allais quelque part avec quelqu'un depuis la mort d'Emily.

Voilà à quel point ma vie était pathétique. J'avais perdu ma seule et unique amie. J'ignorai le chagrin qui me nouait la gorge, soulagée de voir qu'un seul couple nous précédait dans la file d'attente. Daphné était en train de regarder la vitrine. Dès que nous atteignîmes le comptoir, elle demanda :

— Cammi, Tucker est passé ce matin ?

— Oui, bien sûr. C'est juste que je n'ai pas encore eu le temps de tout sortir.

Daphné jeta un coup d'œil dans le café.

— Il n'y a personne dans la file. On devrait en profiter pour le faire maintenant, proposa-t-elle.

— Je vais t'aider, suggérai-je.

Quelques secondes plus tard, nous étions toutes les trois dans la cuisine et je regardai autour de moi. Une longue table au centre de la pièce était à moitié encombrée de plateaux. Cammi réorganisa les plateaux, que je lui pris pour passer les scones et les roulés salés à Daphné, qui les disposa soigneusement dans la vitrine.

— Qu'est-ce que vous voulez comme café ? demanda Cammi pendant que nous travaillions.

— Un moka pour moi, mais pas la version allégée.

— Pour moi, ce sera celui au chocolat noir, complétai-je.

Cammi commença à préparer nos boissons et refusa de nous laisser payer.

— Tu es sûre ? insista Daphné.

— Oui, vous venez de m'aider. Ça vaut bien deux cafés à cinq dollars.

Daphné leva les yeux au ciel, puis nous fourrâmes toutes les deux l'argent que nous aurions dépensé pour notre café dans le pot à pourboires.

— Vous savez, je paie très bien mon personnel. Vous n'êtes pas obligées de laisser un pourboire, fit remarquer Cammi. Vous voulez aussi quelque chose à manger ?

— Je vais prendre un scone et un roulé salé, et j'insiste pour payer cette fois, déclarai-je.

Cammi leva les yeux au ciel, mais n'insista pas. Comme à son habitude, Daphné avait déjà pris son petit-déjeuner.

— Qu'est-ce que tu as mangé ce matin ? Elias dit que tes petits-déjeuners sont légendaires, dit-elle.

— « Légendaires » ? s'étonna Daphné en rougissant légèrement.

— Il dit que les omelettes que tu prépares sont à tomber par terre. Honnêtement, j'aimerais bien venir y goûter un jour, mais je ne me vois pas arriver assez tôt, surtout que je dois être ici ou au café ambulant dès l'aube, expliqua Cammi.

— À quelle heure tu commences ta journée ? demandai-je.

— Les deux cafés ouvrent à cinq heures, et si je ne suis pas dans l'un, c'est que je suis dans l'autre.

— Waouh, et moi qui pensais être une lève-tôt ! m'exclamai-je.

Elle haussa légèrement les épaules.

— C'est comme ça que les cafés fonctionnent. En plus, en été, les touristes partent à la pêche, les pilotes viennent ici avant de décoller et les pêcheurs rejoignent les quais de bonne heure.

— C'est difficile de trouver du personnel ? demanda Daphné.

— Ça peut paraître choquant, mais non. C'est un travail prisé, puisque c'est bien payé, sans compter que mes employés finissent tôt. Le café ambulant ferme à quatorze heures. Celui-ci assure le service le soir, mais j'ai une autre équipe pour ça.

Juste à ce moment-là, un groupe de clients fit son entrée et Cammi nous fit signe de la laisser travailler.

Une pointe d'anxiété me serra la poitrine lorsque je m'assis en face de Daphné. Elle semblait complètement détendue, ce qui accentua encore mon malaise. Nous bûmes notre café en silence et je pris quelques bouchées de mon roulé aux épinards.

— Je voulais juste te dire que je sais un peu ce que c'est que de repartir à zéro, commença-t-elle.

— Vraiment ?

Son commentaire me troubla suffisamment pour que j'en oublie de garder le silence. Elle hocha la tête.

— À l'origine, j'étais venue ici pour des vacances. Enfin, je ne sais pas si on peut appeler « vacances » le fait de passer un mois dans une auberge presque au milieu de nulle part, mais mon idée, c'était de faire quelque chose de totalement différent. Mon fils venait de mourir.

— Oh ! Je suis *vraiment* désolée, m'exclamai-je en portant ma main à ma poitrine.

— Ne le sois pas. Je ne sais pas ce qui t'est arrivé, mais mon instinct me dit que c'était très dur pour toi. Tu n'as pas besoin de tout me raconter, mais je comprends. C'est difficile de repartir à zéro. Mais parfois, quand on survit au pire, on en ressort plus fort.

Ses paroles étaient claires et ses yeux chaleureux et compréhensifs. Instinctivement, je me mis à tout lui raconter.

— Ma meilleure amie est morte. Elle était la seule personne que je considérais comme ma famille.

— Toutes mes condoléances, dit Daphné d'un ton solennel.

Je savais qu'elle était sincère. J'étais étonnée de ne pas avoir aussitôt fondu en larmes, même si j'avais la gorge serrée.

— Merci. Se faire de nouveaux amis, c'est vraiment compliqué.

— C'est sûr. C'est foutrement dur de se faire des amis une fois adulte, répondit-elle sans détour.

Entendre Daphné dire « foutrement » me fit rire.

— Qu'est-ce qu'il y a si drôle ?

— Je ne sais pas. C'est juste que ton apparence est tellement soignée que je ne m'attendais pas à t'entendre jurer.

— Je jure comme un matelot, dit-elle en souriant.

— Alors, à la base, tu n'avais pas prévu de rester ici ?

Ses yeux s'écarquillèrent et elle secoua la tête.

— Oh, bien sûr que non. Je suis tombée amoureuse. Mais avant ça, Flynn avait fait fuir un de leurs cuisiniers et ils étaient en sous-effectif. Je lui ai proposé de les dépanner et on est tombés amoureux. Si c'était à refaire, je ne changerais rien. Mais toi, tu as déjà un travail, alors je suppose que tu es partie pour rester.

Je haussai les épaules.

— Emily et moi étions censées venir ici ensemble. On avait toutes les deux trouvé du boulot.

— Qu'est-ce qu'elle avait trouvé comme emploi ?

— Elle prévoyait de travailler comme serveuse, le temps de terminer sa formation de pilote. Elle est morte des suites de ses blessures dans un accident d'avion, à peine une semaine avant notre départ.

Ma voix trembla légèrement, mais je parvins par miracle à parler sans bégayer.

— Oh, non, murmura Daphné.

— Je sais, parvins-je à articuler après avoir dégluti. J'aimerais apprendre à piloter un petit avion pour honorer sa mémoire. Mais ça me fait peur.

Je n'arrivais pas à croire à quel point je me confiais facilement à Daphné, mais elle avait un je-ne-sais-quoi qui m'incitait à le faire.

— Quand ce sera le bon moment, tu le sentiras, déclara Daphné avec assurance.

Je la crus. Puis je mordis à nouveau dans mon roulé alors que nous nous tûmes toutes les deux.

— Tucker est vraiment quelqu'un de bien, lança-t-elle alors que je la remerciais intérieurement de ne pas avoir brisé le silence.

Mes joues s'empourprèrent immédiatement.

— Oui, c'est vrai, dis-je en essayant de paraître décontractée.

— Je suis sérieuse, c'est *vraiment* un gars bien. Ce n'est pas un don Juan ou quoi que ce soit. Et je n'ai pas l'habitude de jouer les entremetteuses, si jamais tu te poses la question.

— Les entremetteuses ? répétai-je simplement.

Entre mon embarras et cette maudite conversation, mon cerveau pédalait dans la semoule.

— Tu sais, quelqu'un qui essaie de caser des gens. Je n'essaie pas de t'arranger le coup avec lui, mais j'ai un bon pressentiment concernant Tucker et toi, et je me suis dit que tu devrais le savoir.

Je soupirai intérieurement en repensant à la sensation de ses doigts en moi la veille. Heureusement que mes vêtements cachaient à Daphné le rouge qui montait jusqu'à mon cou.

— Oh... lâchai-je simplement.

— N'oublie pas que je suis au courant pour le baiser, murmura-t-elle d'un air conspirateur en se penchant vers moi avec une lueur à la fois malicieuse et bienveillante dans le regard.

Je faillis m'étouffer. Je terminai ma bouchée tant bien que mal, pris une gorgée de café pour me donner contenance, puis osai enfin lui lancer un regard.

— Qui d'autre est au courant pour le baiser ?

— Tu sais déjà qui. Nora t'a dit qu'elle t'avait vue en se rendant chez elle.

— Oh, c'est pas vrai, maugréai-je.

Je me penchai en avant, me pris la tête dans les mains et poussai un soupir. J'avais soigneusement enterré cette conversation dans un coin de mon esprit.

Je relevai la tête, posai mes mains à plat sur la table, puis attrapai ma tasse pour boire une gorgée fortifiante.

— C'est tellement embarrassant.

— Pourquoi ? C'est juste un baiser. Vous êtes tous les deux des adultes. En plus, il est adorable avec ses cheveux bruns bouclés et ses yeux bleus, dit-elle en souriant.

Je soupirai à nouveau.

— Oui, c'est vrai.

— Tu ne me connais pas encore assez pour oser me poser des questions indiscrètes, alors je vais te dire tout ce que je sais. Tucker travaille comme pilote pour Walker Adventures depuis quatre ans. Flynn, Elias, Diego, Gabriel et lui ont servi ensemble dans l'armée de l'air, et une solide amitié s'est forgée entre eux tous. Par la suite, lorsque Flynn est rentré en Alaska pour s'occuper de Nora, Cat et Grant après le décès de leur mère, il avait besoin de pilotes, alors ils sont tous venus. Ils sont vraiment comme une famille. Tucker est d'une loyauté sans bornes. Il reste en contact avec ses parents et sa sœur en Arizona. Voilà, c'est tout ce que je sais sur Tucker. À ma connaissance, il n'a pas eu de relation sérieuse depuis le lycée, mais il n'est pas du genre à multiplier les partenaires. Il est loyal, digne de confiance, et il a un cœur en or.

— Waouh. Tu m'as dit un paquet de choses d'un coup, dis-je, un peu déconcertée.

— Eh bien, je savais que tu n'oserais pas me poser la question, répondit-elle avec une pointe de sarcasme.

— J'aurais pu, marmonnai-je avant de prendre une bouchée de mon roulé et de mâcher.

— Moi, je n'aurais jamais eu ce courage, admit-elle. Je pense que tu devrais lui donner une chance.

J'éclatai de rire, les joues encore rouges.

— Je vais y réfléchir.

Elle hocha la tête et m'observa pendant un moment.

— Je suis peut-être à côté de la plaque, mais je me suis dit que je devais te le dire. Si l'univers pouvait faire une chose, ce serait de nous envoyer un ange gardien en chair et en os pour tout nous expliquer. Par exemple, quand j'étais arrivée en Alaska, j'étais morte de peur et j'étais tombée complètement amoureuse de Flynn. J'aurais aimé que quelqu'un me dise que notre couple marcherait et que tout irait bien.

— Alors, tu me garantis que tout pourrait bien se passer ?

Daphné me lança un sourire penaud.

— À vrai dire, non, je ne peux pas te le promettre. Mais j'ai un bon pressentiment.

Je ris pour tenter de masquer mon anxiété à propos de tout cela — le baiser, Tucker, le fait d'essayer de me faire des amis. Daphné eut l'amabilité de laisser tomber le sujet après cela.

Cammi s'arrêta à notre table avant notre départ pour discuter. Lorsque Daphné me déposa pour que je récupère ma voiture un peu plus tard, j'étais souriante. Peut-être que j'allais vraiment parvenir à me faire des amis. Peut-être que j'allais vraiment pouvoir prendre un nouveau départ. Mais le pressentiment de Daphné concernant Tucker et moi ? Il me paraissait complètement fou.

Chapitre Dix-Sept

SKYLAR

Je croulais sous le travail, comme toujours, mais j'aimais ça. Grandir en famille d'accueil, au milieu du chaos, m'avait appris à apprécier les choses les plus simples. Avoir un travail, rester occupée, payer mes factures... c'était déjà un bonheur en soi. J'adorais mon indépendance et j'en étais infiniment reconnaissante.

Tout ça pour dire que j'avais réussi à ne pas penser à Tucker toute la journée. J'étais trop occupée pour ça. Tout allait bien jusqu'à ce que je me dirige vers ma voiture à la fin de la journée et que je le trouve adossé à l'arrière de son pick-up. Je priai pour qu'il ne me remarque pas, mais il semblait que les dieux avaient décidé de se payer un peu ma tête.

Je m'arrêtai à une dizaine de mètres, dissimulée entre deux rangées de véhicules. En me voyant approcher, il leva la tête et ferma la portière de son pick-up, puis il se retourna immédiatement.

— Salut, Skylar.

— Salut, lançai-je d'une voix inhabituellement aiguë.

Il s'adossa de nouveau à l'arrière de son pick-up, et c'est là que je remarquai que ma voiture était garée juste à côté de la sienne. Je n'y avais même pas prêté attention en me garant ce matin, sans doute encore troublée par ma conversation avec Daphné. Me rappeler que Daphné, Nora, et qui sait encore, étaient au courant de notre baiser m'avait complètement désarçonnée. Bien sûr, Tucker était le seul à savoir ce qui s'était passé la veille, alors je croisais les doigts pour qu'il ne dise rien.

Une sensation de chaleur envahit tout mon corps, ma peau se mit à picoter et des papillons s'agitèrent dans mon ventre.

— Ta voiture est réparée maintenant ? demanda-t-il.

— Oui, couinai-je.

— Je comptais passer chez toi pour voir si t'avais besoin que je te dépose à ton boulot, mais j'ai dû commencer tôt ce matin.

Je hochai la tête avant de réaliser que j'étais restée plantée là, comme une idiote, de l'autre côté du parking. Je pris une grande inspiration et je tentai de marcher nonchalamment jusqu'à lui, en fourrant mes mains dans mes poches au passage.

— Tes vols se sont bien passés aujourd'hui ?

— Oui, ça allait, répondit-il avec sa voix grave et sexy.

— T'as été occupé aujourd'hui ?

— Je le suis toujours.

Nous nous regardâmes fixement l'un l'autre. Il ouvrit la bouche pour dire quelque chose, mais je le devançai en lâchant :

— Est-ce qu'on peut oublier ce qui s'est passé hier soir ?

Il me fixa et j'eus la sensation que son regard transperçait mon âme. C'était comme s'il avait trouvé une porte secrète dont j'ignorais l'existence et qu'il avait déjà forcé la serrure.

— Je sais que tu veux que je dise oui, dit-il prudemment avant de marquer une pause. Mais ce serait un mensonge. Du coup, je préfère être honnête : les amis ne se mentent pas. Et, pour être franc, j'aimerais qu'on aille plus loin.

Oh mon Dieu. Mon cerveau planta pendant une bonne minute tandis que je le fixais, interdite.

— Mais je sais qu'on n'en est pas encore là. Et si tu revenais dîner à l'auberge ? poursuivit-il, ignorant tout de mon trouble intérieur — du moins, je l'espérais.

Je sentis une boule se former dans ma gorge et je déglutis.

— Dîner à l'auberge ? répondis-je, à nouveau avec une voix suraiguë.

Il hocha la tête.

— Ouais. La cuisine de Daphné est toujours excellente et on ne s'ennuie jamais.

— Daphné est au courant pour notre baiser, lâchai-je, parce que j'avais visiblement décidé de parler sans réfléchir aujourd'hui.

Il sourit d'un air contrit.

— Je sais, mais ce n'est pas moi qui lui en ai parlé. Nora nous a vus. Mais elle s'en fiche, et Daphné n'est carrément pas du genre à juger. En gros, tout le monde s'en fiche. Personne ne se moquera de toi. Au pire, quelqu'un essaiera peut-être de se payer ma tête, mais jamais devant toi. Promis. Mais si ça te dérange vraiment, je peux t'inviter à dîner ailleurs.

Je plissai les yeux.

— Tu veux dire... un rencard ?

Il me regarda sans mot dire avant de hocher lentement la tête.

— Oui.

— T'aimes ça, les rencards ? demandai-je, incapable d'oublier ce que Daphné m'avait dit à son sujet.

Il me regarda prudemment avant de répondre :

— En général, non. Mais avec toi, oui.

— Tucker... commençai-je d'un ton plein de reproches.

— Skylar, répliqua-t-il calmement. Je t'aime bien. Ne me dis pas qu'il n'y a rien entre nous, parce que ce serait un mensonge. Essayons d'aller plus loin.

Une vague d'excitation m'envahit au point que je me sentis folle à lier. Mais, sans que je le veuille, ma stupide tête se mit à hocher frénétiquement.

— D'accord, mais juste un dîner, dis-je rapidement.

Il sourit légèrement.

— Bien sûr. Dans quel resto tu veux aller ?

Je n'eus pas le courage d'avouer que mes seules expériences

de restaurants se limitaient aux deux cafés de Cammi et à la pizzeria locale. Même si je gagnais correctement ma vie, je vivais toujours avec cette peur qu'une catastrophe survienne, ce qui me poussait à épargner la majeure partie de mes revenus.

— Puisque c'est moi qui t'invite, c'est moi qui paie, ajouta-t-il, comme s'il avait lu dans mes pensées.

J'ouvris la bouche pour protester, mais il secoua la tête.

— Si un jour c'est toi qui m'invites, tu pourras payer.

Je me pinçai les lèvres et pris une grande inspiration avant de dire :

— D'accord. Honnêtement, je ne sais pas où aller. Je n'ai pas fréquenté beaucoup de restos.

— Quel genre de cuisine tu préfères ? demanda-t-il.

— Oh, tu sais, je mange de tout.

— Dans ce cas, on pourrait aller à la brasserie. Sinon, il y a le Sally's : on y mange bien, mais c'est surtout de la cuisine de pub avec une ambiance de bar. Ça risque d'être très animé, ça te va ?

Je secouai rapidement la tête. Je détestais l'atmosphère des bars : trop de monde, trop de bruit, et ça me rendait nerveuse.

— Va pour la brasserie, alors. Quel jour ?

— J'en sais rien, c'est toi qui invites, répondis-je, un peu irritable et mal à l'aise.

— Je sais, mais je ne connais pas ton emploi du temps. Moi, je suis généralement libre le samedi.

— Dans ce cas, on pourrait faire ça un vendredi, m'entendis-je répondre.

— Ça colle au moins avec ton emploi du temps ? demanda-t-il patiemment.

— Je bosse du dimanche au jeudi.

Tucker sourit lentement.

— Parfait, vendredi alors. Je suis sûr que je te verrai d'ici là. Tu viens à l'auberge mercredi pour le cours de yoga ?

Je m'apprêtais à secouer la tête, mais il ajouta rapidement :

— Allez, viens. Tu sais que Daphné voudra que tu sois là. Et Gemma serait ravie de te voir.

J'eus l'impression que mon cœur allait éclater. Parce que je voulais y aller. Je le voulais vraiment.

— D'accord, je serai là.

Il sourit à nouveau avant de laisser retomber ses mains. Je sursautai lorsqu'il attrapa doucement l'une des miennes et me rapprocha de lui. Je m'arrêtai en trébuchant, à une quinzaine de centimètres de lui. Cet homme avait une de ces auras, je vous jure ! Une présence puissante, presque *palpable*. Sa force, contenue mais vibrante, semblait émaner de lui.

Il soutint mon regard pendant quelques instants avant de se pencher et de m'embrasser rapidement sur les lèvres. Un courant électrique sembla jaillir entre nous, crépitant dans l'air alors qu'il s'éloignait.

— Passe une bonne soirée, Skylar.

Il attendit que je monte dans ma voiture. Je fouillai nerveusement pour retrouver mes clés, et accessoirement aussi, mon calme. Après une profonde inspiration, je parvins enfin à démarrer. Alors que je roulais vers le port et la galerie d'art où se trouvait mon appartement, une question s'imposa à moi : avais-je complètement perdu la tête ?

Chapitre Dix-Huit

TUCKER

— Levez les mains et joignez-les au-dessus de votre tête, dit Gemma de sa voix apaisante de professeure de yoga.

J'essayais de rester détendu, mais la présence de Skylar ce soir-là compliquait les choses. Je réalisai rapidement que l'avoir invitée au cours de yoga n'était pas mon idée la plus brillante : j'étais sérieusement distrait.

J'étais arrivé de justesse, ce qui m'avait valu d'être placé une rangée derrière Skylar. À chaque fois qu'elle se penchait, j'avais une vue imprenable sur ses courbes généreuses. De côté, sa silhouette me captivait tout autant. Je pouvais apercevoir le léger renflement de ses seins, qui étaient absolument parfaits — mais ça, je le savais déjà, car ils tenaient parfaitement dans ma paume.

Gemma circulait silencieusement dans la salle. Elle s'arrêta à côté de moi, corrigea légèrement la position de mes bras du bout de l'index, puis murmura :

— Concentre-toi, Tucker.

Je risquai un coup d'œil vers elle et remarquai l'éclat espiègle dans son regard. Elle se retint toutefois de rire. Gemma perdait rarement son calme. Je reportai mon attention sur les miroirs devant moi. Depuis que Gemma avait commencé à donner ces cours l'année précédente, Nora avait fait installer des miroirs sur un des murs. Désormais, selon la disposition, nous étions tantôt face aux fenêtres, tantôt face aux miroirs. Malheureusement, lorsque je regardai dans le miroir, mes yeux se dirigèrent immédiatement vers Skylar.

Bon sang, ça ne me ressemblait pourtant pas. Je n'étais pas du genre à me laisser distraire par une femme pendant un cours de yoga. C'était censé être un moment de détente, après tout. Je détournai le regard et me fis violence pour ne pas lui accorder un seul regard de plus. C'était pour ma propre santé mentale — et pour éviter une situation embarrassante en plein cours de yoga, si vous voyez ce que je veux dire.

Dès que le cours se termina, je quittai la salle en vitesse et empruntai presque en courant le sentier bordé d'arbres menant à la maison du personnel. Une douche froide s'imposait si je voulais retrouver un semblant de calme pour le reste de la soirée. Des doutes se glissèrent pernicieusement dans mes pensées, mais il était indéniable que je désirais Skylar. J'eus l'impression qu'une fissure s'était formée le long de mon cœur. Le cœur même que j'avais cru immunisé contre toute tentative d'atteinte.

En franchissant l'entrée latérale de l'auberge, je manquai de percuter Flynn, qui sortait de l'appartement privé qu'il partageait avec Daphné. Cat, de son côté, était en plein emménagement dans la maison du personnel.

— Salut, mec, dit Flynn en me tenant la porte de la cuisine ouverte. Tes vols se sont bien passés aujourd'hui ?

La porte se referma derrière moi tandis que nous entrions.

— Rien à signaler, répondis-je.

— C'est comme ça qu'on les aime, répliqua-t-il. Tu veux une bière ? proposa-t-il ensuite en s'arrêtant près de l'ouverture du garde-manger.

— Bien sûr.

— Prends directement un pack de six, lança Grant.

— Ça roule, répondit Flynn en entrant dans le garde-manger.

Je balayai la cuisine du regard. Quelques clients récupéraient des dîners à emporter — une option que Daphné avait lancée pour les soirs où le personnel avait sa soirée réservée. Beaucoup d'autres étaient allés dîner en ville.

Skylar était installée à la longue table de la salle à manger, celle qui s'étirait sur toute la longueur de la pièce, devant les fenêtres. Ses cheveux noirs, attachés en queue de cheval, ondulèrent légèrement lorsqu'elle se tourna pour répondre à une remarque de Cammi.

Diego croisa mon regard et me fit un clin d'œil en souriant.

— Tu devrais t'asseoir là-bas, plaisanta-t-il.

— C'est ma place habituelle, rétorquai-je.

Bon sang. Je ne voulais même pas que mes amis sachent que j'avais invité Skylar à dîner. Ce genre d'information, pourtant anodine, ne manquerait pas de provoquer une avalanche de taquineries. J'adorais travailler avec mes amis, que je considérais comme faisant partie de ma famille, mais il y avait des inconvénients à ce que vos collègues sachent tout sur vous. Heureusement, je doutais que Skylar vende la mèche. Elle était bien trop réservée pour ça.

Flynn réapparut à mes côtés, un pack de six bières brassées localement à la main, et m'en tendit une.

— Qu'est-ce qu'on mange ce soir? demandai-je à Daphné en m'arrêtant près de l'îlot central.

Daphné me regarda en plissant les yeux.

— Va t'asseoir.

— Je n'ai même pas le droit de demander ce qu'il y a au menu? Tu sais que je vais adorer, quoi qu'il arrive.

Daphné esquissa un sourire.

— Ce soir, c'est nouilles sautées épicées.

— Ooh, ça s'annonce délicieux.

— Il y a des amuse-gueules sur la table, ajouta-t-elle.

— Excellent.

J'ouvris ma bière et jetai la capsule dans la poubelle sous le comptoir avant de traverser la cuisine pour me rendre dans la salle à manger.

Je m'installai à côté d'Elias, qui se trouvait assis directement en face de Skylar. Avec la configuration actuelle des convives, c'était l'endroit le plus logique où m'asseoir. Cammi occupait l'un des bouts de table, Elias était juste à côté d'elle, et Skylar était placée de l'autre côté. Je n'avais pas prévu de me retrouver face à elle, mais le hasard en avait décidé autrement.

— Comment tu vas ? demandai-je à Cammi lorsqu'elle m'adressa un sourire.

— Bien, et toi ?

— Tu dis toujours que tu vas bien. Tu vas vraiment toujours bien ? la taquinai-je.

Elle leva les yeux au ciel.

— Eh bien, non. Personne ne va bien en permanence, mais je n'ai pas à me plaindre. Je suis occupée, mes affaires marchent bien, et...

Elias glissa un bras autour de ses épaules, et les joues de Cammi rosirent.

— Notre couple va bien, ajouta-t-elle.

— Rappelle-moi, c'est pour quand, les jumeaux ? demandai-je.

— Dans quatre mois, répondit Cammi en écarquillant les yeux, comme si elle venait tout juste de réaliser l'imminence de l'échéance.

— Mec, tu ne sais même plus quoi faire de tes journées, plaisantai-je quand Elias se pencha pour déposer un baiser prolongé sur sa joue.

— Qu'est-ce que tu veux dire ? rétorqua-t-il en levant la tête.

Je pris une gorgée de ma bière avant de sourire.

— T'es plus aussi grincheux qu'avant.

— Il l'est tous les matins jusqu'à ce qu'il prenne un café, intervint Cammi.

— Et il a le meilleur café de la ville à la maison, ajoutai-je en me penchant, un coude posé sur la table.

— Ça doit être sympa, mais tu commences tôt, fit remarquer Skylar.

Elias haussa les épaules.

— Dans tous les cas, je suis un lève-tôt. Cammi part avant moi, mais c'est vrai qu'elle me prépare mon café avant.

— Parfois, il m'accompagne quand je vais au café ambulant, ajouta Cammi.

— Vraiment ? demanda Skylar en leur souriant à tous les deux.

Cammi hocha la tête.

— Il m'aide à ouvrir le café.

— Oh, c'est mignon, répondit Skylar.

Elias plissa les yeux en direction de Skylar, feignant d'être offensé par sa remarque.

— J'ai rien de mignon, pigé ?

— Mais ce que tu fais *est* mignon, insista-t-elle.

Lorsque les yeux de Skylar se posèrent sur les miens, ses joues rougirent légèrement, puis elle baissa les yeux et s'empara de ce qui ressemblait à un rouleau de printemps sur un plateau posé sur la table.

— Ils sont délicieux, dit Cammi. Assure-toi de les tremper dans la sauce d'abord.

— Daphné n'est donc jamais à court d'idées de recettes ? demanda Skylar après avoir pris une bouchée.

— Elle refait parfois les mêmes recettes, mais chaque semaine, il y a une nouveauté au menu, répondis-je. Et il y a des plats qu'on adore, comme ses macaronis au fromage, bacon et sauce chipotle.

— Putain, j'avais oublié ça, s'exclama Elias avant de se retourner sur sa chaise pour s'adresser à Daphné :

— Tu peux faire ça la semaine prochaine ?

— Faire quoi ? répondit-elle.

— Tes fameux macaronis au fromage. Ça fait un bail qu'on n'y a pas eu droit lors d'une soirée du personnel.

— Si tu vivais encore ici, tu y aurais droit, rétorqua-t-elle malicieusement.

— J'ai pas envie de retourner vivre ici, mais tes macaronis au fromage me manquent.

Daphné sourit avec indulgence.

— J'en ferai la semaine prochaine. Skylar, je compte sur toi pour revenir dîner ici.

— T'aimes bien les macaronis au fromage ? demanda Cammi à Skylar.

Skylar hocha la tête, ce qui fit rebondir sa queue de cheval.

— J'adore ça, mais j'ai uniquement goûté à la version industrielle. C'est un plat réconfortant.

— Oh oui, rien n'est plus réconfortant qu'un plat tout préparé, acquiesça Cammi.

— T'en as déjà mangé avec du ketchup ? demanda Elias.

Skylar le regarda d'un air désapprobateur et il haussa les épaules d'un air penaud.

— J'ai quelques réserves sur le mélange, répondit-elle.

— C'est bon. Ça a l'air dégueu dit comme ça, mais c'est bon. Ça rend le plat un peu plus sucré et acidulé, je te jure, expliqua-t-il.

— Mais tu ne nous as jamais préparé ça, dit Cammi en le regardant.

— C'est parce que la plupart des gens sont un peu snobs en ce qui concerne les macaronis au fromage, répondit Elias d'un ton défensif.

— Pas moi, intervint Daphné en traversant la salle. C'est une spécialité du Sud.

— Les macaronis au fromage industriels avec du ketchup ? m'étonnai-je.

— Bien sûr. Ne critique pas avant d'y avoir goûté, rétorqua-t-elle avec un sourire.

Chapitre Dix-Neuf

SKYLAR

J'étais silencieusement mortifiée. Nous étions là, à parler de macaronis au fromage industriels accompagnés de ketchup. Même si je n'en avais jamais mangé, cela aurait été l'équivalent d'un repas gastronomique dans ma jeunesse. Quand j'étais petite, les condiments avaient le pouvoir d'améliorer le goût de plats médiocres. Non pas que les macaronis au fromage industriels soient mauvais.

Mais les plats de Daphné étaient, selon moi, le summum de la gastronomie. Je ne savais pas quel était son secret.

— C'est délicieux, dis-je entre deux bouchées une fois que nous eûmes commencé à manger.

Daphné me sourit.

— Merci. C'est Cat qui a fait le plus gros du travail ce soir.

— Dans ce cas, merci à toi, dis-je à Cat.

Elle me fit un rapide sourire.

— C'est Daphné qui m'a appris tout ce que je sais en cuisine, sauf les bases.

— Aucun de nous ne cuisine bien, intervint Nora.

— Au moins, je ne suis pas la seule dans ce cas, plaisantai-je.

— Aucun de nous ne peut répondre aux critères de Daphné,

à l'exception de Cat maintenant, dit Elias avec un sourire. On est tous simplement reconnaissants.

— Je suis surprise que tu aies déménagé et que tu ne viennes pas dîner ici tous les soirs, remarquai-je.

— Ça fait de la route, et puis...

Il jeta un coup d'œil à Cammi. Bien que bref, son regard fut intense et intime.

— ... j'avais mes raisons de déménager, et elles en valaient la peine, poursuivit-il.

Cammi rougit légèrement avant de se pencher vers lui et de l'embrasser sur la joue.

— Je suis reconnaissante de valoir plus que les petits plats de Daphné, mais je comprends, le taquina-t-elle.

— Je t'avoue que j'ai hésité, plaisanta Elias en retour avant de prendre une bouchée quand elle lui donna un coup de coude.

Je ne pus m'empêcher d'être légèrement envieuse. Pendant un instant, je regrettai ma décision d'avoir fait une croix sur les relations sérieuses. Pourquoi pas un jour, après tout ? Bien sûr, cela me rappela que j'avais accepté de dîner avec Tucker. Comme nous étions déjà mercredi soir, l'échéance n'était que dans deux jours. Enfin, ce n'était pas comme si j'avais compté les jours. Ou peut-être que si. J'y pensais depuis que j'avais dit oui.

Entre le stress de ce futur rendez-vous et mes efforts pour oublier le baiser — ainsi que la fois où nous étions allés *bien* plus loin — j'avais trop de choses en tête concernant Tucker. Mes pensées s'entrechoquaient dans mon esprit, amplifiant mon anxiété. Je me souvins de l'objet que Jolene avait sur son bureau : une rangée de boules argentées suspendues. Elles rebondissaient doucement l'une contre l'autre. Une métaphore parfaite de mes pensées quand il s'agissait de Tucker : elles se répondaient et rebondissaient sans fin, me laissant déstabilisée, troublée, inquiète, anxieuse... et tant d'autres choses. *Toutes* les choses.

La voix de Cammi me tira de mes pensées :

— T'as parlé à Risa récemment ?

Je jetai un coup d'œil dans sa direction.

— Oui, je la croise de temps en temps. Nos emplois du temps ne coïncident pas, sauf quand elle organise des événements en soirée à la galerie.

— T'as déjà été à l'une de ces soirées ? demanda Daphné, intriguée.

Je secouai rapidement la tête.

— Tu devrais y aller. Elle propose des choses à grignoter et des boissons. C'est sympa, ajouta Cammi.

— Mais ce n'est pas payant ? demandai-je.

Comme toujours, j'étais très près de mes sous. Toute une vie à éviter ce qui coûte de l'argent avait ancré cette habitude en moi.

— Non, répondirent Daphné et Cammi à l'unisson.

Cammi parut perplexe et je me sentis idiote.

— Oh, je pensais que si.

— La soirée est gratuite, mais son objectif est de vendre des œuvres d'art à ceux qui profitent de la nourriture et des boissons gratuites, précisa Cammi d'un ton détaché. Vas-y si tu peux. Elle en organise une fois par semaine. Parfois, elle fait ça au Misty Mountain Café, où on installe une exposition d'art supplémentaire. Toutes les œuvres d'art qui se trouvent sur les murs sont à vendre.

— Sérieux ?

Cammi acquiesça en souriant.

— Ouaip. Tu sais quoi ? Retrouvons-nous à la galerie. Pas cette semaine, mais la semaine prochaine.

— On pourrait faire une soirée entre filles après, proposa Daphné. Tout le monde viendra. Ça ne tombe pas le même jour que le cours de yoga, si ? demanda-t-elle en regardant Gemma, qui secoua la tête.

— Ces soirées d'art commencent assez tard pour que tu puisses venir aussi, ajouta Daphné.

— Absolument, je ne propose pas de cours de yoga tard le soir, répondit Gemma. Je suis partante.

J'étais entourée de femmes qui dirigeaient leur propre entreprise — Gemma avec son studio de yoga, Cammi avec ses deux cafés, et toutes celles qui travaillaient à l'auberge. Cela me fit réfléchir à ma conversation avec Ludie. Il fallait vraiment que je trouve le courage de parler à Susie.

— Alors ? relança Cammi.

— J'aimerais beaucoup y aller. Comme j'habite au-dessus de la galerie, c'est pratique pour moi, répondis-je.

— Tu peux nous retrouver en bas dès que la soirée artistique commence, proposa Daphné.

— Il se passe quoi exactement lors de ces soirées artistiques ? demandai-je.

— Les gens se promènent et admirent les œuvres d'art, et c'est un prétexte pour boire, manger et bavarder, expliqua Daphné avec un sourire.

— Les mecs iront aussi ? demanda Cat.

— Non, répondirent Flynn et Elias tandis que Grant se contenta de secouer la tête.

— Je n'y suis jamais allé, nuança Tucker.

— Les mecs pourraient y aller, mais ça gâcherait un peu notre soirée entre filles, dit Cammi.

— Et si jamais on change d'avis ? taquina Diego.

Gemma lui donna un coup de coude.

— Vous ne pouvez pas.

— Je me sens exclu, déclara Grant.

— Je peux venir ? demanda Cat.

— Bien sûr, mais tu ne peux pas boire, répondit Daphné.

— Dans ce cas, je veux bien être capitaine de soirée, proposa Cat.

— C'est parfait, se réjouit Gemma. Tu pourras toutes nous conduire là-bas.

— Sauf moi, puisque j'habite déjà à l'étage, ajoutai-je.

Juste à ce moment-là, je sentis les yeux de Tucker sur moi et je lui jetai un coup d'œil. Son regard, chargé de chaleur, sembla électriser l'air à travers la table. Je baissai les yeux sur mes genoux et me replongeai dans mes pensées.

Chapitre Vingt

SKYLAR

Je me regardai dans le miroir et tendis à nouveau la main vers ma brosse à cheveux. Je la passai dans mes cheveux en fronçant le nez et regrettant qu'Emily ne soit pas là. Elle me coiffait souvent quand nous vivions ensemble en famille d'accueil, et même plus tard, une fois que nous étions devenues colocataires.

Avant que je ne renonce aux rencards, c'est-à-dire une année entière avant sa mort, c'était elle qui me coiffait. Mes cheveux étaient raides comme des baguettes et d'un brun foncé. Elle parvenait toujours à leur donner un aspect brillant et légèrement décoiffé, ce que je n'avais jamais réussi à faire. Je poussai un soupir en observant mon reflet.

—Je devrais peut-être m'attacher les cheveux ? murmurai-je. Non, oublie.

J'entretenais de véritables conversations avec mon reflet dans le miroir. Je m'emparai de mon eye-liner. Il était de couleur gris fumé avec un peu de paillettes. Je me sentis idiote, mais je le mis malgré tout.

C'était ridicule : j'aurais dû annuler. Mais à chaque fois que je pensais à annuler, je me rappelais que Daphné m'avait dit qu'elle avait un pressentiment à propos de Tucker et moi. Mon cœur idiot, meurtri et fatigué battit fort à plusieurs reprises en signe d'espoir. Ses battements étaient comme des applaudissements, comme si je m'encourageais moi-même.

Je me répétai que Tucker était un mec gentil. Et que peut-être, juste peut-être, quelque chose pourrait arriver. Au moins, je lui avais raconté mon histoire.

Après m'être à nouveau brossé les cheveux, je sortis de la salle de bain, puis me rendis immédiatement dans ma chambre. Mon appartement était tout petit, mais il était rien qu'à moi. Emily et moi aurions partagé la chambre si elle avait pu me rejoindre ici. Nous nous étions contentées d'un logement d'une seule chambre, car nous avions besoin d'économiser de l'argent. Nous étions de vraies radines, à l'affût de chaque opportunité d'économiser. L'appartement était meublé et Emily avait considéré cela comme un plus. Il était désormais rien qu'à moi, même si je me sentais seule.

Je me regardai dans le miroir en pied accroché à la porte du placard. Je portais un jean, une paire de bottes et un pull à col en V tout doux. À la dernière minute, je décidai de mettre également une paire de boucles d'oreilles en argent.

Je n'avais pas l'habitude de m'habiller pour sortir. Avant que je puisse changer d'avis, quelqu'un frappa à la porte. Mon cœur s'emballa jusqu'à adopter un rythme incontrôlable. Je tentai d'inspirer un grand coup, en vain. J'avais du mal à faire entrer de l'air dans mes poumons.

— Ressaisis-toi, ressaisis-toi, marmonnai-je tout bas avant de sortir précipitamment de la salle de bain.

J'ouvris la porte si brusquement qu'elle faillit claquer contre le mur. Rapide comme l'éclair, Tucker retint le bord de la porte par l'intérieur de la charnière.

— Merci. J'y suis peut-être allée un peu fort.

Il sourit. Ses yeux s'attardèrent sur mon visage pendant plusieurs secondes avant de descendre plus bas. Je sentis la chaleur monter en moi et je croisai les doigts pour que mes joues n'en portent pas trop les traces.

— Salut, au fait, dis-je.

— Salut, répondit-il d'une voix rauque. T'es prête ?

— Bien sûr, couinai-je.

J'attrapai rapidement mon sac à main sur le coin de l'îlot de la cuisine et enfilai ma veste. Il attendit que je sois prête et nous sortîmes en silence quelques instants plus tard.

J'étais tendue. Je tentai de me souvenir de la dernière fois que j'étais sortie avec quelqu'un. Je n'étais toujours pas certaine qu'il s'agisse d'un *vrai* rendez-vous, même si Tucker avait affirmé que c'en était un. Je me demandais s'il ne m'avait pas invitée par pitié, après tout ce que je lui avais confié l'autre soir. Les mauvaises habitudes ont la vie dure. Je racontais très souvent toute l'histoire de ma vie aux garçons, tellement j'étais prête à tomber amoureuse. Je cherchais l'amour dans tous les coins et recoins. Je draguais des mecs en pensant qu'ils cherchaient l'amour alors qu'on s'était rencontrés dans un vulgaire bar de quartier. C'était ridicule.

Une fois dehors, je m'arrêtai près de ma voiture. Son pick-up était garé juste à côté. Je croisai son regard avant de regarder son pick-up, puis ma voiture.

— Tu veux que je conduise ? proposai-je finalement.

— Noooon, répondit-il lentement. Mais si tu y tiens vraiment, tu peux.

J'étais soulagée que l'air soit frais, car j'espérais qu'il rafraîchirait mes joues rouges.

— Je n'y tiens pas spécialement, finis-je par dire.

Il me tint la portière côté passager de son pick-up, un geste qui me parut étrange. Peut-être que je ne me souvenais pas de mon dernier rendez-vous, mais aucun garçon ne m'avait jamais tenu la porte. Non pas que j'accordais une importance capitale à ce geste. Féministe dans l'âme, je ne pensais pas que les femmes avaient besoin d'hommes pour quoi que ce soit. Si quelqu'un voulait me tenir la porte, je n'y voyais qu'une simple marque de politesse. Comme lorsque je tenais la porte à Ludie chaque fois que nous sortions ensemble. Une fois, je l'avais raccompagnée chez elle et je lui avais ouvert la portière côté passager. Peut-être l'avais-je fait parce que j'avais besoin de débarrasser quelques affaires sur le siège, mais vous voyez l'idée.

C'était la première fois que je sortais avec un homme vraiment poli. Voilà ce que je voulais dire.

Une fois que nous fûmes assis dans son pick-up, je jetai un coup d'œil furtif à Tucker, soulagée qu'il ne me regarde pas. Il était en train de tapoter sur son tableau de bord.

— Chaud ou froid ? demanda-t-il.

— Comment ça ?

— J'ai des doubles commandes et des sièges chauffants.

— Je suis assez frileuse, répondis-je.

— Vingt-trois degrés, ça te va ?

Cette température me parut un luxe inouï. Un autre souvenir de mon enfance pauvre était que, quelle que soit la température en hiver, le chauffage ne dépassait jamais dix-huit degrés. C'était suffisant pour éviter l'hypothermie, mais quand il faisait vraiment froid et qu'il pleuvait, ça ne m'aurait pas dérangée d'avoir un peu plus chaud.

Après qu'il eut démarré, il posa nonchalamment sa main sur le volant. Ses doigts pendaient sur le bord et de fins poils brun-or parsemaient son avant-bras. Je notai dans un coin de ma tête ces petits détails.

Un peu plus tard, nos bruits de pas crissaient sur le gravier alors que nous traversions le parking de la brasserie de Diamond Creek. Elle se trouvait non loin de l'aéroport. Elle m'avait toujours intriguée, mais je n'avais jamais osé y mettre les pieds. Financièrement, tout allait bien. À vrai dire, je n'avais jamais été aussi à l'aise sur ce plan-là. Pourtant, l'habitude que j'avais de mettre constamment de côté le peu d'argent que j'avais et de m'inquiéter d'éventuels coups durs était gravée si profondément dans mon cerveau que j'avais parfois l'impression d'être tombée dedans quand j'étais petite.

Un léger frisson d'impatience me parcourut. Il n'était même pas causé par Tucker. J'allais dîner dans un nouveau restaurant et c'était un événement important pour moi. Ledit restaurant se trouvait dans un ancien hangar à avions entièrement rénové. L'extérieur restait presque inchangé, si ce n'était que des fenêtres avaient été découpées dans les murs en tôle ondulée. Il était situé à côté d'un champ marécageux, juste au-delà d'un petit ruisseau qui alimentait l'océan depuis la baie de Kachemak. Un panneau dans une police fantaisiste avait été monté au-dessus de l'entrée.

Tucker me tint la porte et j'entrai, surprise de découvrir que la salle d'attente était bondée.

— J'ai réservé, murmura-t-il juste à côté de mon oreille, ce qui déclencha en moi un frisson.

Lorsque sa main se posa sur la courbe de mon dos, son contact me fit l'effet d'une décharge électrique brûlante. La chaleur qui s'en dégageait passa à travers mes vêtements. Il m'incita à avancer, mais je fus rapidement obligée de m'arrêter.

— Excusez-nous, murmura-t-il.

Sa voix était basse mais autoritaire, et la foule nous laissa passer.

— On n'est pas censés attendre ? demandai-je à voix basse.

— Non. C'est à ça que servent les réservations.

Quelques secondes plus tard, nous arrivâmes devant un petit stand d'accueil, où une femme en jean et bottes de combat arborant un joli chemisier en soie nous adressa un sourire. Ses cheveux blond foncé étaient attachés en une queue de cheval qui se balançait lorsqu'elle se déplaçait.

— Salut, Tucker.

— Salut, Lana, répondit-il d'un ton décontracté. On a une réservation.

Elle consulta un bloc-notes posé sur le comptoir devant elle.

— En effet, Tucker Harrison. Suivez-moi, dit-elle en prenant deux menus.

Cet échange pourtant anodin me laissa bouche bée. Nous venions de passer devant toute la file d'attente. C'était complètement dingue. Je n'avais jamais fait de réservation nulle part de toute ma vie. Emily et moi rêvions, quand nous étions plus jeunes, de réserver dans l'un des restaurants les plus chics de San Francisco. Mais c'était trop cher et trop sélect, alors nous n'avions jamais eu le courage de le faire. C'était l'un des revers déprimants de la pauvreté et du manque de confiance en soi. Même rêver grand, c'était trop demander. Pour Tucker, cependant, réserver dans un restaurant n'avait rien d'une ambition extravagante.

Un moment plus tard, Lana s'arrêta devant une table située près des fenêtres dans le coin. Une fois de plus, j'eus l'impression de transgresser une sorte de règle. Ce n'était pas censé être notre table. Elle offrait la meilleure vue de tout le restaurant, ainsi que de l'intimité.

— Et voilà, dit Lana en nous adressant un sourire. Asseyez-vous. Vous voulez connaître les plats du jour ?

Elle déposa les menus devant chaque chaise avant d'en brandir un plus petit et de dire :

— Voici les plats du jour. Le crabe royal est divin.

— Génial. J'adore le crabe royal, commenta Tucker.

— Vous voulez boire quelque chose ? proposa-t-elle.

Tucker me regarda et je haussai les épaules.

— Je ne sais pas.

— Danny sera votre serveur ce soir. Il sera là dans quelques minutes. Si vous voulez commander quelque chose, faites-le-lui savoir. La carte des boissons est juste là.

Elle désigna un petit menu plastifié coincé entre le sel et le poivre.

— D'accord, merci, répondit Tucker.

Nous nous assîmes, puis elle se dépêcha de partir. Tucker leva la tête et me regarda.

— Commande ce que tu veux.

— On va partager l'addition, c'est ça ?

Il plissa les yeux et secoua la tête.

— Non.

— Si, on partage, insistai-je. Rappelle-toi, c'est toi qui as payé la pizza l'autre soir.

— Oui, mais je t'ai invitée à dîner, répondit-il catégoriquement.

J'ouvris la bouche pour protester et sursautai lorsqu'il haussa les épaules.

— Tu sais quoi ? Peu importe. Si tu veux partager l'addition, on peut.

Mon expression dut trahir ma surprise, car il afficha un sourire et ses yeux bleus se plissèrent aux coins.

— Je t'ai surprise, n'est-ce pas ?

— Oui. Peut-être que je te vais te laisser payer, finalement, marmonnai-je.

— C'est très bien aussi.

Je levai les yeux au ciel.

— Tu veux boire de l'alcool ? demandai-je.

Il secoua la tête.

— Je conduis. Je pourrais boire une bière, mais je préfère avoir la conscience tranquille.

— Dans ce cas, je ne prendrai rien d'alcoolisé non plus.

— Mais tu ne conduis pas.

— Je sais, mais je ne bois pas beaucoup de toute façon.

J'ouvris le menu en demandant :

— Qu'est-ce que tu vas prendre ?

Il n'avait même pas ouvert son menu.

— Oh, je vais prendre le crabe royal.

— Je n'ai jamais mangé de crabe royal.

Il me dévisagea, incrédule.

— Quoi ?!

— C'est hors de prix.

— Tu dois absolument y goûter, insista-t-il.

— Mais ce serait dommage de prendre deux fois le même plat.

— On pourrait manger le crabe royal en entrée, et toi, tu commandes un autre plat. Comme ça, on partage.

Une vague d'anxiété me serra la poitrine. Naviguer dans les méandres des commandes au restaurant me paraissait insurmontable. Dans un fast-food, je savais toujours quoi choisir : un double cheeseburger avec supplément cornichons. C'était mon hamburger préféré.

Tucker attendait patiemment, les yeux fixés sur moi. J'inspirai un grand coup avant d'ouvrir le menu et de le parcourir, soulagée de voir que l'éventail de choix n'était pas trop vaste.

— T'es déjà venu ici ? demandai-je.

— Oh, oui. On vient ici assez régulièrement.

— « On » ?

— Ceux qui vivent à l'auberge. On y mange bien. Ils ont même des pizzas. Honnêtement, tout est bon ici.

Il se pencha et désigna un plat sur le menu.

— Ça, c'est délicieux, par exemple.

— Des tacos au flétan ? demandai-je, sceptique.

— Je te promets que c'est super bon, m'assura-t-il.

— D'accord, je vais prendre ça.

Cela me valut un autre sourire et une nuée de papillons envahit mon ventre. Mes poumons me parurent soudain trop petits alors que j'essayais de reprendre mon souffle.

Juste à ce moment-là, un jeune homme s'arrêta à notre table.

— Bonsoir.

— Salut, Danny, dit Tucker avec un sourire détendu et un clin d'œil. Tu connais déjà Skylar ?

Danny secoua la tête en me souriant. Il était beau, avec des cheveux blond foncé, des yeux bruns et une attitude détendue.

— Je ne peux pas dire que j'ai encore eu ce plaisir. Danny Turner, enchanté.

— Skylar, Skylar Bridges, répondis-je avec un sourire.

— Vous avez fait votre choix ? Et pour les boissons ?

— Je vais prendre une bouteille de cidre sans alcool, dit Tucker.

— Oh, pareil pour moi, ajoutai-je.

— Excellent choix, commenta Danny.

— On est prêts à commander nos plats aussi, ajouta Tucker.

— Je vais prendre les tacos au flétan, dis-je quand Tucker me regarda.

Il opta pour le crabe royal et un bretzel chaud farci au crabe. Sur les quais de San Francisco, les marchés aux poissons abordables m'avaient déjà permis de goûter au crabe, mais jamais au fameux crabe royal.

Danny s'éloigna et un silence s'installa avant que Tucker ne lance :

— Je n'arrive pas à croire que tu n'étais jamais venue ici. Dis-moi ce que tu n'as pas encore essayé depuis que tu es en Alaska.

— Les restaurants, ce n'est pas trop mon truc, avouai-je, décidant que l'honnêteté était la meilleure option.

Il haussa les sourcils.

— Ah non ?

— C'est cher, et je n'ai jamais eu beaucoup d'argent à dépenser, alors c'est devenu une habitude.

Je haussai les épaules en essayant d'ignorer la gêne qui montait en moi.

— Je sais que Ludie te paie bien. C'est un bon job.

— J'en suis consciente. Comme je l'ai dit, c'est une habitude. Toi, t'es pilote, donc j'imagine que tu gagnes mieux ta vie que moi.

Il me fit un clin d'œil.

— C'est vrai, mais ce n'est pas une question d'argent. Le minimum, c'est d'essayer au moins une fois tous les bons restos de Diamond Creek. Et je ne parle même pas d'Anchorage, où il y en a plein.

— Anchorage est à plus de quatre heures de route, protestai-je.

— Oui, c'est une virée d'une journée, répondit-il en haussant les épaules.

Je laissai échapper un rire surpris.

— Bienvenue en Alaska, plaisanta-t-il. Quand j'ai débarqué ici, je trouvais ça bizarre que les gens fassent autant de route comme si de rien n'était, mais maintenant, ça me paraît normal. C'est comme ça, c'est tout.

— Je sais, acquiesçai-je. Il y en a même qui prennent l'avion pour Anchorage juste pour la journée. Vous en faites souvent, des vols comme ça ?

— Ça arrive parfois.

Tucker savait mener une conversation, c'était du moins ce que je découvris ce soir-là. C'était une facette de lui que je n'avais jamais vue et je ne savais pas du tout quoi en penser. À l'auberge, avec ses amis, j'avais vu son côté décontracté. Mais là, c'était encore autre chose. J'avais l'impression qu'il faisait un vrai effort, qu'il cherchait à me mettre à l'aise. Cela me déstabilisa, parce que je n'étais pas censée compter. Pas aux yeux de qui que ce soit.

Chapitre Vingt-Et-Un

TUCKER

Skylar était nerveuse et je me surpris à essayer de la mettre à l'aise. J'étais un bon ami, mais mes amis me facilitaient la tâche. Ils me connaissaient par cœur. Nous avions tissé un lien indéfectible après notre service dans l'armée de l'air. Nous vivions et travaillions ensemble depuis des années, et ce lien s'était encore renforcé avec le temps. Ils étaient au courant de ma nature réservée et cela ne les dérangeait pas.

Quand j'étais plus jeune, j'étais plus sociable. Mais la vie a une façon bien à elle de donner des leçons. Après la mort de Claire, j'avais perdu ma légèreté. Je m'étais renfermé sur moi-même. C'était plus simple ainsi. Pendant des années, je m'étais convaincu que je ne voulais laisser personne prendre trop de place dans ma vie. Certes, mes amis comptaient autant que Claire, mais ce n'était pas le même genre de relation.

Tomber amoureux demande de la force, et je n'étais pas sûr d'avoir encore cette force en moi. Alors, avec les femmes, je ne faisais aucun effort. Peut-être que c'était pour ça que je me comportais parfois comme un abruti.

Skylar était assise en face de moi, préoccupée par l'idée d'économiser plutôt que de profiter d'un restaurant. Peut-être que je n'avais pas compris cette leçon de vie. J'avais grandi dans une famille stable, avec deux parents aimants qui avaient toujours été là pour moi.

Je voulais que Skylar ressente cette sécurité. Qu'elle cesse de s'inquiéter, qu'elle croie que la vie pouvait s'améliorer. Tout ça n'avait aucun sens. Je n'étais pas *ce* genre de gars — protecteur et prêt à prendre soin des autres. Enfin, sauf avec Claire, à l'époque. J'étais *tellement* amoureux d'elle. Même aujourd'hui, je me disais que c'était peut-être juste la fougue de la jeunesse. J'étais jeune et il y avait quelque chose dans ce genre d'amour — une innocence, une sorte de fuite en avant, de précipitation — que je pensais incapable de reproduire désormais ; quelque chose qui s'ancrait profondément dans le cœur et blessait plus profondément encore. Quand elle était tombée malade et était morte, j'avais compris à quel point la vie pouvait être cruellement injuste. Mais ma bonne vieille mémoire musculaire était toujours là, apparemment. Je savais encore ce que c'était de faire des efforts.

Je sentis que Skylar était sceptique quant à ces mêmes efforts, ce qui m'amusa intérieurement. Peut-être avais-je enfin rencontré quelqu'un de plus réservé que moi, ce qui n'était pas peu dire.

Elle sembla conquise par le crabe royal. Après deux bouchées, elle leva les yeux vers moi.

— C'est trop bon, gémit-elle.

— Je te l'avais bien dit.

Elle m'adressa un sourire radieux.

— Waouh. C'est vraiment incroyable.

— Mais n'achète jamais de crabe royal ailleurs qu'en Alaska.

— Oh, pourquoi ?

— C'est déjà cher ici, mais partout ailleurs, c'est livré par avion, alors...

— C'est encore plus cher, compléta Skylar, les yeux légèrement écarquillés. Mais c'est tellement bon.

— Je ne te le fais pas dire.

Elle esquissa l'un de ses rares sourires et j'eus l'impression d'avoir gagné quelque chose, quelque chose de presque insignifiant, mais quelque chose quand même. J'étais là, à tenter de mettre Skylar à l'aise tout en luttant contre la réaction de mon corps face à sa présence.

Putain de merde. Elle était incroyablement craquante. Elle avait ce côté garçon manqué, mêlé à une féminité subtile qu'elle semblait vouloir dissimuler, sans succès. Avec ses cheveux noirs qui reflétaient la lumière des lampes et ses grands yeux bleus, elle était éblouissante. Sa peau avait l'air douce et soyeuse, et je savais déjà combien elle pouvait être réceptive à mes intimes caresses. Avant d'aller la chercher ce soir-là, je m'étais convaincu que ce n'était qu'un simple dîner. Mais mon corps semblait avoir d'autres plans.

Tout en moi criait qu'après ce dîner, je devais la raccompagner chez elle et ne pas repartir avant d'avoir senti son corps contre le mien. Et même cela ne suffirait probablement pas à apaiser le désir brûlant qui m'habitait.

Danny apporta l'addition. Je sortis ma carte de crédit et jetai un coup d'œil à Skylar. — Alors ?

— Alors quoi ? demanda-t-elle.

— On partage ou pas ?

Elle me regarda pendant quelques secondes avant de sortir son portefeuille.

— On partage.

Je haussai les épaules.

— Comme tu veux... mais j'ai une autre proposition.

— Quoi donc ?

Elle me regarda d'un air sceptique, une petite ride se formant entre ses sourcils.

— Je paie ce soir, mais tu paies la prochaine fois.

Ses joues s'empourprèrent instantanément.

— Quoi ?

— T'as déjà dîné à l'auberge ?

— Euh, oui, pas plus tard que la semaine dernière.

— Je voulais dire à l'auberge du complexe de ski.

Elle mordilla sa lèvre avant de répondre :

— Non, mais j'en ai entendu parler.

— Alors, c'est là qu'on ira pour notre prochain dîner.

Elle fit la moue en me regardant prudemment.

— Je ne sais pas trop.

— Tu ne sais pas quoi ? Si tu veux aller au complexe de ski, ou bien si tu veux dîner avec moi tout court ?

Skylar laissa échapper un soupir.

— Les deux.

Même si ça me contrariait plus que je voulais l'admettre, je n'en laissai rien paraître.

— Réfléchis-y. Mon offre reste valable.

— Qu'est-ce que tu veux dire par « ton offre reste valable » ?

— Simplement que ça ne presse pas. Il n'y a pas de date limite.

— Et ça veut dire...?

— Exactement ça.

— Mais...

— Si tu changes d'avis, fais-moi signe.

J'aurais aimé insister davantage, mais Skylar semblait vraiment tendue. Elle s'empara de l'addition et passa minutieusement son doigt sur chaque ligne. Quelques secondes plus tard, elle annonça les montants respectifs. Danny revint à notre table et prit ma carte de crédit et l'argent qu'elle avait sorti.

Chapitre Vingt-Deux

TUCKER

Skylar jeta un coup d'œil vers le coucher de soleil qui baignait le marais lorsque nous atteignîmes le parking. Il était magnifique. L'Alaska nous gâtait vraiment à ce niveau-là. Chaque jour apportait son lot de choses magnifiques à voir. Un aigle poussa un cri et Skylar jeta un coup d'œil autour d'elle.

— Qu'est-ce que c'était ? demanda-t-elle.

Je marquai une pause et baissai les yeux sur elle.

— C'était un aigle.

— C'est ça, un cri d'aigle ? dit-elle en écarquillant les yeux. C'est vraiment strident.

À cet instant, l'aigle lança un nouveau cri avant de s'envoler d'un arbre bordant le marais. Nous reprîmes notre route. Sans réfléchir, je pris sa main dans la mienne.

— Par ici.

— On va où ? demanda-t-elle.

Elle se raidit légèrement, puis sa main se détendit dans la mienne.

Je désignai du doigt la passerelle qui se trouvait sur un côté du parking. Elle était située juste après l'endroit où je m'étais garé.

— Oh ! s'exclama-t-elle, ses yeux s'illuminant.

Elle me suivit sur la passerelle en bois qui surplombait le marais. Elle lâcha ma main et posa les deux siennes sur la rambarde. Appuyée contre cette dernière, elle contempla le paysage, son regard balayant l'horizon.

— C'est tellement beau, murmura-t-elle.

— C'est vrai. Ça fait plus de quatre ans que je vis ici, et honnêtement, je ne m'y suis pas encore habitué.

Elle leva les yeux vers moi.

— Ah non ?

Je secouai la tête et je pointai du doigt un groupe d'aulnes situés d'un côté de cette zone marécageuse.

— Il y a quelques orignaux par là.

Elle tourna aussitôt la tête.

— Oh ! Ils sont si grands. Ludie m'a dit de faire attention aux orignaux.

— Oui, ils sont myopes. Si tu t'approches trop, ils peuvent te charger rapidement. Chaque année, les orignaux blessent plus de gens que les ours.

— Je ne veux pas voir un grizzly ou un ours brun, déclara-t-elle fermement. Quelle est la différence, d'ailleurs ?

— On m'a dit que les ours bruns vivaient le long de la côte. Du coup, si tu croises un ours par ici, c'est certainement un ours brun. Les grizzlys vivent à l'intérieur des terres, loin du littoral. Et ils sont généralement un peu plus petits que les ours bruns.

— Pourquoi ? demanda-t-elle.

— Parce que les ours bruns se régalent de saumon sur la côte, contrairement aux grizzlys.

— Sans blague ?

Je haussai les épaules.

— C'est logique. Mais je suis comme toi, je ne tiens pas spécialement à croiser un ours brun ou un grizzly de près. J'en aperçois parfois depuis les airs.

— Vraiment ?

— Oh, oui. T'as déjà traversé la baie en avion ?

Skylar secoua la tête, ce qui fit voler ses cheveux au vent.

— Dans ce cas, c'est décidé. Je t'emmène faire un tour.

— T'as pas besoin de faire ça.

— Tu pourrais juste m'accompagner lors d'une livraison en avion.

J'aurais bien proposé de l'emmener faire une visite touristique complète, mais je savais que Skylar refuserait. Elle se retourna pour contempler le marais, ses yeux posés sur le ciel spectaculaire de ce soir, qui mêlaient rose, lavande et touches de rouge sang. J'appréciais moi aussi la vue, mais j'étais plus concentré sur mon envie d'embrasser Skylar : une envie presque incontrôlable.

Un silence s'installa. L'Alaska ne manquait jamais de me rappeler une chose géniale : on pouvait s'oublier si on se laissait porter par le moment présent. La beauté était saisissante, si inclusive. Bien que mon envie d'embrasser Skylar ne fût pas apaisée, elle se fondit dans le calme du crépuscule. La lumière déclinait pour laisser place à l'obscurité. Peu à peu, les étoiles pointèrent dans le ciel. La douce rafale d'une brise salée provenait de la baie, de l'autre côté du marais.

Skylar émit un son qui ressemblait à un soupir. Je baissai les yeux vers elle juste au moment où elle leva les yeux vers moi. Ses joues étaient teintées de rose à cause de l'air frais du printemps. Sans réfléchir, je me laissai guider par mon désir. Je me plaçai face à elle et j'attendis un moment avant de me pencher, lui donnant ainsi le temps de se détourner, de me dire qu'un autre baiser était une idée stupide, mais elle n'en fit rien.

Je ne pouvais pas en être sûr, mais je crus la voir se mettre sur la pointe des pieds pour me rejoindre alors que je me baissais. Ses lèvres étaient chaudes. Une décharge électrique grésilla entre nous lorsque j'ajustai ma bouche sur la sienne. Elle soupira doucement, nos langues s'entremêlèrent, et le baiser s'éternisa. Il devint *très vite* passionné.

Je perdis la notion de l'endroit où nous étions, jusqu'à ce que le croassement d'un corbeau à proximité résonne bruyamment dans le ciel crépusculaire et s'infiltre à travers la brume de mon

désir pour réveiller ma conscience. Nous nous séparâmes, hale-
tants dans l'air paisible.

Skylar était pressée contre moi. J'avais passé un bras autour
de sa taille et l'autre autour de sa nuque. Mon pouce caressa le
côté de son cou, effleurant sa jugulaire qui pulsait rapidement. Je
fis un pas en arrière et tendis ma main vers la sienne par réflexe.
Au moment où mes doigts s'entrelacèrent avec les siens, je m'attendis à ce qu'elle les retire, mais ma crainte ne se réalisa pas.

Chapitre Vingt-Trois

SKYLAR

À chaque seconde du court trajet entre le restaurant et mon appartement, mon corps était rempli d'énergie. Comme ces soirs où l'on n'entendait rien d'autre que la nature — le cri d'un hibou, le bruissement des feuilles au vent, le chant des insectes et le son des vagues qui déferlaient sur le rivage. C'était ce que mon corps me faisait ressentir. Tous mes sens étaient à l'écoute et en état d'alerte, bourdonnant joyeusement, concentrés sur la personne de Tucker.

Je ne comprenais peut-être pas ce qu'il me trouvait, mais je savais qu'il me désirait malgré ma confusion intrinsèque envers les relations et le fait de faire confiance. Je savais ce que signifiaient désir et convoitise. Je reconnus le tintement de cloche dans ma tête et les vibrations de mon corps en réponse, et je savais que je n'étais pas seule à ressentir un tel désir.

La puissance de mon attraction fit taire les voix critiques dans ma tête, ce qui n'était pas une mince affaire. Mon trop-plein de désir, intense et bouleversant, y coupa court. Je sentais l'humidité du tissu entre mes cuisses. Mes tétons étaient durs et ma peau me démangeait, irritée par le contact de Tucker.

Je savais que j'allais l'inviter chez moi. Je savais aussi que je risquais de le regretter plus tard, mais à ce moment-là, je m'en moquais. Ma raison s'était noyée dans le flot de la luxure.

Le tic-tac du clignotant résonna dans mes oreilles lorsqu'il tourna vers le parking de la galerie d'art. Quand il me regarda dans les yeux, sans un mot, je sus qu'il me demandait s'il devait se garer à l'avant ou à l'arrière. Je fis un mouvement du menton vers l'arrière, envoyant par là même le message suivant : *Oui, j'ai envie de toi. Oui, on va faire ce que tu penses.*

Le bruit du gravier sous ses pneus gronda à travers moi et renforça les vibrations dans mon corps. Son moteur se tut un instant plus tard, suivi de ce cliquetis subtil. Tandis que le moteur refroidissait, mon corps, lui, s'échauffait davantage.

— Je te raccompagne ? demanda Tucker.

Je pris mon courage à deux mains, me tournai vers lui et déclarai :

— Je veux que tu entres.

Il me fixa à la lueur de la faible lumière projetée par l'éclairage du parking. Il plongea son regard dans le mien un instant, puis baissa le menton pour m'indiquer qu'il avait compris.

Nous montâmes rapidement les escaliers, nos bruits de pas résonnant dans le couloir au-dessus de la galerie. Étant la seule à vivre ici, le bâtiment paraissait désert, presque interdit, comme si nous n'étions pas censés être ici. Le studio était sombre et la galerie du rez-de-chaussée était fermée.

Nous atteignîmes ma porte et je fouillai dans mon sac pour trouver mes clés.

— Skylar, dit Tucker.

Mon regard croisa le sien et il m'embrassa avant de me plaquer contre le mur, juste à côté de la porte.

Bon sang. Il embrassait avec une maîtrise diabolique — un mélange d'audace et d'autorité, tempéré par une douceur et une assurance désarmantes. Il alterna grands coups de langue et frôlements délicats sur mes lèvres, puis il se retira après un doux baiser sur un coin de ma bouche. Un seul. Des papillons prirent leur envol dans mon ventre, diffusant des sensations électriques, comme de minuscules étincelles jaillissant d'un feu, à travers tout mon corps.

Je me libérai. À bout de souffle, j'aspirai une grande bouffée d'air. Ses yeux bleus résolus fixèrent les miens.

— T'es sûre que tu veux que j'entre ? insista-t-il.

— T'as intérêt, rétorquai-je en levant le menton et en plissant les yeux.

J'étais irrationnelle, peu sûre de moi et dépendante lorsqu'il s'agissait de la partie émotionnelle des relations. Mais j'étais audacieuse et presque irréfléchie quand il s'agissait de sexe.

Une thérapeute que j'aimais bien m'avait dit un jour que cela pouvait être en partie expliqué par le manque d'affection que j'avais ressenti toute ma vie. Parce que j'essayais de m'accrocher à tout espoir que je trouvais, aussi infime soit-il, je laissais tomber mes barrières et me débarrassais de ma peur émotionnelle, laissant la luxure, le besoin et le désir guider mes actes.

En cet instant précis, rien de tout cela ne me vint à l'esprit. Je savais que mes doutes et mes questions reviendraient plus tard, mais ce soir, ils n'avaient pas leur place.

Je tins bon sous son regard.

— D'accord, murmura-t-il d'une voix rauque.

Quelques instants plus tard — après avoir maladroitement fait tomber mes clés, qu'il ramassa avant de m'aider à les insérer dans la serrure — nous entrâmes ensemble dans mon appartement. Je ne laissai aucun élément ralentir le processus. Je pris sa main et la ramenai vers moi. Il écarquilla les yeux, mais cela ne m'arrêta pas. Rien ne pouvait m'arrêter en cet instant.

C'était peut-être la seule fois de ma vie où j'allais passer à l'acte avec lui, alors je comptais bien en profiter au maximum.

— *Ça*, murmurai-je en me cambrant contre lui, ma main glissant autour de sa nuque.

Il me rejoignit à mi-chemin et colla ses lèvres aux miennes. J'étais peut-être imprudente et audacieuse, mais à la seconde où sa langue s'engouffra dans ma bouche, il prit le contrôle de notre baiser. Il me fit pivoter et me guida en arrière jusqu'à ce que mes hanches rencontrent le bord du canapé.

Je perdis presque l'équilibre, mais il me rattrapa, me stabilisa, puis me souleva avant de s'asseoir sur le canapé avec moi.

— Oh, j'aime ça, murmurai-je après m'être retirée pour reprendre mon souffle.

En me plaçant à califourchon sur lui, je sentis son érection à travers son pantalon. J'étais déjà au bord de l'orgasme, ce qui aurait dû m'inquiéter. Une alarme discrète résonna au fond de mon esprit, mais je choisis de l'ignorer.

Je n'aurais pas dû être aussi excitée. Cela n'aurait pas dû être aussi facile. Et pourtant, c'était le cas avec Tucker. Je cessai de lutter, cette vague m'entraînant de plus en plus loin vers le large, vers ce tourbillon de passion, chaque mouvement entraînant naturellement le suivant. C'était une chute irrésistible, comme une cascade qui se précipitait du haut d'une falaise.

Nous arrachâmes fébrilement nos vêtements. Nos mouvements étaient précipités et désordonnés. Je descendis précipitamment de ses genoux, puis je lui enjoignis d'enlever sa chemise. Il s'exécuta avec empressement, le son de son gloussement bourru me donnant la chair de poule. En un rien de temps, je me retrouvai nue, à l'exception de ma culotte. Son jean était par terre, à côté du mien. Son boxer moulant bleu marine soulignait sans équivoque son excitation. Je tendis la main pour lui retirer, mais il saisit mes poignets, murmurant des mots que je ne compris pas.

Avant même que je puisse protester, il m'embrassa à nouveau, puis m'allongea sur le canapé. Ses lèvres se refermèrent sur l'un de mes tétons, et je laissai échapper un cri lorsque la sensation se propagea jusqu'à mon entrejambe. J'étais tendue comme un ressort. Aussitôt, ses doigts surgirent pour m'enlever ma culotte. Je la repoussai d'un coup de pied, un gémissement de satisfaction m'échappant alors que ses doigts exploraient mes plis soyeux avant de s'engouffrer dans mon antre.

J'étais tellement prête. Mes hanches se soulevèrent contre

lui. Il murmura quelque chose contre mon cou avant de relever la tête et de retirer ses doigts.

— Ralentissons un peu.

— Non ! protestai-je.

Une sensation sauvage m'envahit, presque animale, débordante d'émotions que je refusais d'assumer.

Il écarta mes cheveux de mon visage. Il ne répondit pas par des mots, mais les baisers qu'il déposa sur mes lèvres puis sur mon cou disaient : *calme-toi.*

J'eus envie de me cabrer, tel un étalon sauvage, mais d'une manière ou d'une autre, il parvint à m'apaiser. Ses mains explorèrent mon corps. Il fit progressivement monter la température tandis que mon désir agité grimpait en flèche et que les émotions contenues s'effaçaient peu à peu.

Il couvrit mon ventre tremblant de baisers, puis poussa l'un de mes genoux sur le côté. J'eus à peine le temps de haleter que sa bouche était déjà sur mon sexe et que mes mains agrippaient ses cheveux. Je criai brusquement. Mon orgasme montait déjà en puissance, prêt à me submerger. Les vagues de plaisir se succédèrent implacablement, puis ses doigts s'enfoncèrent en moi, en même temps qu'un vigoureux coup de langue.

La vague se brisa, s'écrasa et m'emporta. Je tremblai comme une feuille et m'entendis pousser un cri strident. Je lui tirai les cheveux si fort que je fus surprise de ne pas l'entendre pousser un cri de douleur.

Un instant plus tard, il se redressa au-dessus de moi. Nous n'avions pas discuté des moyens de contraception, mais apparemment, il avait plus de bon sens que moi, car il avait déjà sorti un préservatif, apparemment de nulle part. La seule explication possible était qu'il avait anticipé ce moment. Mais d'un autre côté, il semblait toujours paré à toute éventualité. Il l'enfila rapidement. Il me regarda droit dans les yeux tandis que son poids se faisait sentir au-dessus de moi.

Cela aurait dû me surprendre, moi qui aimais tant garder le

contrôle. Mais en ce moment, il était évident que je ne contrôlais pas la situation.

Avec Tucker, j'avais perdu tout contrôle, et cela avait commencé bien avant notre premier baiser. Tout cela me donnait l'impression d'être ballottée comme des débris à la surface de l'océan lors d'une tempête.

Je sentis les plans musclés de son torse, la chaleur soudaine de sa peau contre la mienne. Ses yeux étaient presque violets dans la pénombre de mon salon. Son gland effleura mon entrée avant que mes parois ne s'écartent pour l'accueillir avec un bruit de succion.

— *Ça*, soufflai-je dans un murmure rauque.

Chapitre Vingt-Quatre

TUCKER

Je ne détournai pas les yeux de Skylar, observant ses pupilles se dilater alors que je sentais son corps chaud et soyeux m'accueillir jusqu'à être entièrement en elle. Je laissai échapper un gémissement grave lorsque je ne pus pas aller plus loin et je bougeai légèrement, comme pour en être sûr.

Elle murmura à nouveau « ça », et je compris exactement ce qu'elle voulait dire. Ça, *tout* ça. Elle, moi, nous. Nos corps étaient comme fusionnés, un filet chatoyant de passion nous tenant serrés l'un contre l'autre.

Elle me fixa et une lueur de peur vacilla un instant au fond de ses grands yeux. Je ne pensais pas qu'elle avait peur de moi. C'était plutôt une crainte émotionnelle, presque primitive. Cette même émotion que j'avais perçue plus tôt : insouciance, témérité, une fuite désespérée face aux sentiments. C'était presque comme si elle avait peur de ressentir quelque chose.

À cet instant, je luttais déjà pour conserver un semblant de contrôle. Je m'accrochai désespérément au sang-froid qu'il me restait. Je faillis céder, mais je tins bon. Je restai immobile pendant plusieurs secondes avant de baisser la tête et de l'embrasser. Sa langue sortit, glissant audacieusement contre la mienne. Je me retirai avant de revenir en elle, encore et encore, dans un rythme langoureux. Ses hanches se cambraient pour répondre à chaque va-et-vient. Sa peau était moite contre la mienne.

J'étais déjà à deux doigts de craquer. Je tentai de résister, de ralentir, mais elle me poussa à garder le rythme en enfonçant l'un de ses talons à l'arrière de ma cuisse, tout en pressant l'autre contre ma hanche. Ses parois chaudes et serrées m'enveloppaient, tandis que ses gémissements sensuels étaient à damner un saint. Putain de merde. Des gémissements rauques et des geignements gutturaux.

Je voyais son côté insolent et autoritaire.

— Dépêche-toi, s'il te plaît. Maintenant, exigea-t-elle.

Je ne pouvais que lui obéir, car c'était précisément ce que je désirais aussi. Je sus qu'elle atteignait le point de rupture lorsque ses parois se contractèrent violemment autour de mon membre. Son corps fut secoué de spasmes violents, tandis qu'elle gémissait et criait mon nom sans retenue.

Je jouis à mon tour, une sensation électrique parcourant le bas de mon dos après un dernier coup de reins. Je lâchai un cri guttural et tremblai de tous mes membres. Je m'effondrai sur elle, à bout de souffle. Pendant un moment, je ne pouvais même pas bouger. Je me ressaisis, m'appuyant sur un coude pour ne pas l'écraser avec mon poids.

Dès que je retrouvai mes forces, je me décalai pour rouler sur le côté, m'éloignant légèrement d'elle. J'étais encore en elle lorsqu'elle s'affala mollement sur moi, visiblement comblée. Je sentais les battements de son cœur contre ma poitrine, faisant écho aux miens.

Nous restâmes étendus là, le temps semblant s'étirer à l'infini. Quand je revins à la réalité, je me rendis compte que mes doigts jouaient distraitement avec ses mèches de cheveux. Sa paume était posée à plat sur mon torse. J'avais envie de rester ainsi, mais je savais que c'était insensé.

Je me demandai brièvement à quoi elle pouvait bien penser. Finalement, elle releva la tête et nous nous regardâmes fixement.

Une lueur de peur, similaire à celle que j'avais perçue plus tôt, traversa ses yeux avant de s'évanouir presque aussitôt. Je voulais dire quelque chose, mais je savais que c'était dangereux. Tout ce que nous avions fait était dangereux, et je sentis qu'elle le pensait aussi.

— Tu devrais rentrer chez toi, dit-elle d'un ton ferme.

— Vraiment ?

Elle hocha la tête. J'avais envie de lui demander pourquoi, mais je savais qu'elle garderait le silence, alors je m'abstins.

— D'accord.

Un instant plus tard, elle descendit de mes genoux et me tendit mes vêtements. Je me rhabillai, mais pas aussi vite qu'elle. Elle parvint à se rhabiller en moins d'une minute, ou du moins, c'était ce qu'il m'avait semblé.

Quelques instants gênants plus tard, elle se tenait près du comptoir de sa cuisine et me regardait d'un air méfiant. Il était difficile d'imaginer qu'il y a à peine quelques instants, nos corps étaient encore intimement liés, peau contre peau.

— Merci pour le dîner, dit-elle avec une politesse un peu froide.

— De rien. Alors, on remet ça où la prochaine fois ? lançai-je, bien conscient de dépasser les limites.

Lorsqu'elle ouvrit la bouche pour parler, j'étais quasiment sûr qu'elle allait m'envoyer paître. Puis elle la referma et reprit son souffle avant de répondre :

— Pourquoi pas au complexe de ski ?

J'eus l'impression d'avoir remporté une grande victoire, mais je n'osai pas m'en réjouir.

— Vendredi prochain ?

Elle hocha la tête. Je l'embrassai avant de partir, mais mon baiser fut bref. Sur le chemin du retour, je me demandai si je n'étais pas devenu complètement fou. Je ne voulais pas voir autant de peur et de vulnérabilité dans les yeux de Skylar. Je voulais qu'elles disparaissent à jamais.

Mais il y avait un hic : cela impliquait de me confronter à mes propres démons. Je pensais savoir quelque chose qu'elle ne croyait pas. Certaines personnes peuvent être bonnes. Il existe des gens sur qui on peut compter. Mais essayer de lui montrer cela impliquait de compter sur l'univers pour qu'il ne me fasse pas une autre blague cruelle.

Et sur ce point, ma foi était tout sauf inébranlable.

Chapitre Vingt-Cinq

SKYLAR

J'entendis un léger bruissement, ou peut-être un genre de dérapage, suivi d'un bruit sourd. Je venais de terminer ma journée de travail et je me retournai sur ma chaise pour voir Ludie par terre, de l'autre côté du couloir.

— Oh mon Dieu ! m'écriai-je en bondissant de ma chaise pour me précipiter dans son bureau.

— Je vais bien, murmura-t-elle faiblement.

— Ludie, je crois que tu viens de t'évanouir.

Je m'agenouillai à côté d'elle.

— Non, je ne me suis pas évanouie, ma chérie, répondit-elle, sa voix gagnant légèrement en assurance.

— J'appelle les urgences, dis-je en fouillant dans ma poche pour en sortir mon portable.

Elle secoua la tête.

— Appelle Dan. Il est dehors en train d'aider Flynn et son frère, articula-t-elle entre deux respirations saccadées.

Je composai en hâte le numéro de Dan, qui décrocha aussitôt.

— Salut, Skylar, ici Dan.

— Salut, Dan. Ludie a fait un malaise. Je voulais appeler les urgences, mais elle m'a dit de t'appeler à la place.

Je me demandais déjà pourquoi j'avais fait ce qu'elle m'avait demandé.

— Je n'ai pas perdu connaissance, pour l'amour de Dieu, dit-elle, sa voix s'affermissant de plus en plus.

— J'arrive tout de suite. Appelle les urgences, m'ordonna Dan.

Je savais que Ludie l'avait entendu, puisqu'elle plissa les yeux. Je m'assis à côté d'elle sur le sol, le portable collé à mon oreille après avoir composé le 911.

— Ici le 911, comment puis-je vous aider ?

— Bonjour, je suis au petit aéroport et mon employeuse a fait un malaise.

— Je ne me suis pas évanouie, protesta-t-elle à côté de moi.

La standardiste des urgences me posa quelques questions avant de me demander comment Ludie allait maintenant.

— Elle est consciente depuis que je suis entrée dans son bureau, mais elle est très pâle et...

Je posai mes doigts sur son poignet pour prendre son pouls.

— ... je ne m'y connais pas trop, mais son pouls a l'air faible, complétai-je.

— Madame, une ambulance devrait arriver d'ici cinq minutes. Est-ce que vous pourriez rester avec elle en attendant ?

— Bien sûr ! Je ne vais nulle part.

Au même moment, j'entendis la porte d'entrée s'ouvrir brusquement.

— Son mari vient aussi d'arriver. Est-ce que je dois rester en ligne ? m'enquis-je.

— Vous pouvez si vous voulez, ou bien vous pouvez nous rappeler plus tard si besoin. Les ambulanciers sont déjà en route.

Ludie me jeta un regard noir.

— Je vous rappellerai si nécessaire, dis-je précipitamment.

Dès que j'eus raccroché, Dan entra dans la pièce. Il s'agenouilla devant Ludie.

— Qu'est-ce qui s'est passé ? demanda-t-il d'un ton bourru.

Il fixa Ludie avec un regard si chargé d'amour que cela me

transperça le cœur. J'en eus littéralement le souffle coupé pendant quelques secondes. Non pas que j'eusse un jour douté de l'amour de Dan pour elle et vice-versa, mais ils étaient ensemble depuis longtemps. Leurs échanges habituels étaient brefs et pragmatiques, presque désinvoltes. Mais cet instant-là était empreint d'une rare intimité.

— Je vais bien, insista-t-elle. Si Skylar n'était pas encore à son poste, elle ne serait même pas ici. Elle m'a entendue glisser, c'est tout.

— Ludie, dit Dan d'un ton légèrement réprobateur.

— D'accord, je suis tombée. Je suis contente qu'elle ait pris de mes nouvelles, mais je te jure que je vais bien. Je n'ai pas perdu connaissance.

— Tu sais pourtant bien que tu as un problème de cœur, répliqua Dan.

— Quel problème de cœur ? le coupai-je.

— Son cœur a tendance à s'emballer. Parfois, elle se sent faible parce que son sang manque d'oxygène, expliqua-t-il.

— On devrait faire quelque chose à ce sujet, non ? dis-je d'un ton paniqué.

— Je prends des médicaments, se défendit Ludie.

Je ne connaissais peut-être Ludie et Dan que depuis moins d'un an, mais j'étais plus attachée à eux qu'à mes parents biologiques. Ils me traitaient comme leur propre fille et je tenais beaucoup à eux. Plus que je ne voulais l'admettre.

— Elle prend des médicaments, mais parfois, elle oublie. Je vais t'acheter un pilulier, annonça Dan.

Ludie leva les yeux au ciel et se pinça les lèvres, signe qu'elle allait effectivement mieux.

— Les piluliers, c'est pour les vieux.

— Ludie, on est officiellement vieux. Il n'y a aucune honte à avoir un pilulier, dit Dan.

— C'est comme un calendrier. Ça t'aidera simplement à rester organisée au quotidien. C'est tout, argumentai-je en essayant d'ignorer la boule dans ma gorge et la douleur dans ma poitrine.

— D'accord, je vais prendre un pilulier, marmonna Ludie tout en balayant Dan et moi du regard, ayant l'air de penser que nous l'avions trahie.

À ce moment-là, nous entendîmes des voix à l'entrée du bâtiment. Je me levai d'un bond et courus dans le couloir pour accueillir l'équipe d'ambulanciers. Un agent de police les accompagnait, ce qui me rendit immédiatement nerveuse. Je ne savais pas pourquoi, mais la simple présence d'un policier me faisait toujours penser que j'avais fait quelque chose de mal. Je plaisantais souvent avec Emily, disant que si je tombais sur une scène de crime, même avec le meurtrier encore près du cadavre et brandissant un couteau, j'aurais l'impression que c'était moi la coupable, simplement parce que j'étais là. Nous avions toutes les deux supposé que cette réaction était une conséquence malheureuse de notre passé en familles d'accueil. Il y avait tellement de figures d'autorité qui entraient et sortaient de notre vie et qui prenaient des décisions à notre place qu'on avait tendance à penser qu'on n'était jamais à notre place et qu'on nous jugeait.

Je me dis que cet homme était peut-être le mari de Risa, ce qui aurait dû me rassurer, mais j'étais quand même nerveuse.

— Ludie va bien ? demanda l'agent de police.

— Je ne suis pas sûre. Elle a fait un malaise, dis-je par-dessus mon épaule tout en guidant le groupe dans le couloir.

Pendant tout ce temps, mon cœur battait la chamade dans ma poitrine. J'avais envie de pleurer, mais je devais rester calme. Dan avait cessé de s'agenouiller devant Ludie pour s'asseoir par terre à côté d'elle. Ils étaient tous les deux appuyés contre le bureau. Les ambulanciers entrèrent en action.

Ludie leur fit signe de partir d'un geste de la main.

— Qu'est-ce que vous faites ici ? demanda-t-elle en levant les yeux vers le policier.

— J'étais par hasard dans le coin lorsque j'ai entendu l'appel. Je voulais m'assurer que vous alliez bien, répondit l'homme.

Il jeta un coup d'œil à Dan.

— Qu'est-ce qui s'est passé, Dan ?

— Salut, Darren. Ludie s'entête à nouveau. Elle ne veut pas de pilulier pour ne pas oublier ses médicaments pour le cœur.

Le visage de Ludie se figea d'horreur. Dan venait de dévoiler ses problèmes de santé devant tout le monde. L'un des ambulanciers posa une question à Dan et le policier me jeta un coup d'œil.

— Je ne crois pas qu'on se soit déjà rencontrés. Je suis Darren Thomas, le chef de la police de Diamond Creek.

— Je m'appelle Skylar, Skylar Bridges, murmurai-je d'une voix à peine audible. Je travaille ici, ajoutai-je timidement.

— Je sais, dit Darren en hochant la tête.

— Oh, ton poste fait que tu dois probablement tout savoir, hein ?

— Non, je suis loin de tout savoir. Mais Risa est ta propriétaire. Elle a mentionné que tu étais son amie. Et les amis de Risa sont mes amis, ajouta-t-il gentiment.

Je ne savais pas quoi lui répondre, alors je me contentai de hocher la tête. Le mari de Risa et chef de la police de Diamond Creek était un bel homme. Avec ses cheveux brun chocolat et ses yeux assortis, il était décontracté et viril. Après cet échange rapide, il engagea la conversation avec Ludie et Dan. Les ambulanciers décidèrent de ne pas l'emmener à l'hôpital. Ils lui administrèrent de l'oxygène sur place et sortirent un pilulier de leur véhicule pour le lui offrir. Elle refusa de l'accepter jusqu'à ce qu'ils lui fassent remarquer qu'elle faisait chaque année un don aux services d'urgence de la ville.

— C'est comme si vous vous l'offriez à vous-même, plaisanta l'un d'eux.

Ludie rit doucement. Son visage avait déjà retrouvé des couleurs.

— Vous devrez peut-être penser à vous procurer un bouton d'appel d'urgence, commenta Darren.

— Quoi ?! aboya Ludie.

— Un ici, un aux toilettes et un chez vous, ajouta Darren.

— Pourquoi ? Je vais bien, répliqua-t-elle agressivement.

— Si Skylar n'avait pas été là pour t'entendre, tu aurais peut-être dû aller à l'hôpital, observa Dan.

L'équipe d'ambulanciers finit par s'en aller. Darren partit avec un signe de la main, et je m'assurai que Ludie et Dan avaient attaché leur ceinture dans la voiture de Dan, ayant insisté pour fermer moi-même les locaux. Je retournai au bureau, je regardai autour de moi et je me rendis compte que je ne m'étais encore jamais retrouvée ici sans Ludie et Dan.

Il commençait à faire sombre dehors. L'aménagement du bureau était simple. L'entrée principale donnait sur un parking, avec la piste d'atterrissage juste derrière, bordée de hangars à avions. Au loin, on apercevait le grand aéroport de Diamond Creek, celui où atterrissaient les gros avions. Il y avait quelques chaises et un bureau avec quelques magazines éparpillés dessus dans la zone avant. Personne ne s'était jamais assis à ce bureau. J'empruntai le petit couloir qui menait au bureau de Ludie d'un côté et à la salle de repos en face. Elle contenait une table ronde, un micro-ondes et un petit réfrigérateur. Juste après, au bout du couloir, se trouvait la salle radio, dédiée à la coordination des transports et à l'organisation des vols. Elle contenait un bureau en forme de L avec des écrans d'ordinateur et des téléphones.

Ludie et Dan avaient créé cette entreprise bien avant l'ère des téléphones portables. Ils avaient encore de vieux téléphones à cadran, même si plus personne ne s'en servait. Je devais demander à Susie de m'aider à obtenir un prêt TPE. Si quelque chose arrivait à Ludie et Dan, je voulais vraiment reprendre leur entreprise.

Certes, j'aurais beaucoup d'appréhensions, mais j'adorais ce travail et je pensais être assez compétente dans ce domaine. Me concentrer sur quelque chose m'évitait de sombrer dans l'anxiété, l'inquiétude, les regrets et les reproches. Ces émotions me guettaient, prêtes à m'envahir. Je pris une grande inspiration et je faillis sursauter quand j'entendis la porte d'entrée s'ouvrir.

Je me précipitai vers l'entrée et me retrouvai face à Tucker.

— Salut, je venais d'atterrir quand Flynn m'a dit que Ludie s'était sentie mal. Il a dit que Dan avait appelé pour dire qu'elle allait mieux, mais je me suis dit que j'allais prendre de ses nouvelles.

— Oui, elle a fait un malaise, répondis-je.

— Elle va mieux ? demanda-t-il.

Je hochai la tête alors que les larmes qui menaçaient de couler me piquaient les yeux.

— Je pense que oui. Apparemment, elle a un problème cardiaque qui fait que son cœur s'emballe parfois. Elle est censée prendre des médicaments, mais cela lui arrive d'oublier. Je suppose qu'elle manque parfois d'oxygène. En tout cas, c'est ce que Dan m'a dit.

Je me tenais près du bureau de l'entrée, les doigts effleurant le bord. Tucker me regarda dans les yeux depuis l'autre côté de la pièce.

— Et toi, tu vas bien, Skylar ? demanda-t-il doucement.

Je sentis un nœud douloureux dans la gorge en avalant ma salive, mais je m'efforçai de rester stoïque.

— Oui, je vais bien, répondis-je d'une voix rauque.

En un instant, Tucker me rejoignit et me prit dans ses bras. Je nichai mon visage contre sa poitrine et éclatai en sanglots. Il dégageait une odeur mêlant le vent, les arbres et une légère brise océanique. Je n'étais pas du genre à pleurer, encore moins à me laisser réconforter par un homme ; même si, au fond, c'était ce que j'avais toujours désespérément souhaité.

Je tentai de me ressaisir, en vain. Chaque fois que je relevais la tête pour regarder Tucker, je pleurais encore plus fort. Tout ce que je voulais dire se noyait dans un tourbillon de hoquets et de larmes. Il se contenta de me tenir dans ses bras tout en caressant mon dos avec sa paume. Son toucher était si apaisant, et être ainsi blottie contre lui me procurait un bien-être indescriptible.

Il était chaleureux et fort, et il semblait tout à fait imperturbable face à mon torrent de larmes. Enfin, mes pleurs se calmèrent peu à peu. Cependant, je n'osais toujours pas le regarder, mortifiée par ma vulnérabilité.

Ma tête restait blottie contre sa poitrine. Sa voix grave résonna doucement contre ma joue lorsqu'il parla :

— Tout le monde a parfois besoin de pleurer un bon coup.

— Je sais. Mais moi, je ne pleure jamais, marmonnai-je contre sa poitrine.

— Moi, ça m'arrive parfois, dit-il, la voix basse et rocailleuse.

Son aveu dissipa mon embarras. Je levai lentement la tête pour le regarder. Mon bras enserrait sa taille tandis que l'autre était coincé entre nous. J'essuyai mes larmes avec mon poing tandis qu'un sourire larmoyant et penaud se dessinait sur mon visage.

— Désolée pour ça.

— Pas la peine de t'excuser. Tu t'inquiètes pour Ludie ?

Je déglutis et hochai la tête.

— Ça peut paraître étrange, mais Ludie et Dan sont comme des parents pour moi, même si je ne travaille pas pour eux depuis longtemps.

— Je comprends. La famille ne se limite pas aux liens de sang.

— Elle m'a vraiment fait peur aujourd'hui.

Il hocha la tête, sa paume continuant ses va-et-vient apaisants.

— Et maintenant, qu'est-ce que tu veux faire ?

— Comment ça ? demandai-je, sincèrement perplexe.

— Eh bien, je ne compte pas te laisser seule ce soir, dit-il sans détour. Après t'avoir vue pleurer comme ça, je serais un bien mauvais ami si je partais maintenant.

— Non, tu exagères. C'est juste moi et mes drames, dis-je en haussant les épaules, un peu honteuse.

— Tu veux dîner à l'auberge ?

Je secouai vivement la tête. Je n'étais pas prête à voir des gens, même si j'appréciais tout le monde là-bas.

Heureusement, Tucker n'insista pas. Il se contenta d'un léger mouvement de tête pour m'indiquer qu'il respectait mon choix.

— Tu veux une distraction ?

— Comment ça ?

— On peut prendre un plat à emporter et aller chez toi, ou alors, je t'emmène dîner quelque part.

Je n'étais pas prête à voir des gens qui me connaissaient bien, mais une distraction pouvait peut-être m'aider à me ressaisir. Tucker m'avait déjà vue craquer, et c'était bien assez pour aujourd'hui. Je pensais pouvoir supporter d'être en présence d'inconnus.

— D'accord, dis-je à voix basse.

— Au complexe de ski ou ailleurs ?

— Allons au complexe de ski. J'ai entendu dire qu'on y mange vraiment bien.

— Oh, les rumeurs disent vrai. Tu peux me croire. Allez, viens.

Il relâcha son emprise sur moi et fit glisser ses mains le long de mes bras avant de reculer. Il prit ma main dans la sienne et ce simple contact me fit un bien fou. J'en avais besoin pour rester ancrée, pour ne pas avoir l'impression de perdre les pédales. Se sentir perdu et déboussolé était courant lorsqu'on passait autant de temps seul.

En sortant, je m'arrêtai brusquement pour admirer le ciel. Il était strié de rouge, de rose et d'orange, alors que les derniers rayons du soleil traversaient ce tableau de couleurs. Je posai une main sur ma poitrine, émue, et inspirai profondément.

— On dirait une carte postale, pas vrai ? observa Tucker.

Je lui adressai un sourire, sentant un poids se dissiper de ma poitrine.

— Oui, c'est vrai.

Le cri d'un aigle, mêlé à celui de quelques mouettes proches, me parvint. Je respirai l'air salé et vivifiant à pleins poumons.

Nos pas crissaient sur le gravier alors que nous traversions le parking. Je remarquai que Tucker avait garé sa voiture juste à côté de la mienne.

— Je vais te suivre jusque chez toi, pour que tu puisses garer ta voiture, dit-il.

J'ouvris la bouche pour protester, mais il ajouta aussitôt :

— C'est mieux pour l'environnement. Monter la colline prendra une vingtaine de minutes. Ce serait idiot de faire le trajet avec deux voitures.

— Bon, vu comme ça, avec de vrais arguments et tout, ça se tient, répliquai-je d'un ton sec.

Il serra doucement ma main avant de la lâcher.

Chapitre Vingt-Six

TUCKER

— Oh, waouh, c'est délicieux, gémit Skylar après avoir fini de mâcher.

Elle avait pris du saumon avec un nappage au citron et à la moutarde, tandis que j'avais opté pour du flétan grillé.

— Je te l'avais bien dit.

Elle but une gorgée d'eau avant de jeter un regard autour d'elle. Le restaurant du complexe de ski était un endroit charmant et plutôt chic. Il était resté fermé jusqu'à ce que la famille propriétaire décide, environ cinq ans auparavant, de revenir en ville pour le rénover. L'endroit évoquait un pavillon de villégiature, avec ses planchers en bois massif et ses poutres apparentes qui se croisaient au plafond. De larges baies vitrées, allant du sol au plafond, offraient une vue imprenable sur les pistes de ski.

L'endroit était bondé, ayant gagné sa place comme l'un des établissements les plus prisés de cette région de l'Alaska.

— T'as déjà fait du ski alpin ? demandai-je.

Skylar secoua rapidement la tête, l'air interloquée par ma question.

— Dans ce cas, on va en faire.

— C'est au-dessus de mes moyens.

— Grâce à la compagnie, on a droit à des forfaits de ski

permanents. On a un accord avec le restaurant : on se recommande mutuellement auprès des clients. Je te promets que tu n'auras pas à payer un centime.

— Et au printemps, comment ça se passe ? demandai-je en contemplant les sommets enneigés par la fenêtre.

— On est au sommet de la chaîne de montagnes, donc il y a encore de la neige. Allez, dis oui.

Elle mordilla sa lèvre inférieure et le simple geste me fit ressentir une pression au niveau des bijoux de famille. Putain de merde. Cette femme semblait posséder une ligne électrique reliée directement à mes couilles.

— D'accord, mais je n'ai jamais skié de ma vie.

Je réprimai un sourire.

— Tout ira bien. On commencera par la piste verte, la rassurai-je.

Juste à ce moment-là, Delia Hamilton s'arrêta à notre table, ayant entendu par hasard la fin de ma phrase.

— La piste verte est ma préférée, lança-t-elle avec un sourire.

Skylar leva les yeux vers elle et lui sourit timidement.

— Je n'ai jamais skié et il essaie de me convaincre de m'y mettre.

— La piste verte est vraiment sympa, mais sinon, tu peux essayer le ski de fond. C'est encore moins pentu, suggéra Delia. Au fait, vous avez bien mangé ?

— C'était excellent. Comme toujours, répondis-je avec assurance.

— C'était absolument délicieux, renchérit Skylar.

— Je m'appelle Delia Hamilton, au fait, dit Delia en lui tendant la main.

Skylar lui serra la main et répondit :

— Moi, c'est Skylar. Je travaille à l'aéroport de fret.

— J'ai déjà entendu parler de toi. On est ravis que tu te sois décidée à venir jusqu'ici pour essayer notre restaurant, répondit-elle chaleureusement.

— Delia est la cheffe de cuisine du complexe. On pourrait

croire qu'elle et Daphné sont rivales, mais en réalité, elles sont amies, expliquai-je.

Delia rit légèrement.

— Bien sûr qu'on est amies. Daphné est géniale. Honnêtement, elle cuisine mieux que moi.

— Tes plats sont excellents, la défendit Skylar.

Delia sourit et posa brièvement une main sur l'épaule de Skylar.

— J'espère bien. Je n'ai jamais suivi de formation, mais je cuisine depuis toujours.

— La famille de Delia est propriétaire du complexe, précisai-je.

— Pas moi, rectifia-t-elle.

— Tu es entrée dans la famille par mariage, ça compte quand même, plaisantai-je.

Delia sourit avant de reporter son attention sur Skylar et d'expliquer :

— Gage Hamilton est mon beau-frère. Il est revenu en Alaska pour rouvrir le complexe de ski après que leurs parents l'ont fermé il y a des années. Marley, que tu as peut-être croisée à la réception, est sa femme, et c'est elle qui fait tourner la boutique. Le reste de la famille est revenu petit à petit, sauf Becca. Elle habite à Seattle, mais elle nous rend visite quelques fois par an. Elle est notre lien avec la ville. Je suis mariée à Garrett, le frère de Gage. Il aide parfois au restaurant, mais il est aussi avocat. Si jamais tu as besoin de conseils juridiques, je peux te mettre en contact avec lui.

— C'est gentil, mais j'espère ne jamais avoir besoin de son aide, répondit Skylar.

Delia esquissa un sourire.

— On ne sait jamais. Il gère toutes sortes d'affaires juridiques : droit pénal, propriété, successions... En tout cas, c'était un plaisir de te rencontrer, dit-elle chaleureusement. J'espère qu'on te verra plus souvent.

Après son départ, Skylar demanda :

— Tu connais tout le monde ici ?

— Certainement pas, répondis-je, pince-sans-rire.

Elle leva les yeux au ciel.

— Tu sais très bien ce que je veux dire. Partout où on va, il y a toujours quelqu'un qui te connaît.

— C'est une petite ville, alors c'est difficile de ne pas croiser quelqu'un qu'on connaît. Crois-moi, tu finiras par connaître la plupart des gens du coin. Peut-être pas tout le monde, mais une bonne partie.

Elle but à nouveau une gorgée d'eau. Elle semblait préoccupée depuis le début de la soirée et je voulais la rassurer. Mais je savais que si je mentionnais son inquiétude, elle mettrait un terme à la discussion si vite que mes oreilles en bourdonneraient. Je ne cessais de me répéter que c'était faisable. Qu'on pourrait sortir ensemble sans que je m'attache trop à elle.

Je voulais lui montrer que les gens méritaient qu'on leur fasse confiance. Sauf que ce que je ressentais pour Skylar ouvrait déjà des portes dans mon cœur dont j'ignorais l'existence. Quand on tombe amoureux dans sa jeunesse, il y a une certaine innocence. Mais quand on est plus âgé, plus désabusé, aimer quelqu'un peut être pur d'une manière totalement différente.

Oh, je ne me faisais pas d'illusions. Je n'étais pas amoureux de Skylar et je ne pensais pas le devenir un jour. Je savais combien l'amour pouvait faire souffrir, alors tenir à quelqu'un, même un peu, c'était déjà énorme.

En retournant chez Skylar, je me garai à l'arrière par réflexe. Ce n'est qu'après avoir coupé le moteur et jeté un regard sur le côté que je remarquai que Skylar l'avait remarqué.

Toute la soirée, elle m'avait semblé stressée et à fleur de peau. Après ce qui s'était passé avec Ludie, je comprenais. Je voulais tout arranger pour elle.

— T'as pris des nouvelles de Ludie, j'imagine ? demandai-je.

— Oui, par texto. Dan m'a dit qu'elle allait mieux.

— Je suis sûr qu'elle est hors de danger maintenant.

À peine avais-je prononcé ces mots que je réalisai leur absurdité. On ne pouvait jamais être sûr de rien dans la vie. Elle était parfois cruelle et je le savais mieux que quiconque. Personne n'était à l'abri du pire, pas même les personnes jeunes et en bonne santé. Et Ludie n'était pas jeune. Peut-être qu'elle était hors de danger ce soir, peut-être qu'elle le serait encore pendant des mois ou des années. Mais une chose était certaine : tout le monde finit par mourir. Un jour ou l'autre, son heure viendrait.

En croisant le regard inquiet de Skylar, je décidai qu'il valait mieux garder pour moi ces pensées pessimistes. Le bruit du refroidissement du moteur de mon pick-up meublait le silence.

Skylar me surprit en demandant :

— Tu veux monter ?

Chapitre Vingt-Sept

SKYLAR

Je voulais me persuader que je ne savais pas pourquoi j'avais demandé à Tucker de monter. Et pourtant, je savais exactement pourquoi.

J'étais à fleur de peau et vulnérable, comme si mon bas-ventre était à vif et que j'avais besoin de quelqu'un pour me sentir mieux. C'était mon échappatoire quand j'étais plus jeune, à une époque où je cherchais désespérément l'amour et tombais amoureuse de tous les hommes qui croisaient mon chemin. Aujourd'hui, j'avais assez de recul pour comprendre que ce n'était pas de l'amour. On peut tomber amoureux de l'idée même de l'amour et se convaincre qu'on est amoureux. C'est exactement ce qui m'était arrivé. C'est dire à quel point j'avais envie de tomber amoureuse.

À cet instant, Tucker m'offrait une échappatoire que je n'aurais jamais pu trouver seule. Emily me manquait tellement au quotidien que j'avais l'impression d'avoir un trou béant dans le cœur. Un trou que je ne cessais d'essayer de combler. Certains jours, il paraissait recousu ; d'autres, il semblait à vif.

J'avais peur. Je n'étais pas prête à ce qu'il arrive quelque chose à Ludie. Pas encore. Sans elle, je me sentirais encore plus seule que je ne l'étais déjà.

Quand Tucker hocha la tête, je tentai de me persuader que je n'avais pas poussé un soupir de soulagement en réponse. Nous montâmes les escaliers ensemble. Si me faire des amis ou montrer ma vulnérabilité émotionnelle était difficile, le sexe, en revanche, était mon domaine de prédilection. Je m'y abandonnais sans réserve. C'était comme un raccourci vers l'intimité, un accès direct, même si ce n'était pas tout à fait la même chose.

Lorsque la porte se referma derrière nous, j'avais déjà commencé à enlever ma veste et mes bottes. Tucker, lui, prit son temps, me regardant un instant. Après avoir ôté sa veste, il enleva ses bottes en cuir usées, l'une après l'autre.

Sous sa veste, il portait une chemise à col boutonné par-dessus un T-shirt. À peine l'eut-il retirée que je tirai sur sa chemise pour l'enlever aussi. C'était une chemise en flanelle, douce au toucher. Il attrapa mes mains et me dit :

— Ralentis.

Je levai les yeux vers lui, me noyant dans ses yeux bleus.

— Je ne veux pas prendre mon temps, dis-je d'une voix rauque.

Pendant un instant, je crus qu'il allait insister, ce qui m'aurait rendue encore plus vulnérable que je ne l'étais déjà. Mais pire encore, il n'insista pas.

— D'accord, murmura-t-il simplement.

Me sentant exposée, vulnérable comme un livre ouvert, je posai ma main sur sa poitrine, rassurée par les battements réguliers de son cœur sous ma paume. Je me penchai pour l'embrasser tout en le poussant en arrière.

Quelques secondes plus tard, ses hanches se heurtèrent au canapé. Je commençai à défaire les boutons de sa braguette. Il m'embrassait dans le cou et tout me semblait précipité. J'étais emportée par une tornade de sensations et de désir.

— Doucement, Skylar, murmura Tucker.

Mais je ne voulais pas ralentir. J'avais besoin de ça. J'avais besoin de me perdre en lui. En nous.

Sa paume effleura mon flanc alors qu'il tentait de saisir mes mains, mais je le repoussai d'un geste. Je descendis son jean et son caleçon, juste assez pour libérer son membre. J'enroulai ma main autour, le sentant palpiter sous mes doigts, sa peau chaude et douce comme du velours.

Je me penchai en avant et pris son sexe dans ma bouche, faisant tournoyer ma langue autour de son gland et suçant légèrement l'épaisse couronne. Le liquide préséminal se répandit sur ma langue, laissant un goût salé qui descendit ensuite dans ma gorge. Je me mis à le sucer à fond et il enfonça sa main dans mes cheveux. Il était légèrement brutal, et c'était exactement ce dont j'avais besoin à ce moment-là.

Il laissa échapper un grognement, suivi d'un râle. J'empoignai sa verge avant d'entamer un mouvement de va-et-vient. Je voulais qu'il ait l'impression de ne pas pouvoir se contrôler, parce que je ne pouvais moi-même pas me contrôler. Mais malgré l'intensité du moment et toute l'attention qu'il me portait, il resta maître de lui-même.

Au moment où je pensais l'avoir poussé à bout, il me tira les cheveux en murmurant :

— Skylar.

Je me retirai et levai les yeux vers lui. Mes lèvres entrouvertes, je repris mon souffle.

— Viens ici, ajouta-t-il.

À ma grande surprise, je m'exécutai. Je me redressai et il repoussa mes cheveux loin de mon visage avant de poser ses mains sur mes joues, plongeant son regard dans le mien.

Une bourrasque d'émotions déferla sur moi, semblable au souffle d'une tempête venue de l'océan. Un va-et-vient rythmique, un échange continu d'énergie entre la terre et la mer. Je pris une profonde inspiration.

Tucker m'embrassa à pleine bouche avant de me faire pivoter, ses mains glissant le long de mes flancs. Il tendit la main pour ouvrir habilement la braguette de mon jean. Après quelques secondes de tension, il fit glisser le vêtement jusqu'à mes hanches, puis me fit pencher en avant contre le dossier du canapé. Le frottement du tissu serré autour de mes genoux amplifia les sensations qui résonnaient en moi.

Je pouvais sentir mon excitation, l'humidité entre mes cuisses. Je ne savais même pas à quel moment je m'étais mise à mouiller. Chaque fois que je passais du temps seule avec Tucker, ou du moins ces derniers temps, mon désir semblait toujours sur le point de déborder. Il me troublait, me submergeait, et je n'arrivais pas à m'en défaire. Je ne voulais pas céder. La facilité avec laquelle il éveillait mon désir, ainsi que l'intensité de ce dernier, m'effrayaient.

Ses doigts s'aventurèrent en moi, tandis que sa main posée dans mon dos me prodiguait des caresses apaisantes.

— Doucement, murmura-t-il à nouveau.

Avec lui, tout était facile, *tellement* facile. D'une certaine manière, son contact était réconfortant, parce que j'avais l'impression d'avoir perdu le contrôle. Ses doigts disparurent de mon champ de vision. Quelques secondes plus tard, je sentis son érection se presser contre mon entrée. Il inspira profondément, comme pour s'assurer qu'il était prêt. Puis il se retira légèrement avant de me pénétrer lentement, centimètre par centimètre. Le bruit humide et languissant qui accompagna son mouvement m'arracha un gémissement suppliant.

Chapitre Vingt-Huit

TUCKER

Entendre Skylar prononcer mon nom manqua de me faire jouir instantanément. J'avais tendance à surestimer ma capacité à me contrôler en sa présence.

Mais dès que je sentis qu'elle avait entamé son ascension vers le septième ciel, je l'accompagnai. C'était une tempête déchaînée, une série de vagues puissantes et incontrôlables. Ses parois étaient serrées et lisses, ondulant autour de mon membre alors que je la remplissais, allant aussi profondément que possible. Ses doigts se cramponnaient au dossier du canapé. Sa peau était chaude sous ma paume lorsque je la fis glisser le long de son dos pour saisir l'une de ses hanches.

Je passai mon autre main dans ses cheveux et je m'immobilisai un instant dans une tentative désespérée de garder un semblant de contrôle. Le jean serré autour de ses genoux accentuait la friction à l'endroit où nos corps s'unissaient, amplifiant chaque sensation. Quand je me retirai avant de plonger à nouveau en elle, elle cambra le dos et laissa échapper un cri bestial, suivi d'un gémissement une fois son orifice entièrement rempli.

— Tucker. Encore, s'il te plaît, dit-elle dans un souffle lorsque je me retirai et donnai un énième coup de reins pour la remplir.

Sa supplique m'incita à redoubler d'efforts jusqu'à ce que je la sente trembler. Le barrage de son contrôle menaçait de céder. Je me recourbai sur elle, puis je tendis la main pour stimuler son clitoris gonflé et palpitant, enduit de son essence. Je savourai l'instant où elle se tendit instinctivement vers moi, son canal se contractant autour de ma virilité dans un spasme intense. Elle jouit dans un élan tremblant, suivi d'un sanglot bruyant. Ensuite, elle inclina la tête, tremblant de tous ses membres.

Je jouis à mon tour, si fort que j'eus l'impression d'avoir été frappé par la foudre. J'entendis ensuite le bruit du tonnerre, suivi d'une tempête incontrôlable. Je me lovai contre elle et nous restâmes ainsi, tremblants et silencieux. Un long moment plus tard, après avoir enfin récupéré, je me redressai lentement et je réalisai — trop tard — que je n'avais pas mis de préservatif.

Ce n'était pas le moment de céder à la panique, même si je me raidis un instant.

— Quoi ? demanda Skylar, qui s'était instantanément crispée.

— J'ai oublié de mettre une capote, avouai-je sans détour.

Elle jeta un coup d'œil par-dessus son épaule et dit :

— Je prends la pilule. Je te promets que tu n'as pas à t'inquiéter de quoi que ce soit. Je suis un peu parano à ce sujet.

— À quel sujet exactement ? demandai-je.

— Je fais un dépistage chaque année et je n'ai eu aucun rapport sexuel depuis le dernier.

Elle avait toujours cette manière pragmatique de tout aborder.

— D'accord. Je me protège toujours d'habitude, alors honnêtement, je n'avais jamais eu à m'en soucier avant.

— J'ai toujours fait attention, dit-elle en haussant les épaules.

Je hochai la tête avant de me retirer lentement.

— Je vais prendre une douche, annonça-t-elle quelques secondes plus tard.

J'avais déjà commencé à me diriger vers sa salle de bain, alors je m'arrêtai. Elle me fit signe de la suivre.

— Viens avec moi.

Ça, c'était inattendu. À cet instant, je ne désirais rien de plus que de revivre cette intimité avec Skylar. Peut-être que je commençais à comprendre que j'en voulais davantage et qu'elle m'offrait plus que ce que j'aurais pu espérer. Pourtant, c'était quelque chose qu'elle partageait sans crainte et sans y mêler de sentiments amoureux.

Je la suivis dans la douche après que nous eûmes retiré le reste de nos vêtements. Cette fois, je la plaquai contre la paroi de la douche. Nous atteignîmes à nouveau l'extase, enveloppés par les jets d'eau chaude. Une fois que nous nous fûmes séchés, je m'attendais à ce qu'elle me raccompagne jusqu'à la porte, comme elle l'avait fait la dernière fois. Mais elle n'en fit rien.

Elle me prit par la main et m'entraîna dans son lit. Ce soir-là, elle avait besoin de quelqu'un. Et ce quelqu'un, c'était moi.

Chapitre Vingt-Neuf

SKYLAR

Aux premières lueurs de l'aube, un rayon de lumière perça à travers mes rideaux, me tirant brusquement de mon sommeil. J'étais blottie contre le flanc de Tucker, telle une moule accrochée à son rocher. Mon genou reposait sur sa cuisse et le reste de mon corps était collé à lui. Encore endormi, il respirait lentement et profondément. Mon menton était niché contre son épaule, ma main posée sur son torse.

Bon sang. Ses muscles, chauds et fermes sous ma paume, réveillèrent une vague de souvenirs empreints de sensations. Je me sentis soudain intensément vulnérable. L'idée de m'écarter de lui me traversa l'esprit, mais je savais que cela risquerait de le réveiller.

Je choisis de rester immobile, cherchant à préserver mon calme et à savourer ce rare moment où je n'étais pas seule. Tandis que je réfléchissais, une pensée s'imposa : ce genre de relation pouvait peut-être marcher. Je savais désormais comment éviter de tomber amoureuse, car j'avais appris à reconnaître ce qui n'était pas de l'amour. Les ébats passionnés de la veille, ce n'était pas de l'amour. Autrefois, j'avais tendance à confondre amour et illusion d'amour.

Maintenant, il me suffisait de fixer des limites. En théorie, cela semblait simple.

Le rythme de la respiration de Tucker changea, signalant qu'il venait de se réveiller. Il ne faisait même pas semblant de dormir. Sa tête se tourna légèrement au moment où ses paupières s'ouvrirent.

— Salut, murmura-t-il, sa voix encore rauque et alourdie par le sommeil.

— Salut.

Je me mis à rougir de la tête aux pieds.

— Tu vas me mettre à la porte maintenant ? demanda-t-il sans détour alors que ses lèvres se retroussaient en un lent rictus.

Des papillons prirent leur envol dans mon ventre. Je ressentis des démangeaisons lorsque je me mis à le fixer. Je ne pouvais pas m'en empêcher. Je souris.

— Non, répondis-je, peut-être un peu trop vite.

Puis mon estomac gargouilla, ce qui tombait bien, car j'avais besoin d'un prétexte pour rire.

— T'as faim ? plaisanta-t-il.

— Apparemment, répondis-je avec une pointe d'ironie.

— Allons prendre le petit-déjeuner au Misty Mountain Café.

— Tu ne veux pas passer chez toi d'abord ? demandai-je.

Il secoua la tête.

— J'ai toujours des vêtements de rechange dans mon pick-up.

En me voyant écarquiller les yeux, il ajouta :

— Pas parce que je me tape une nana tous les soirs, hein. C'est juste une précaution, au cas où je serais coincé quelque part. Je les range soit dans l'avion, soit dans le pick-up. Et là, ils sont dans le pick-up.

———

Les jolis yeux bleus de Cammi se posèrent tour à tour sur Tucker et moi. Je lui adressai un sourire, priant pour que mes joues ne trahissent pas mon embarras. J'avais appris à dissimuler mes émotions. Grandir dans la pauvreté, porter les mêmes vêtements presque tous les jours, s'inquiéter de savoir si vos parents auraient assez de pièces pour le lavomatique... tout cela vous enseignait l'art de paraître impassible. Si Tucker pouvait lire en moi comme dans un livre ouvert, je savais au moins masquer mes rougissements devant Cammi.

Évidemment, cette réflexion me fit aussitôt grimacer intérieurement. J'avais confiance en Cammi. Elle était d'une gentillesse désarmante et je savais qu'elle serait peinée d'apprendre à quel point je m'efforçais de cacher mes émotions aux autres. Dès que cette pensée m'atteignit et que je commençai à me faire des reproches, la voix de Jolene s'imposa dans mon esprit, me rappelant ma propension à chercher des raisons de culpabiliser. « Et alors ? » aurais-je rétorqué à l'époque.

Et elle aurait répliqué : « Ne prends pas ça à la légère. Est-ce que tu parlerais à un ami comme tu te parles à toi-même dans ta tête ? »

Cette idée m'horrifiait. Bon sang, je ne m'adresserais même pas à un inconnu de la façon dont je me parlais à moi-même dans l'intimité de mes pensées.

— J'ai un nouvel arôme de café aujourd'hui, proposa Cammi.

Je ne pus m'empêcher de sourire.

— C'est quoi ?

— Chocolat noir et chipotle.

— Parfait. Assure-toi juste qu'il soit bien corsé.

— Et toi, Tucker ? demanda-t-elle en remuant les sourcils.

Il esquissa une moue un peu gênée avant de répondre :

— Les cafés aromatisés, c'est pas vraiment mon truc.

Elle lui envoya un baiser.

— Je le sais déjà. Je t'aime tel que tu es, Tucker. La plupart des gens s'en tiennent à leur café préféré ou, au mieux, essaient les nouveautés de saison, expliqua-t-elle en préparant nos boissons. Skylar est une rare exception à la règle.

— C'est vraiment si rare que ça ?

— Oui, tu es du genre à vouloir tout essayer. Je crois que la seule constante chez toi, c'est que tu détestes quand c'est trop sucré, répondit-elle avec un sourire en coin.

Je haussai les épaules.

— Ce qui compte pour moi, c'est la caféine, alors tant qu'il y en a dans ma tasse, je suis satisfaite. Si je pouvais, je m'en injecterais directement dans les veines, mais j'ai la phobie des aiguilles.

À ce moment-là, un bel homme s'approcha du comptoir de l'autre côté de Tucker et répondit à mon commentaire avec un frisson dans la voix :

— Oh, je déteste aussi les aiguilles. La phobie des aiguilles n'est pas un mythe.

L'homme semblait connaître Cammi et Tucker. Tucker me désigna d'un geste, passa son bras autour de ma taille, puis déclara :

— Je te présente Skylar. Elle bosse avec Ludie et Dan.

Il inclina légèrement la tête vers l'homme et poursuivit :

— Et lui, c'est Garrett.

— Garrett Hamilton, précisa l'homme.

— Tu es le mari de Delia ? demandai-je.

— Lui-même. Tu l'as déjà rencontrée ? C'est vraiment une femme extraordinaire, dit-il sincèrement.

Je ne pus m'empêcher de rire. Il vantait les mérites de sa femme avec une telle spontanéité.

— Oui, j'ai dîné au complexe de ski hier soir. C'était délicieux.

— C'est le meilleur resto de la ville. Enfin, la cuisine de Daphné est tout aussi exceptionnelle, ajouta-t-il rapidement.

— Il n'y a aucune rivalité entre elles. Elles se soutiennent mutuellement, et en plus, leur cuisine est différente, intervint Cammi avec un sourire.

Garrett esquissa un sourire.

— Ça doit être intéressant de bosser pour Ludie et Dan.

— Ça, c'est sûr, confirmai-je.

— Donc, tu t'occupes de coordonner les horaires de chargement des petits avions, c'est ça ? demanda-t-il avec curiosité.

— Ouaip. Je n'ai jamais le temps de m'ennuyer.

Garrett hocha la tête. Soudain, je me rappelai qu'il était avocat et que Susie m'avait dit qu'il pourrait m'aider pour les aspects juridiques si je venais à envisager de racheter l'entreprise de Ludie et Dan. Je n'avais pas le courage de lui demander de l'aide maintenant, alors je restai silencieuse.

Quelques minutes plus tard, Tucker et moi étions assis à une table près des fenêtres et je réalisai que je n'avais pas ressenti la moindre nervosité en sa présence. J'avais tenu une conversation normale avec Cammi, puis une autre avec Garrett. J'étais simplement là, avec Tucker. Et je me sentais plus normale que je ne l'aurais cru possible.

Tucker venait d'entamer son bagel. Il avala sa bouchée, puis me demanda :

— Quoi ?

— Rien, répondis-je.

— Tu réfléchissais à quelque chose, ajouta-t-il en esquissant un sourire.

— C'est très rare de penser à rien du tout, rétorquai-je.

Je me mordis l'intérieur de la joue et pris une gorgée de café. Il était tellement rare que je me sente à l'aise plus de quelques secondes que cela relevait presque de l'exploit.

La dernière fois que j'avais pris un café et un petit-déjeuner en public et que je m'étais sentie normale, c'était avant la mort d'Emily. Nous fréquentions souvent notre café préféré à San Francisco.

J'ignorai la douleur qui me serrait le cœur et bus une gorgée de mon café qui, soit dit en passant, était excellent.

— Je me disais juste que c'est agréable d'être ici, lâchai-je finalement.

D'accord, c'était terriblement vague, mais ça restait proche de la vérité.

Il m'observa un instant avant de hocher la tête.

C'était *vraiment* agréable d'être ici. Je n'essayai même pas de me mentir à ce sujet. La seule chose dont je tentai — désespérément — de me persuader, c'était que je ne ressentais rien pour Tucker. Ce n'était qu'un arrangement entre amis. On s'appréciait au lit, et pas qu'un peu. Je me laissai porter par le courant, convaincue qu'il ne pouvait rien m'arriver de grave.

Chapitre Trente

TUCKER

Quelques soirs plus tard, j'étais épuisé. Grant, assis en diagonale par rapport à moi sur le canapé d'angle de la maison du personnel, me lança un regard en coin avant de commenter :

— Tiens, te voilà enfin.

— Qu'est-ce que tu veux dire par là ?

— Rien, c'est juste que ça fait plusieurs soirs que je ne t'ai pas croisé.

— On pourrait dire la même chose de toi. T'es rentré à la maison tous les soirs ?

Il secoua lentement la tête.

— Non, mais en général, je ne suis pas à la maison tous les soirs, contrairement à toi. Sérieusement, ta vie est d'un ennui mortel.

Harley s'installa à une petite table près des fenêtres avec son ordinateur portable. Comme toujours, elle était plongée dans un projet de conception graphique. Elle intervint :

— Il ne mène pas une vie ennuyeuse. Il pilote des avions dans tout l'Alaska, quand même ! Beaucoup de gens envieraient une carrière pareille. Franchement, je suis étonnée qu'il n'y ait pas encore une émission de téléréalité là-dessus.

Ses mains s'immobilisèrent sur son clavier, puis elle nous regarda tour à tour.

— Oh, mais attendez... Je vais proposer cette idée ! poursuivit-elle.

— Quelle idée ? demanda Grant.

— Une émission de téléréalité sur les pilotes d'avion en Alaska. Vous y participeriez si ça voyait le jour ? demanda-t-elle avec enthousiasme.

— T'es cinglée ou quoi ? s'exclama Grant en écarquillant les yeux. Déjà, on est loin d'être les candidats idéaux. Personne ici ne se soucie de son apparence. Et à part Tucker, toi et moi, tout le monde est déjà casé, alors niveau drame, c'est zéro. Pas question que je participe à une émission où il faudrait briser des couples, encore moins celui de Flynn ou de Nora, ajouta-t-il en secouant la tête.

— Ah, donc tu préfèrerais qu'Elias ou Diego se séparent ? plaisantai-je.

Grant me jeta un regard noir.

— T'es sérieux ? Tu te rappelles à quel point Flynn était insupportable avant de se mettre avec Daphné, et Nora avec Gabriel ? Non seulement ils allaient finir par s'entretuer, mais on était à deux doigts de se charger de ça nous-mêmes. Je ne dis pas que leurs relations ont plus de valeur. Je dis juste que j'apprécie la paix qui règne ici.

— Diego et Elias seraient tout aussi malheureux et insupportables si leur relation tournait mal, intervint Harley. Et puis, téléréalité ne rime pas forcément avec sexe, romantisme et drame. Ce serait avant tout une émission sur les pilotes en Alaska.

Elle se retourna sur sa chaise et tapota à nouveau sur son clavier. Grant me regarda.

— Personne ne voudra regarder une émission sur des pilotes.

— Qui sait ? répondis-je en haussant les épaules.

— Et sinon, comment va Skylar ? demanda-t-il.

Je ne comptais cacher à personne que j'avais passé la nuit chez elle, mais je n'étais pas non plus prêt à l'évoquer moi-même.

Du moins, pas en détail. Je faisais tout pour me convaincre que ce n'était rien de significatif. Je voulais juste lui prouver que tous les hommes n'étaient pas des connards. Ça ne devait pas aller plus loin. Hors de question que je me laisse séduire par elle.

Menteur, menteur, murmura une petite voix dans ma tête, mais je décidai de l'ignorer royalement.

Juste à ce moment-là, mon portable vibra sur la table basse. Je le pris pour consulter mes notifications et fus surpris de découvrir un message de la mère de ma petite amie décédée au lycée.

Tucker, j'espère que tu vas bien depuis tout ce temps. Elle avait toujours été d'une politesse exemplaire et cela se ressentait même dans ses SMS. *Je t'écris pour te prévenir que je vais t'envoyer une lettre de Claire. Je ne voulais pas te faire peur. J'espère que tout se passe bien pour toi. Tu nous manques, et je sais que tu manques à tes parents. Affectueusement, Teresa.*

Mes sens furent comme engourdis pendant une minute. Puis mon cœur s'emballa, frappant ma poitrine comme une cloche agitée par un vent de tempête.

Cela faisait longtemps que je n'avais pas eu de nouvelles de la famille de Claire, même s'ils m'envoyaient des messages de temps à autre. Apparemment, je fixais l'écran de mon téléphone depuis un moment, au point d'en oublier où je me trouvais.

La voix de Grant me tira de mes pensées.

— Hé, tout va bien ?

Je relevai la tête et la secouai légèrement avant de souffler :

— Oui, ça va.

— On dirait que t'as vu un putain de fantôme, mec.

— La mère de ma petite copine décédée, ça compte comme un fantôme ? répondis-je sans détour.

— Quoi ?! Qu'est-ce qui s'est passé ? s'exclama Harley en me regardant, les sourcils froncés d'inquiétude.

— C'était il y a longtemps. Elle est morte d'un sarcome d'Ewing. C'était brutal.

— Tu veux en parler ? demanda lentement Grant.

Je devais lui reconnaître un certain mérite. Il était visiblement mal à l'aise, mais c'était un type bien, et il voulait être là pour moi si je voulais en parler.

— Non, c'est du passé. J'ai déjà tourné la page, mais merci quand même.

Je n'étais pas d'humeur à répondre tout de suite à ce message, alors j'éteignis l'écran de mon portable et montai me coucher.

Mon esprit s'emballait, rebondissant comme une balle de tennis entre Claire et Skylar. Ça me faisait bizarre de penser à Claire à ce moment-là. Je l'avais aimée, vraiment. Mais à l'adolescence, on avait du mal à imaginer comment les choses auraient pu tourner. À l'époque, je croyais que nous serions ensemble pour toujours. Quand elle était tombée malade, j'étais persuadé qu'elle s'en sortirait. C'est à ce moment-là que j'avais compris que les statistiques ne mentent que rarement. Et le pronostic du sarcome d'Ewing était loin d'être encourageant.

Depuis tout ce temps, je m'étais juré de ne plus jamais aimer quelqu'un pour risquer de le perdre ensuite. Je ne croyais pas à ce dicton stupide qui disait qu'il valait mieux avoir aimé et perdu que de n'avoir jamais aimé du tout. C'était du grand n'importe quoi. Et pourtant, Skylar était entrée dans ma vie. Je voulais qu'elle croie que l'amour valait la peine de se battre. Qu'est-ce qu'il m'arrivait, sérieusement ?

Chapitre Trente-Et-Un

SKYLAR

Sans en parler explicitement, Tucker et moi savions qu'il était impossible de passer toutes nos nuits ensemble. Je voulais une relation simple, sans complications, discrète et purement charnelle. Et pourtant, il s'insinuait déjà dans les fissures des murs que j'avais érigés autour de mon cœur. Des murs que je croyais infranchissables.

Le sexe était bon, très bon, et je me laissais facilement emporter. Après quelques nuits passionnées avec lui, je lui annonçai mon intention d'assister à un cours de yoga en ville. Tucker me répondit qu'il avait une affaire à régler à l'auberge. C'est aussi simple que cela.

Je me surpris à en parler à Emily dans ma tête, en lui faisant remarquer qu'elle aurait été fière de moi parce que je ne m'effondrais pas intérieurement. Je n'étais ni dépendante ni collante, ce qui était la vérité. Peut-être était-ce tout ce qu'il me fallait comprendre au départ : ne pas me précipiter en amour. Prendre uniquement ce que je pouvais. Dans ce cas, cela se résumait à un homme sexy et quelques nuits passionnées. Sans complications ni rupture à gérer.

Mais au fond, je savais que ce n'était pas la fin.

Dès que je passai la porte du studio de yoga de Gemma, elle

m'accueillit avec un sourire. Ses boucles en bataille se balancèrent autour de ses épaules lorsqu'elle se redressa après avoir plié des serviettes.

— Salut, toi, lança-t-elle.

Je la saluai d'un signe de la main, me sentant soudain hésitante.

— Je suis là pour le cours de yoga.

— Et je suis ravie que tu sois là.

Sa voix était chaleureuse et une petite lueur brillait dans ses yeux.

— Je suis la première à arriver ?

— Oui, tu...

Elle n'eut même pas le temps de finir sa phrase que le carillon de la porte retentit. Un groupe de femmes entra et je ne reconnus aucune d'entre elles. En passant, Gemma passa sa main sur mon épaule et la caressa légèrement.

— Installe ton tapis où tu veux. J'ai des tapis et des serviettes propres à l'avant de la salle, sers-toi. Tu peux mettre tes affaires dans un casier et choisir une place.

Elle se tourna pour saluer les femmes qui venaient d'entrer. Après avoir pris un tapis sur les étagères, j'entendis une voix que je reconnus et je jetai un coup d'œil pour voir Daphné, Cat et Nora entrer.

Daphné fut la première à me remarquer et ses yeux s'illuminèrent, accompagnés d'un grand sourire.

— Super, je sais déjà où on va s'installer.

Je parcourus la salle du regard et vis Cat me faire signe avant de s'approcher.

— Hé, c'est comme au lycée. On veut toujours s'asseoir à côté des gens qu'on aime bien.

Son commentaire, pourtant banal et probablement lancé sur un ton taquin et léger, me toucha profondément. Une vague d'émotion m'envahit.

Un instant plus tard, Cat posa son tapis à côté du mien, tandis que Daphné et Nora s'installèrent à côté d'elle. Nous eûmes à peine le temps d'échanger quelques mots avant que Gemma ne débute le cours.

Emily et moi avions suivi des cours de yoga ensemble, mais ils étaient gratuits, financés par un programme de vie autonome qui nous avait accordé des fonds après que nous eûmes dépassé l'âge limite pour rester en famille d'accueil. Le cours de Gemma était intense. À la fin de la séance, je fus profondément reconnaissante de pouvoir m'allonger sur le dos et laisser mes pensées vagabonder. Gemma lança un compte à rebours d'une voix apaisante. Je m'autorisai à réellement faire le vide dans mon esprit.

Quelques minutes plus tard, le silence complet fut remplacé par une musique douce, et Gemma nous invita à nous préparer à partir. Je roulai sur le côté pour m'asseoir en tailleur, observant la salle où les élèves commençaient déjà à se lever et à partir.

Daphné me sourit.

— Tu veux venir dîner avec nous ?

— Bien sûr, répondis-je, sans vraiment y réfléchir.

— Super ! se réjouit Cat en levant les mains pour montrer sa joie.

— On va où ? demandai-je.

Daphné inclina la tête tout en tapotant ses genoux du bout des doigts.

— Je ne sais pas. On peut aller au Misty Mountain Café ou au Sally's. T'es déjà allée là-bas ?

Je secouai la tête quand elle croisa mon regard.

— Alors, allons-y.

— Je croyais que c'était un bar.

— C'est le cas, mais ils ont aussi un restaurant. Et on y mange très bien. Franchement, chaque ville devrait avoir un bar avec de bons plats de pub, répondit-elle.

Je hochai la tête, feignant de savoir ce qu'on servait habituellement dans les pubs.

Une demi-heure plus tard, après que nous fûmes arrivées au Sally's, Daphné m'adressa un sourire qui semblait innocent, mais je compris vite ses véritables intentions.

— Alors, toi et Tucker ? lança-t-elle, sa question chargée de sous-entendus.

— Euh... ouais ?

— Je me demandais juste comment ça se passait, dit-elle sans se départir de son sourire.

Je ne savais pas vraiment comment gérer ce genre de discussion entre filles. J'avais eu une seule amie à qui me confier, et elle n'était plus là.

— Je pense que c'est juste une relation sans prise de tête pour l'instant, finis-je par répondre.

— Moi, je ne crois pas, répliqua Daphné.

Alors qu'elle envoyait un message à une amie, Cat leva brièvement les yeux de son portable.

— Tucker t'aime bien. Je dirais même beaucoup.

Puis elle baissa à nouveau les yeux pour finir d'écrire.

Nora m'adressa un sourire compatissant.

— Au cas où tu ne l'aurais pas encore remarqué, notre groupe se mêle des vies amoureuses de ses membres. Daphné s'est donné pour mission personnelle de s'assurer que toutes les personnes qui lui sont chères tombent amoureuses.

— Tout va bien entre Gabriel et toi, pas vrai ? demanda Daphné.

Nora esquissa un sourire et ses joues rougirent.

— Oui, tout va bien. Merci beaucoup.

Daphné afficha une moue satisfaite, se redressa dans le box, puis s'adossa confortablement.

— Tout le monde mérite une chance de connaître l'amour.

Ses yeux se tournèrent à nouveau vers moi et je hochai la tête.

Je pris une autre bouchée de mon burger. J'avais appris que le menu des pubs semblait se résumer à des burgers et à des frites. De retour chez moi, plus tard dans la soirée, je repris ma routine habituelle : regarder un peu la télévision avant de tout éteindre. Ensuite, je m'attardai devant les fenêtres, contemplant l'océan sombre onduler sous le reflet de la lune et des étoiles scin-tillantes.

Je ne me sentais plus aussi seule qu'avant. Emily n'était plus là — et cela ne changerait pas — mais, d'une certaine manière, j'avais réussi à me faire des amis. J'essayai de ne pas penser au fait que Tucker me manquait cette nuit-là. Mais sa présence me manquait. Beaucoup.

Mon esprit ne cessant de ressasser cela, je me répétai que c'était uniquement parce que nous étions extrêmement compa-tibles au lit. C'était à mon corps qu'il manquait. Pas à mon cœur.

N'importe quoi, murmura mon ange gardien.

Chapitre Trente-Deux

SKYLAR

— Le grand jour est arrivé, annonça Tucker en descendant de son pick-up, juste après que j'eus garé ma voiture.

Le soleil émergeait à peine à l'horizon. La nature semblait calme et presque débordante de vie. Un cri d'aigle fendit l'air, suivi par le jacassement d'une pie. Les rafales de vent venues de la baie de Kachemak étaient vives, apportant une odeur de saumure. Mes cheveux tourbillonnaient dans la brise, tandis que le ciel, teinté de lavande, se parait des rayons argentés du soleil naissant.

— Quel grand jour ? demandai-je en remontant la fermeture éclair de ma veste tout en fourrant mes mains dans mes poches.

Un sourire involontaire m'échappa tandis que je levais les yeux vers lui.

Tucker était le genre d'homme auquel il était difficile de ne pas sourire. Ses cheveux bruns bouclés étaient encore un peu mouillés, et ses yeux bleus, particulièrement éclatants ce matin-là, semblaient refléter la couleur du ciel.

— Le jour où je t'emmène faire un tour en avion, expliqua-t-il.

— Mais je dois aller bosser.

— Je m'en doutais, alors j'ai demandé l'autorisation à Ludie.

Je lui ai expliqué que je voulais t'emmener faire un tour et elle m'a dit que je pouvais le faire quand je voulais.

— T'as demandé l'autorisation à Ludie ? m'exclamai-je.

Tucker haussa les épaules, comme si c'était la chose la plus naturelle du monde.

— Oui, pourquoi pas ? Elle est même d'accord pour dire que tu dois absolument voir cet endroit depuis le ciel.

Je le fixai un instant, les souvenirs d'Emily et des circonstances tragiques de sa mort remontant à la surface. La promesse que je lui avais faite me revint en mémoire.

— Euh, d'accord. Quand exactement ?

— Aujourd'hui, j'ai une tournée de livraison à effectuer. Comme il ne s'agit que de marchandises, tu pourras t'installer à l'avant. Ça tombe vraiment bien.

— Ça va durer combien de temps ? demandai-je en tâchant d'ignorer l'anxiété qui me nouait l'estomac et le cœur.

Il consulta sa montre.

— Environ deux heures.

J'ouvris la bouche pour dire que je ne pouvais pas m'absenter aussi longtemps du travail, mais il m'interrompit :

— Avant de dire non, demande à Ludie.

Je levai les yeux vers lui et hochai lentement la tête, pensant qu'il ne se rendait pas compte qu'il venait de m'offrir une excuse parfaite pour me défiler. Ludie allait sûrement dire que je ne pouvais pas quitter mon poste aussi longtemps.

— Je t'attendrai au hangar. J'ai quelques préparatifs à faire avant le décollage.

Alors que je m'apprêtais à me retourner, il me saisit doucement par le coude. Quand je fis volte-face, ses yeux bleus étaient plongés dans les miens.

— J'ai oublié quelque chose, dit-il.

— Quoi donc ?

— Ça.

Il se pencha et effleura mes lèvres avec les siennes. Une chaleur soudaine m'envahit, suivie d'une décharge électrique qui me fit légèrement sursauter. Je sentis son sourire contre mes lèvres, puis il s'attarda un instant avant de se redresser.

— Ça fait plaisir de te voir, Skylar.

Mon cœur battait la chamade sans se soucier d'être entendu. Tandis que je le fixais, des papillons envahirent mon estomac. À cet instant précis, je *sus*, avec une certitude glaçante, que cet homme avait le pouvoir de me briser le cœur comme jamais auparavant. Pourtant, le vertige de son baiser et sa joie évidente de me voir balayèrent mes craintes. Avant même que je ne puisse m'attarder sur cette révélation, il se retourna et lança par-dessus son épaule :

— On se reparle bientôt.

Je traversai rapidement le parking et entrai dans le bureau. Je m'arrêtai devant le bureau de Ludie et elle me sourit.

— Bonjour, Skylar. Tu devrais y aller.

— Pardon ?

— Avec Tucker. Je vous ai vus discuter tous les deux tout à l'heure.

— Oh... Tu es sûre ? Il m'a dit que ça prendrait environ deux heures.

— Sûre et certaine. Et je ne déduirai rien de ton salaire.

— Mais Ludie, je vais devoir quitter mon poste, protestai-je.

— Considère ça comme une formation. Je ne savais pas que tu n'étais encore jamais montée dans l'un de ces petits avions. J'avais supposé que si.

Je secouai lentement la tête et une image d'Emily, ensanglantée et brisée après son accident d'avion, envahit mon esprit.

— Vas-y. Après tout, ça fait partie de ton travail de comprendre ce que vivent les pilotes en vol. Tu comprendras pourquoi l'emploi du temps peut être complètement bouleversé par la météo.

Devant mon hésitation, elle insista :

— Allez, ma chérie. Dan te remplacera.

Sans réfléchir, je lâchai le cadre de la porte, fis le tour de son bureau en toute hâte et l'étreignis avec force.

— Merci, Ludie.

Ma gorge se noua lorsque je me redressai.

— De rien, ma chérie, répondit-elle d'un ton bourru tout en me faisant signe de quitter son bureau.

Au lieu de partir directement, je me précipitai dans le couloir pour trouver Dan.

— Ludie m'a dit que tu pouvais me remplacer si j'allais faire un tour en avion avec Tucker. Tu es sûr que ça ne te dérange pas ?

Dan leva les yeux vers moi et un sourire éclaira son visage marqué par les années.

— Bien sûr que non, ça ne me dérange pas. On ne savait pas que tu n'avais encore jamais volé. Si j'étais encore dans la fleur de l'âge, j'aurais insisté pour t'emmener moi-même faire un tour en avion.

Dan avait été pilote d'avion à l'époque. C'était d'ailleurs la raison pour laquelle Ludie avait fondé cette entreprise, il y a de nombreuses années. Il avait arrêté de voler depuis plus de dix ans. Selon lui, un problème de vue l'y avait contraint. Bien qu'il ait été opéré et que sa vision se soit améliorée, il m'avait confié qu'il préférait ne plus avoir à s'en inquiéter.

— Allez, file, ajouta-t-il avec un clin d'œil.

J'hésitai à prendre Dan dans mes bras, me contentant finalement de lui adresser un sourire avant de sortir précipitamment du bureau. Tandis que je traversais le parking à toute vitesse, je m'efforçai de me convaincre que la proposition de Tucker n'avait rien de spécial. Walker Adventures possédait ou louait un certain nombre de hangars ici, mais je connaissais l'emplacement du sien par cœur. Je me souvins qu'Emily m'avait un jour dit qu'elle ne courait que si quelqu'un la poursuivait. Cela me fit ralentir et sourire.

Tucker me jeta un coup d'œil.

— Pourquoi tu souris ?

Je m'arrêtai net, le crissement de mes semelles résonnant dans le hangar.

— Je pensais à mon amie Emily, répondis-je avec sincérité.

— C'est chouette d'avoir de bons souvenirs d'elle.

— Oui, c'est certain.

Je commençais à comprendre que le chagrin s'atténuait avec le temps. Au début, il ressemblait à une lame acérée, écorchant sans cesse mon cœur. Je ne savais pas comment échapper à cette douleur lancinante. Mais peu à peu, cette lame avait perdu de son tranchant. Parfois, un bon souvenir refaisait surface et me réchauffait le cœur. J'avais l'impression qu'une partie d'elle avait élu domicile en moi. C'était exactement ce que je ressentais à cet instant. Peut-être qu'Emily et moi avions planifié ce déménagement ensemble, et peut-être que je l'avais entrepris pour elle. Ma détermination et mon courage m'avaient permis d'avancer, même si j'avais failli sombrer dans une inertie totale après sa disparition.

J'étais en passe de devenir une nouvelle personne ici. Enfin, j'étais toujours moi-même, mais j'avais pris un nouveau départ.

— Alors, qu'est-ce que Ludie t'a dit ? demanda Tucker.

— Elle m'a dit qu'elle était d'accord. Et Dan a ajouté que s'il pilotait encore, il m'aurait emmenée lui-même faire un tour en avion.

Tucker gloussa.

— Ça ne m'étonne pas de lui. D'ailleurs, je me demande toujours pourquoi il a arrêté.

Je finis par me remettre en marche et m'arrêtai près de l'avion. Tucker était en train de ranger quelque chose dans un petit compartiment sous l'appareil.

— Il avait des cataractes, alors il a fait une pause. Ensuite, il a eu des complications après l'opération. Je pense que tout est réglé maintenant, mais il m'a dit qu'il préférait ne plus avoir à s'en soucier, expliquai-je.

— Je ne peux pas lui en vouloir. Piloter des avions est ma passion et je ne peux pas imaginer faire autre chose dans la vie.

Tucker était si sérieux que j'avais l'impression que c'était quasiment une religion pour lui. Il poursuivit :

— Mais c'est très important de savoir qu'on est à cent pour

cent de ses capacités, que ce soit pour la vue, l'ouïe ou les réflexes. Je pense que je prendrai la même décision que lui le moment venu.

J'acquiesçai d'un signe de tête. C'était logique, après tout.

— Je peux t'aider ? proposai-je.

— Non. Mais tu peux monter à bord. On va commencer la manœuvre ici.

Un frisson d'anticipation m'envahit malgré moi. C'était grisant. J'étais impatiente de découvrir l'Alaska vu du ciel.

Quelques instants plus tard, Tucker me tendit un casque et m'indiqua la fréquence sur laquelle je devais le régler.

— Oh, c'est la fréquence que les pilotes utilisent pour que je ne puisse pas les entendre.

Il sourit.

— On ne l'utilise pas souvent. C'est juste pour qu'on puisse discuter, toi et moi. T'es prête ?

Je croisai son regard et j'eus l'impression que l'air vibrait. Quelque chose venait de naître entre nous. Ce n'était ni du désir ni de la convoitise. Je n'identifiai même pas ce que c'était. Je ne le comprendrais que bien plus tard. Une vague de plénitude et d'excitation me submergea, semblable à un torrent frappant les rochers au printemps. J'acquiesçai d'un signe de tête.

Il roula jusqu'au bout de la piste. Avant même que je puisse changer d'avis, nous étions dans les airs.

— Oh, waouh, murmurai-je en scrutant le paysage sous nos pieds.

— Je sais. C'est tout simplement magnifique, pas vrai ? répondit Tucker.

Ce mot me parut bien trop faible pour décrire ce que j'avais sous les yeux. J'avais déjà vu l'Alaska depuis la terre ferme, mais cette vue aérienne était stupéfiante. La baie de Kachemak scintillait sous le soleil, ses rayons faisant miroiter les vagues qui s'écrasaient sur le rivage. Lorsque je regardai au loin et que j'aperçus le mont Augustine, j'eus le souffle coupé. Le ciel était dégagé et le volcan était imposant et sombre, l'aura qu'il dégageait donnant presque l'impression qu'il était vivant.

Je gardai le silence pendant que Tucker manœuvrait l'avion. Quelques bourrasques firent tanguer l'appareil, me donnant l'impression d'être secouée dans un tambour de machine à laver. Lorsque le vent se mit à le secouer plus violemment, Tucker stabilisa l'avion avec assurance. Avant d'effectuer sa première livraison, il descendit en rase-mottes le long de l'eau et me montra un amas de rochers où une colonie d'otaries prenait le soleil.

— Ooh ! m'extasiai-je en apercevant l'une d'elles nager sous l'eau, trahie par sa grande silhouette sombre.

— On voit parfois des ours, plein de phoques et aussi des orignaux.

Je l'aidai à décharger lors des deux arrêts de livraison qu'il effectua. Puis, comme promis, il me ramena à Diamond Creek environ deux heures plus tard.

— Il te reste encore combien de vols ? demandai-je après que nous fûmes sortis de l'avion.

Il consulta son portable et répondit :

— Trois, et ce ne sera que du transport de touristes.

— Merci pour aujourd'hui, dis-je, le cœur serré.

— De rien.

Il me surprit une fois de plus en se penchant pour m'embrasser. Il s'attarda juste assez longtemps pour taquiner ma langue avec la sienne. Ce simple geste suffit à me couper le souffle le temps qu'il relève la tête.

— Je t'enverrai un message, dit-il en me saluant d'un geste de la main.

Je me hâtai de rejoindre mon travail, réalisant en enfilant mon casque que j'avais enfin tenu la petite promesse faite à Emily.

Chapitre Trente-Trois

TUCKER

J'essayais de me la jouer cool — j'essayais vraiment — mais ma tentative se solda par un échec cuisant. Était-ce ma faute ou celle de Skylar? Sans doute la nôtre à tous les deux. Tomber sous son charme était si différent de ce que j'avais ressenti pour Claire. À l'époque, j'étais jeune et stupide. Non pas que je considérais comme stupide le fait d'être tombé amoureux de Claire, mais j'avais été stupide de ne pas avoir tenu compte des dures réalités de la vie. Durant mes années de lycée, je pensais naïvement que j'avais tout le temps devant moi.

Jusqu'à ce que la mort et le deuil me frappent si violemment que mes oreilles en avaient bourdonné pendant des années.

Ce soir-là, mes pas me menèrent instinctivement au bureau de Ludie et Dan.

— Y a quelqu'un? lançai-je après avoir constaté que le hall d'entrée était silencieux.

Depuis l'entrée principale, on apercevait le couloir. Skylar passa la tête dans l'embrasure d'une porte.

— Salut, je m'apprêtais justement à tout éteindre.

— Je peux entrer quand même?

— Bien sûr.

Elle disparut dans l'embrasure de la porte. Je m'engageai dans le couloir, mon cœur battant la chamade. Elle était penchée sur le bureau, en train d'éteindre des écrans d'ordinateur.

— J'ai été le dernier à atterrir ce soir ?

Elle leva les yeux, me sourit rapidement et hocha la tête.

— Au moins, mes livraisons étaient à l'heure.

— C'est vrai que t'es généralement ponctuel, dit-elle en riant.

Je m'adossai à la porte et l'observai jeter un dernier regard autour d'elle avant de hocher la tête, visiblement satisfaite que tout soit éteint.

— Tout va bien ? demandai-je.

— Oui.

Elle prit son sac à main sur une chaise, ainsi que ses clés à côté, avant d'ajouter :

— Je ne savais pas que tu passerais par ici.

— Moi non plus, répondis-je avec sincérité.

Ses joues rosirent lorsqu'elle leva les yeux vers moi. Incapable de résister, je glissai un bras autour de sa taille et l'attirai contre moi.

— Comment s'est passée ta journée ? murmurai-je, mes lèvres n'étant plus qu'à un souffle des siennes.

— Plutôt bien. Et toi ?

— Pareil.

Puis, je l'embrassai. Je ne savais pas combien de temps notre baiser avait duré, mais quand nous nous séparâmes, je tremblais de désir pour elle, mon corps tendu à l'extrême.

Elle me regarda fixement, les lèvres gonflées et les yeux écarquillés.

— Tu ne peux pas faire ça, murmura-t-elle d'une voix rauque.

— Pourquoi pas ?

— Quelqu'un pourrait nous voir.

— Il n'y a personne ici, Skylar.

— Tu marques un point, dit-elle en riant doucement.

— Je peux passer chez toi ?

Nous nous regardâmes fixement, ses yeux scrutant les miens. Pendant une seconde, je crus qu'elle allait refuser.

Puis elle murmura :

— Oui.

Chapitre Trente-Quatre

SKYLAR

Même si je savais que c'était une mauvaise idée, Tucker passa trois nuits de plus chez moi. C'était devenu notre routine. Jamais deux sans trois, comme on dit. Dans notre cas, cela signifiait trois nuits ensemble, suivies de trois nuits séparés.

C'en était presque comique, mais nous n'en parlions jamais. Comme si, par un accord tacite, ce schéma prouvait que notre relation respectait les limites que nous avions fixées dès le départ.

Je ne savais pas ce qu'il ressentait, mais je savais que, *pour ma part*, j'avais déjà allègrement franchi ces limites. Ce sentiment familier, ce besoin désespéré d'être aimée, recommençait à m'envahir. Pendant tout ce temps, je m'étais efforcée de croire que je pouvais y résister.

Après une troisième nuit loin de lui, je me rendis à un cours de yoga à l'auberge, sur l'invitation de Daphné. J'y allais régulièrement de toute façon, donc cela n'avait rien d'inhabituel — du moins, c'est ce que je tentais de me convaincre. À ce stade, je m'attendais à ce que Tucker s'attende à m'y voir. Mais ce soir-là, il n'était pas venu. Je me forçai à ne pas m'en inquiéter, mais une étrange sensation élut domicile dans mon estomac.

Un malaise tissé de doutes et d'incertitudes. La seule chose dont j'étais certaine dans la vie, c'est que je finissais toujours par être abandonnée. Personne ne voulait de moi.

Je tentai de me persuader que ce n'était pas la fin du monde si nous n'étions plus jamais amenés à passer trois nuits ensemble. Nous resterions amis et tout irait bien.

Si mon cœur était un récipient, il fuyait, laissant échapper du sang, des doutes et la bile amère du regret d'avoir été aussi stupide.

Après le dîner, Daphné me sourit.

— Tu sais ce que fait Tucker ce soir ? Parce que moi, je n'en ai aucune idée.

Je secouai la tête, priant pour qu'elle ne remarque pas mon trouble.

— Eh bien, je vais enquêter là-dessus, dit-elle d'un ton assuré.

Je m'efforçai de lui sourire.

— Tucker et moi, on est juste amis.

Mon cœur hurlait le contraire, mais je me dis que, techniquement, ce n'était pas un mensonge.

De retour chez moi, l'idée de lui envoyer un message me traversa l'esprit, mais je me ravisai. Qu'est-ce que j'étais censée lui dire, au juste ?

« Hé, t'es passé où ? Ça fait déjà trois nuits. On est censés être ensemble maintenant, non ? »

Cela me paraissait ridicule et nous n'avions jamais ce genre de conversation. C'était juste un accord tacite que nous avions conclu.

Je passai une nuit agitée, comme souvent. La majeure partie de ma vie avait été marquée par des nuits trop courtes. Le fait de vivre dans l'incertitude en était sûrement la cause, du moins dans mon monde.

Le lendemain matin, je décidai d'aller au Red Truck Coffee. Je tentai de me convaincre que je ne m'attendais pas à y croiser Tucker, que j'y serais allée de toute façon, puisque le café ambulant se trouvait sur le chemin du travail. Plongée dans ces réflexions ridicules, je me mis à faire la queue, mais les poils de ma nuque se hérissèrent lorsque j'entendis un véhicule entrer sur le parking.

Ce ne sont que des pneus qui crissent sur le gravier, me dis-je. *Ce n'est pas Tucker. Ça pourrait être n'importe qui.*

La longue file d'attente s'étirait devant le café et cinq personnes se trouvaient encore devant moi. Je me retins de tourner la tête jusqu'à la dernière seconde. Quand je jetai enfin un coup d'œil par-dessus mon épaule, d'un air que j'espérais détendu, je le vis.

Tucker me sourit, mais d'une manière qui manquait légèrement de sincérité. Le « salut » qu'il m'adressa ensuite n'avait rien d'étrange, mais je sentis que quelque chose clochait.

— Salut, répondis-je.

— Désolé d'avoir manqué le cours de yoga hier soir, s'excusa-t-il.

— Pas de souci, je ne m'attendais pas à t'y voir.

Non, je ne m'y attendais pas. *Pas du tout.* Me mentir était une stratégie d'adaptation efficace, bien que loin d'être saine.

Il haussa lentement les sourcils face à ma réponse.

— Je viendrai la semaine prochaine, ajouta-t-il.

— Je ne sais pas si je serai là.

— Daphné t'invite toutes les semaines maintenant, répliqua-t-il.

Ce n'était pas tout à fait une dispute, mais ça y ressemblait un peu. Tout ça pour un stupide cours de yoga.

Je pris note mentalement de ne pas aller au cours de yoga à l'auberge la semaine d'après. J'avais besoin de mettre un peu de distance entre Tucker et moi. Peut-être que s'il passait chez moi ce soir ou m'envoyait un message pour le confirmer, je pourrais lui dire que j'étais occupée. Ce serait un mensonge, mais malgré tout, c'était la meilleure chose à faire pour nous deux.

Après un bref commentaire sur la météo, il me demanda si

j'allais travailler. Je répondis évidemment par l'affirmative, puisque c'était le cas. J'insistai pour lui payer son café, en lui rappelant que je lui en devais un. Il n'argumenta pas. Lorsque nous nous séparâmes, il ne me surprit pas en m'embrassant. Je tentai de me convaincre que je n'étais pas déçue. Pas le moins du monde.

Chapitre Trente-Cinq

TUCKER

Le hangar à avions était calme après que j'eus terminé mes dernières vérifications et refermé la porte de la baie du garage. J'entrai dans le petit bureau, si on pouvait l'appeler ainsi, situé dans un coin à l'arrière. C'était une pièce carrée et modeste, avec une salle de bain attenante et un bureau. Elle avait été conçue pour être fonctionnelle, sans plus. Des étagères, où s'entassaient quelques bricoles, longeaient le mur.

Je m'assis sur la chaise du bureau et fouillai dans la poche de ma veste pour en sortir une enveloppe froissée. L'écriture de Claire m'était si familière. Mon cœur se serra, comme si une chose râpeuse et acérée éraflait sa surface.

Ce n'était pas une blessure mortelle, mais cela faisait un mal de chien.

Cher Tucker,

Cela doit faire quinze ans maintenant. Tu as désormais 32 ans et j'espère que tu es heureux. J'espère que tu n'es pas fâché que j'aie demandé à mes parents de garder cette lettre et de te l'envoyer plus tard. Je voulais attendre que tu aies le temps de tourner la page de notre relation. Peut-être que je n'ai pas encore dix-huit ans, mais j'ai déjà compris que les gens sont un peu confus. On ne sait pas vraiment ce qu'on veut quand on est jeune. Je pense que maintenant, tu sais peut-être ce que tu veux. J'espère que tu as réalisé ton rêve d'entrer dans l'armée de l'air et que tu pilotes des avions, où que tu sois. Je sais que tu es doué pour ça. Tu as le souci du détail. J'espère aussi que tu as retrouvé l'amour. Tu devrais être sur le point de te marier, si ce n'est pas déjà le cas.

Ce que je voulais surtout dire, c'est que j'ai eu beaucoup de chance. J'ai eu la chance de t'aimer et d'être aimée en retour. Je pense que la vie est injuste. Dans ce cas précis, elle a été plus injuste pour toi que pour moi. Oh, ne te méprends pas, je suis carrément furieuse d'être mourante. Je t'écris cette lettre aujourd'hui, avant que les médecins ne perdent tout espoir. Je suis assez faible, mais je m'ennuie, alors autant écrire.

Ton amour et ta loyauté envers moi sont sans faille, mais une chose m'inquiète. J'espère que tu n'as pas laissé ma maladie et ma mort te rendre amer. J'entrevois déjà que ça risque d'arriver. Tu es en colère. Pas contre moi, mais contre l'univers. Ne fais pas ça. S'il te plaît. S'il te plaît, donne une chance à l'amour. Fais-le pour moi.

Merci de m'avoir aimée autant que tu l'as fait. Beaucoup de gens se seraient défilés, mais toi, tu es resté à mes côtés. Ça m'indique le genre d'homme que tu es. Tu es déjà l'une des personnes les plus fortes que je connaisse, et j'espère que ça ne fera que te rendre plus fort.

Je t'aime. Je t'envoie un baiser.

Claire

P.S. Brûle ma lettre après l'avoir lue. Ne t'accroche pas à un bout de papier.

Mes yeux se brouillèrent alors que je fixais la lettre, mes larmes tombant juste en dessous de son écriture. Ces larmes salées ne tachèrent pas ses mots, mais elles humidifièrent le papier. Claire avait rédigé sa lettre sur du papier lavande, sa couleur préférée. Le papier n'était pas ligné, mais elle avait toujours eu une écriture soignée.

Je pris une respiration tremblante et je jetai un coup d'œil autour de moi, riant à travers mes larmes quand je réalisai qu'il n'y avait pas de boîte de mouchoirs ici. Je posai la lettre sur le bureau et entrai dans la salle de bain pour arracher un morceau de papier toilette. Je me mouchai, séchai mes larmes, puis m'assis à nouveau, relisant la lettre tout en me demandant quoi faire ensuite.

Claire avait raison : j'étais *bel et bien* amer. Elle aurait sans aucun doute apprécié Skylar. Et pourtant, je n'aurais pas pu regarder Skylar en face en ce moment.

Claire voulait que je brûle cette lettre, ce dernier vestige de sa présence. C'est une blague, me dis-je. Une putain de blague.

Qu'est-ce que j'étais censé faire ? Je ne pouvais pas la brûler. C'était tout ce qui me restait de Claire. Pourtant, à cet instant, notre amour me parut se trouver à des années-lumière. Un coin de mon cœur lui était réservé. Et c'était justement cela qui m'effrayait : ce vide qui ne cessait d'agrandir mon cœur.

———

Ce soir-là, j'envoyai un message à Skylar. Elle ne me répondit pas.

Le lendemain matin, je l'aperçus au Red Truck Coffee. Elle me sourit poliment dans la file d'attente.

Lorsque je passai au bureau de Ludie et Dan ce soir-là, Skylar m'annonça qu'elle avait des choses de prévues, ce que je soupçonnais d'être un mensonge.

Je lui envoyai un message le lendemain et sa réponse fut des plus vagues : *Je suis occupée. J'espère que tu vas bien.*

Elle ponctua même son message d'une émoticône souriante, ce qui lui ressemblait si peu que je compris immédiatement qu'elle n'était pas sincère.

Malgré tout, elle me manquait. Quant à la lettre de Claire, je ne l'avais toujours pas brûlée. Un soir, après le dîner du personnel à l'auberge, Daphné m'attrapa légèrement par le coude alors que je passais devant les éviers de la cuisine.

— Oui ? demandai-je.

— Oh, je me disais juste que tu pourrais m'aider à faire la vaisselle, dit-elle.

Je regardai autour de moi et j'aperçus Cat juste avant qu'elle ne sorte précipitamment dans le couloir. Il n'y avait désormais plus personne dans la cuisine. On aurait presque dit qu'elle était partie exprès pour me laisser seul avec Daphné. Je la regardai avec méfiance, mais hochai la tête.

Elle se mit à rincer la vaisselle et me la tendit, m'indiquant de la placer dans un grand lave-vaisselle industriel. Nous fîmes silencieusement la vaisselle pendant quelques minutes, puis Daphné déclara :

— Je voulais une excuse pour te parler.

— Si tu voulais me parler, il te suffisait de demander, répliquai-je, l'incertitude me prenant aux tripes.

Je me dis que ce n'était que Daphné et qu'elle était mon amie. Sauf que Daphné avait une sorte de sixième sens, un don pour deviner avec certitude quand quelque chose n'allait pas dans nos vies. Nous avions tous l'habitude de plaisanter à ce sujet, sauf Flynn, qui ne s'en souciait pas, puisqu'il était épris d'elle.

Je continuai à remplir le lave-vaisselle jusqu'à ce qu'il soit plein. Une fois le panier à vaisselle rentré et la machine mise en marche, je me tournai pour m'appuyer contre le comptoir.

— Va droit au but. Qu'est-ce que tu me veux ?

Daphné se sécha les mains sur une serviette avant de me faire face.

— T'as l'air triste et t'as pas fréquenté Skylar ces derniers temps.

Je levai la tête vers le plafond, pris une grande inspiration, puis plantai mon regard dans le sien.

— Comment tu sais que je n'ai pas fréquenté Skylar ?

— Parce que j'ai demandé à Harley et à Grant. Ils m'ont dit qu'ils t'avaient vu à la maison du personnel tous les soirs.

Daphné n'hésitait jamais à se montrer indiscrète.

— Tu te fiches de moi ? Vous parlez de moi dans mon dos maintenant ? m'emportai-je.

— Oui, on s'inquiète pour toi.

— « On » ?

— D'accord, je m'inquiète, concéda-t-elle. Il n'y a que moi. Tous les autres disent que tu trouveras la solution à ton rythme, mais je crois que je suis la seule à qui tu as parlé de ce qui est arrivé à ta petite amie du lycée.

Je baissai les yeux vers le sol, traçant les contours d'un carreau avec le bout de ma botte. — Ils sont au courant, lançai-je.

— Ils disent que tu n'en parles jamais.

— Je t'en ai parlé, me défendis-je en croisant à nouveau son regard.

Daphné laissa échapper un léger soupir. Elle fit un pas vers moi et m'entoura de ses bras dans une étreinte chaleureuse. Malgré son mètre cinquante tout au plus, j'eus l'impression de me retrouver dans les bras de ma mère. Son étreinte était du réconfort à l'état pur. Elle se retira et serra légèrement mes épaules avant de me lâcher complètement.

— Tu veux un chocolat chaud avec de la liqueur de menthe ?

Je me mis à glousser. Puis, bien sûr, je pensai à Skylar. Elle m'avait préparé un chocolat chaud lors de cette fameuse soirée pluvieuse.

— Je veux bien, merci. Je ne conduis pas ce soir. Il me semble que tu ne lésines pas sur l'alcool quand tu prépares ce genre de boisson.

— Tu me connais bien, dit Daphné en gloussant avant de se détourner. Alors, qu'est-ce qui se passe ?

— J'ai reçu une lettre de Claire.

Daphné se retourna vers moi, les yeux écarquillés.

— Je croyais qu'elle était...

— Elle l'a écrite avant de mourir quand elle était à l'hôpital. Elle a demandé à l'avocat de sa famille de la conserver et de me la remettre quinze ans plus tard, alors sa famille vient de me l'envoyer.

— Que dit la lettre ?

Je lui en résumai rapidement le contenu pendant qu'elle préparait le chocolat chaud. Elle m'en servit une tasse après y avoir versé une bonne dose de liqueur de menthe poivrée.

— On dirait qu'elle te connaissait très bien, dit Daphné, ses mots sans équivoque mais son regard chaleureux.

À ce moment-là, la porte du couloir du fond s'ouvrit et Flynn entra dans la cuisine. Il nous regarda tous les deux avant d'esquisser lentement un sourire.

— T'es en train de dire à Tucker ce qu'il doit faire ? demanda-t-il en s'approchant de Daphné, avant de s'arrêter à ses côtés et de se pencher pour l'embrasser dans le cou.

Ses joues s'empourprèrent, puis elle sourit.

— Je ne lui dis pas ce qu'il doit faire.

— Elle s'inquiète pour toi, dit simplement Flynn en croisant mon regard.

Je me mis à glousser.

— Je sais, mais je vais bien.

— Elle a généralement raison, tu sais.

— Comment tu peux savoir de quoi elle parle ?

Flynn haussa nonchalamment les épaules.

— Je dis ça en général. Je n'ai pas besoin de savoir de quoi parle Daphné pour savoir qu'elle a généralement raison.

Je levai les yeux au ciel, mais je savais qu'il n'avait pas tort. La vie n'avait pas été tendre avec Daphné, ce qui l'amenait souvent à se focaliser rapidement sur l'essentiel.

— Hé, je peux aussi avoir du chocolat chaud ? demanda Flynn en jetant un coup d'œil à la casserole sur la cuisinière.

La cuisine ne contenait aucune boîte de chocolat chaud instantané. Daphné avait l'habitude de préparer de grandes quantités de chocolat chaud maison qu'elle conservait au frigo et réchauffait au besoin.

— Bien sûr, je savais que tu allais débarquer d'une minute à l'autre, le taquina-t-elle en souriant.

Elle sortit une tasse d'un placard et la tendit à Flynn pour qu'il se serve. Il s'appuya contre le comptoir à côté d'elle avant de me regarder.

— Pour ce que ça vaut, t'étais de meilleure humeur pendant un moment.

— Je ne suis pas si désagréable que ça, protestai-je.

— Non, mais t'étais plus joyeux durant cette période. J'aime bien Skylar.

— Oh, arrête tes conneries. Et comment tu sais de quoi on parlait, d'ailleurs ?

— Je ne sais rien du tout. C'était juste une supposition, mais tu viens de me prouver que j'avais raison.

Flynn était l'un de mes meilleurs amis et la raison même pour laquelle je me trouvais ici, à exercer un travail qui me passionnait, entouré de gens que j'appréciais.

— Au fait, j'allais oublier. Ta sœur a appelé, ajouta Daphné.

— Ah bon ? Quand ça ?

— Elle m'a dit que tu ne la rappelais jamais, sauf quand elle me laissait un message, répondit Daphné en penchant la tête sur le côté, un sourire narquois aux lèvres.

Je poussai un soupir.

— Je ne fais pas exprès de ne pas la rappeler. C'est juste que ça me sort de la tête quand je suis trop occupé. Je te promets que je l'appellerai.

Flynn changea habilement de sujet et nous parlâmes de quelques problèmes liés aux avions et du stress omniprésent. Nous faisions face à un problème de riches : nous croulions sous les réservations. Tous nos vols touristiques estivaux étaient déjà complets.

Peu de temps après, je sortis mon portable de ma poche et m'éloignai dans l'obscurité pour rappeler ma sœur. Elle décrocha dès la première sonnerie.

— Oh, super. Je vois que Daphné t'a transmis mon message.

— Bien sûr qu'elle me l'a transmis. Désolé de ne pas t'avoir appelée plus tôt, Tori. Je ne fais pas exprès de te mettre des vents quand tu me laisses des messages, mais j'oublie.

— Je sais, mais tu te sens coupable. J'ai remarqué que quand je passe par Daphné, j'obtiens des résultats.

Je me mis à glousser.

— Comment tu vas ?

— Bien, et toi ? demanda ma sœur.

Je repensai à Skylar et à la lettre de Claire.

— Ça va plutôt bien.

En ce qui concernait l'essentiel — nourriture, vêtements, logement et la vie en général — je n'avais pas à me plaindre. Quant à l'amour, je m'étais convaincu pendant des années que je pouvais m'en passer.

— T'as reçu la lettre ? Les parents de Claire m'ont dit qu'ils te l'avaient envoyée.

Ma sœur avait toujours entretenu une très bonne relation avec Claire. J'aurais dû me douter qu'elle était au courant pour la lettre.

Je gémis intérieurement. À cet instant, un grand bruissement attira mon attention et je m'arrêtai pour jeter un coup d'œil autour de moi. Le clair de lune filtrait à travers la canopée des arbres, baignant le paysage d'une lueur nacrée. Je distinguai l'ombre d'un élan qui s'éloignait d'un pas lourd, déjà à bonne distance. Je repris ensuite ma marche.

— Comment tu sais pour la lettre ?

— J'ai croisé la mère de Claire par hasard, en allant chez le médecin. Elle m'a dit qu'elle et son mari n'étaient même pas au courant pour la lettre. Claire l'avait confiée à l'avocat, qui s'est occupé de tout. Il avait reçu pour consigne de ne rien dire à personne. Et tu n'es pas le seul à avoir reçu une lettre.

— Tu en as aussi reçu une ?

— Oui, tout comme ses parents.

— Qu'est-ce que ta lettre disait ?

Tori soupira doucement.

— De ne pas devenir cynique et de ne pas laisser ce qui s'était passé au lycée me pourrir la vie.

— Tu veux en parler ? demandai-je.

— Non, répondit-elle si vite que je compris que son amie d'enfance avait touché un point sensible.

Ma sœur portait son propre bagage émotionnel. On en parlait peu, presque jamais en réalité.

— Et la tienne ? demanda-t-elle.

— De ne pas devenir amer. Oh, et je suis censé brûler la lettre. Elle t'a demandé la même chose ?

— Euh, non.

— Pourquoi je suis censé brûler la mienne ? marmonnai-je.

— Parce que Claire et toi étiez amoureux. C'était le véritable amour, même si vous n'étiez que des lycéens. Elle te connaissait suffisamment pour savoir que si tu la gardes, tu t'accrocheras encore à elle, malgré sa mort.

Tori n'hésita pas à employer des termes directs, mais je décelai la douleur dans sa voix.

— Je sais.

— Tu dois respecter son souhait, insista-t-elle fermement.

— Je le ferai.

— Tu crois qu'elle a raison ? demanda timidement ma sœur.

Je me retins de soupirer.

— Probablement. J'ai rencontré quelqu'un.

— Vraiment ? Qui ça ? Parle-moi d'elle.

J'aperçus la clairière devant la maison du personnel à travers les arbres. La lumière du porche projetait une douce lueur. Je traversai la clairière et m'assis lourdement sur une marche du perron. Je venais de lui parler de Skylar.

— Tucker, je crois que tu es déjà amoureux, déclara Tori après que j'eus terminé de parler.

— Quoi ?

Mon cœur tambourina désespérément dans ma poitrine, comme s'il était sur le point d'enfoncer une porte verrouillée.

— Je dis ça comme ça. Je le devine à la façon dont tu parles d'elle.

— Putain, c'est pas vrai, marmonnai-je.

— Dis pas ça, elle a l'air sympa, protesta ma sœur.

— Je pense que ce ne sera pas facile pour elle d'avoir une relation après ce qu'elle a traversé.

Mais je savais que ma méfiance jouait aussi un rôle.

— Tucker, les relations amoureuses ne sont faciles pour

personne. Tout le monde a des bagages émotionnels et se fait malmener par la vie. Ton histoire d'amour avec Claire au lycée est venue facilement, mais c'est probablement parce que vous étiez tous les deux si jeunes. Tomber amoureux après avoir traversé des moments difficiles est différent, et parfois, c'est un sentiment encore plus fort. Je ne dis pas que retomber amoureux t'enlèvera ta relation privilégiée avec Claire, mais tu as l'occasion d'avoir beaucoup plus maintenant. Aimer quelqu'un n'efface pas l'amour qu'on a pour une autre personne. Au contraire, l'amour n'est pas quelque chose de fini.

Je restai silencieux, digérant ses paroles.

— Je pense qu'au fond, tu sais déjà que tu es amoureux de Skylar, insista-t-elle doucement.

Je voulus protester, mais je n'en fis rien.

Nous abordâmes ensuite des sujets plus légers, et quelques minutes plus tard, nous mîmes fin à l'appel. Je restai assis sur le perron, contemplant le ciel où scintillaient des milliers d'étoiles dans l'obscurité. Je savais que j'aimais Skylar. C'est juste que je ne savais pas comment gérer ce sentiment.

———

Six jours s'écoulèrent avant que je ne revoie Skylar. S'il me restait le moindre doute sur mes sentiments pour elle, ils s'étaient dissipés. Elle me manquait cruellement. Tout en moi aspirait à la revoir, à la serrer dans mes bras. Bien sûr, nos ébats passionnés me manquaient aussi, mais ce n'était pas leur absence qui me faisait mal au cœur.

Je ne lui avais envoyé que deux messages, mais ses réponses évasives m'avaient convaincu de lui laisser de l'espace. Même si je voulais insister davantage, j'avais appris à la comprendre et je savais que toute pression de ma part ne ferait que la faire fuir.

Chapitre Trente-Six

SKYLAR

Experte dans l'art d'éviter les gens, je réussis à me rendre invisible pendant une semaine entière. Daphné m'avait invitée à l'auberge pour le dîner du personnel, mais j'avais prétexté d'être occupée. C'était un mensonge éhonté, parce que ma vie sociale était inexistante sans mes nouveaux amis, mais peu importe.

Je quittais mon appartement plus tôt pour éviter de croiser Tucker par hasard au Red Truck Coffee ou au Misty Mountain Café. Je veillais à verrouiller la porte du bureau à la fin de la journée, une fois que Ludie et Dan étaient partis, pour que personne ne puisse entrer à l'improviste. J'éteignais également toutes les lumières de l'entrée principale.

Un soir, quelqu'un frappa aux portes vitrées. Je n'osai pas jeter un coup d'œil, certaine que c'était Tucker. J'attendis qu'il s'en aille. Quand j'entendis des pas s'éloigner sur le gravier, je m'approchai sur la pointe des pieds et risquai un coup d'œil dans le couloir. Une douleur vive me transperça le cœur en le voyant s'éloigner lentement, de dos. Il jeta un coup d'œil par-dessus son épaule et je m'éloignai brusquement.

Appuyée contre le mur, je me laissai tomber par terre, je recroquevillai mes genoux sur ma poitrine et je les entourai de mes bras, laissant tomber mon front dessus. Puis je me mis à pleurer jusqu'à n'en plus pouvoir. Je ne pensais pas que je pleurais seulement à cause de Tucker, même si son absence laissait un grand vide dans mon cœur. Je pleurais parce qu'Emily me manquait et qu'elle ne reviendrait jamais. Je pleurais parce que la vie me semblait terriblement injuste. Je pleurais parce que je ne voulais pas être du genre à tenir registre de toutes les fois où la vie m'avait lésée, mais j'avais l'impression que le sort s'était déjà acharné suffisamment sur moi. Peut-être que le vent pourrait tourner, si ce n'était pas trop demander.

Et je pleurais parce que, même si je savais que c'était une mauvaise idée, j'étais tombée amoureuse de Tucker et je ne savais pas quoi faire.

Il m'avait envoyé quelques messages, auxquels j'avais répondu avec une insouciance feinte, reconnaissante qu'il ne puisse pas voir mon visage ou deviner les brûlures sur mon cœur. Je ne savais pas pourquoi il avait gardé ses distances pendant ces quelques jours, mais cela me rappela toutes les raisons pour lesquelles je n'aurais jamais, *au grand jamais*, dû laisser quoi que ce soit se produire avec lui.

Je cessai finalement de pleurer et je relevai la tête avant de sécher mes larmes avec ma manche. Je restai assise par terre dans le sobre bureau et je repris lentement mon souffle. Je sursautai quand j'entendis un autre coup à la porte d'entrée.

Merde. Je n'avais aucune envie de faire face à Tucker, mais ce coup, plus déterminé, ne ressemblait pas au sien. J'entendis une voix de femme qui piqua ma curiosité. Je me levai, pris un mouchoir en papier sur le bureau et me mouchai avant de me précipiter dans le couloir. Je priai pour ne pas avoir l'air d'avoir pleuré comme une madeleine.

Susie se tenait à l'extérieur avec Cammi à ses côtés. Il faisait presque nuit et les lumières automatiques s'étaient allumées. Une seconde plus tard, Daphné et Risa arrivèrent. Elles étaient toutes là et cela me réchauffa le cœur.

Je leur fis signe à travers la vitre, je déverrouillai la porte et je l'ouvris.

— Salut.

— Salut, on s'est dit qu'une soirée entre filles serait sympa, annonça Susie.

— Ici ? demandai-je.

— Non, à la galerie d'art. Viens avec nous, répondit Risa.

Je traversai le parking avec elles. Susie et Cammi étaient venues ensemble en voiture. Risa jeta un coup d'œil dans ma direction et me demanda :

— Je peux montrer avec toi ?

— Bien sûr.

— Comme on n'a pas vu ta voiture derrière la galerie, on a décidé de venir te chercher, expliqua-t-elle en prenant place sur le siège passager quelques instants plus tard.

Je regardai ma propriétaire et amie, et je souris.

— J'ai été très occupée.

Risa hocha simplement la tête. Le trajet ne dura que quelques minutes. Au moment où nous nous garâmes sur le parking, Risa déclara :

— Juste pour info, Susie s'inquiète pour toi et Tucker. Elle risque de t'en parler.

— Hein ? Quoi ?

— Apparemment, Tucker a confié à Daphné qu'il était amoureux de toi. Daphné l'a dit à Flynn, Cat l'a entendu et elle l'a répété à Susie ce matin au café. Il a dit qu'il voulait te laisser respirer.

Sa déclaration me laissa pantoise.

— Vous jouez tous au téléphone arabe ou quoi ?

Un sourire se dessina sur les lèvres de Risa.

— C'est une petite ville. On veut tous ce qu'il y a de mieux pour toi. Si c'est Tucker, alors on veut que tu l'aies, mais ne stresse pas.

— Les gens font des commérages sur moi, Risa. D'habitude, personne ne parle de moi. Je ne suis personne.

Elle plissa les yeux et se tourna vers moi tout en détachant sa ceinture de sécurité. Elle prit mes mains dans les siennes et je me tournai pour lui faire face. Nos mains étaient jointes au sommet de la console, entre les sièges.

Elle m'observa intensément.

— Tu n'es *pas* « personne ». Personne n'est « personne ».

— Risa… commençai-je, mais elle m'interrompit aussitôt.

— Écoute-moi, Skylar. Je ne connais pas l'histoire de ta vie, et franchement, ça ne me regarde pas. On a tous un passé. Je veux être ton amie. Je t'aime bien. Je sais que tu es un peu timide et je te comprends, parce qu'on l'est tous au moins un peu. C'est juste que certains d'entre nous le cachent mieux que d'autres. Peu importe ce qui s'est passé dans ta vie, tu es quelqu'un et tu as de l'importance. Ne l'oublie *jamais*.

Des larmes me montèrent aux yeux alors que je la fixais en hochant la tête.

— Mon intervention était peut-être un peu trop directe, mais on ne laisse pas nos amis dire qu'ils ne sont personne. C'est totalement contraire aux règles.

— Ça marche, murmurai-je.

Ma voix se raffermit ensuite :

— Merci. Je suis douée pour suivre les règles une fois que je les connais.

— On doit tous apprendre à faire taire cette petite voix mesquine. Elle peut être très forte dans ta tête, surtout les mauvais jours, les mauvaises semaines, ou même les mauvaises années. Dis-lui simplement de la fermer. Maintenant, allons-y.

Nous sortîmes de la voiture. Juste avant qu'elle n'ouvre la porte de la galerie, je levai les yeux vers elle.

— Merci, lançai-je, reconnaissante.

— Je t'en prie.

Quelques minutes plus tard, Susie distribuait des assiettes en carton et des parts de pizza, m'informant que nous avions uniquement des pizzas au pepperoni.

— Parce que tout le monde adore le pepperoni ici, expliqua Cammi.

Susie mangea deux bouchées avant de repousser ses cheveux bouclés sur ses épaules.

— Qu'est-ce qui se passe entre toi et Tucker ?

J'inspirai un grand coup.

— Susie, je ne sais pas et j'ai un petit problème.

— Alors, réglons ça, dit-elle fermement.

— Je ne sais pas si tu peux le régler, répondis-je en laissant échapper un rire surpris.

— On peut au moins essayer. Susie adore résoudre les problèmes, plaisanta Cammi.

— J'ai toujours eu des problèmes relationnels et j'ai tendance à tomber amoureuse du premier mec venu. Mon ancienne thérapeute m'avait dit que j'étais amoureuse de l'idée d'être amoureuse. Je ne sais pas si je suis vraiment amoureuse de Tucker, ou juste de l'idée d'être amoureuse de lui, et ça me rend folle. Il a été distant pendant quelques jours, alors j'ai décidé qu'il fallait que j'arrête d'être stupide. Parce que je n'en peux plus.

— Tu n'en peux plus de quoi ? insista Daphné.

— D'être désespérée et d'avoir l'impression de m'effondrer parce qu'un homme ne m'aime pas, répondis-je sans détour.

— Oh.

Susie me lança un regard bienveillant avant d'ajouter :

— Et si Tucker t'aimait vraiment ? Tu devrais peut-être en parler avec lui.

— Je devrais probablement. Je travaille pour y arriver.

— Comme je l'ai déjà dit, j'ai un pressentiment à propos de toi et Tucker, dit doucement Daphné.

Je la regardai en souriant.

— Je sais, mais...

— Tucker t'aime, dit-elle solennellement. Tu dois me faire confiance sur ce point.

Je fondis en larmes. Puis je compris ce que cela signifiait d'être entourée de femmes bienveillantes, prêtes à être mes amies et à m'aider du mieux qu'elles pouvaient. Ce n'était pas ce que je ressentais avec Emily, cette amie qui me connaissait mieux que quiconque à cause de ce que nous avions traversé ensemble. Mais je n'avais pas besoin de reproduire une telle amitié avec qui que ce soit. Ma vie était différente maintenant et j'étais en train de changer et de mûrir. C'était différent, mais tout de même agréable.

Je me sentis mieux et parvins à rire un peu plus tard. Je trouvai même le courage de demander à Susie quels étaient les projets de Ludie pour son entreprise et ce qu'il fallait faire quand le moment serait venu.

— Je m'en occupe, dit-elle avec un hochement de tête enthousiaste. J'ai déjà aidé Cammi à obtenir son prêt d'entreprise. On fera ça ensemble. Et si jamais on a besoin d'une aide juridique, Garrett est notre homme.

— Je l'ai déjà rencontré. Il m'intimide un peu, répondis-je.

Risa rit doucement.

— Oui, il peut paraître intimidant, mais je te promets qu'il est gentil.

— Je ne crois pas pouvoir me permettre de payer un avocat ou une comptable comme toi, avouai-je en jetant un coup d'œil à Susie.

Susie agita dédaigneusement la main.

— Je t'aiderai gratuitement, parce que tu es mon amie. Si c'était trop de travail, je te le dirais honnêtement, car mon temps est précieux. Mais là, tous les formulaires sont déjà prêts. Il te suffit de les remplir.

— Tu devrais te spécialiser dans l'accompagnement des femmes entrepreneuses, suggéra Daphné à côté d'elle.

Susie lui jeta un coup d'œil, visiblement intéressée par l'idée.

— Je devrais.

— Oui, tu devrais, répondit Daphné avec un sourire chaleureux.

— Ne stresse pas. On va s'en sortir, déclara Susie avec une assurance que je n'avais pas.

Une fois la soirée entre filles terminée, je montai à mon appartement, me sentant un peu mieux. J'allais m'en sortir, quoi qu'il arrive avec Tucker. Bien sûr, il me manqua quand même ce soir-là.

Le lendemain matin, je relus son dernier message et je trouvai enfin le courage de lui répondre.

Bien sûr. On pourrait se voir bientôt. Dis-moi quand ça t'arrange.

Je caressai l'idée de l'éviter encore un peu, juste pour prendre mes repères et me débarrasser de ce sentiment de panique dans mon cœur chaque fois que je pensais à lui, mais Ludie m'empêcha de la mettre à exécution.

— Qu'est-ce qui t'arrive, enfin ? demanda-t-elle, les mains sur les hanches, en me fixant un jour au travail.

— Rien.

J'eus soudain peur d'avoir fait une grosse connerie au travail.

— J'ai fait une erreur dans le registre hier ?

— Non ! Je parle de Tucker, répondit-elle, ses yeux plissés trahissant son agacement.

— Qu... qu'est-ce que tu veux dire ? bafouillai-je.

— J'ai fait beaucoup d'erreurs quand j'étais plus jeune, mais j'ai réussi à faire quelque chose de bien : j'ai épousé l'homme de ma vie. Je ne dis pas que tu dois épouser Tucker, mais c'est l'homme qu'il te faut. C'est un homme bien et il t'aime. Mais avant tout, tu dois affronter ta peur.

— Ludie ! m'exclamai-je, surprise par son analyse d'une franchise brutale.

J'entendis le gloussement de Dan par-dessus mon épaule et je jetai un coup d'œil en arrière pour le voir dans le couloir.

— Elle a des opinions et elle a généralement raison.

— Oh mon Dieu, marmonnai-je, les joues en feu.

— Ne sois pas stupide. Si tu veux rompre, aie au moins le courage de le lui dire en face, ajouta-t-elle.

— Je n'ai pas... commençai-je.

Elle plissa les yeux.

— Ne me mens pas. Je l'ai croisé. Il m'a dit qu'il avait essayé de passer te parler, mais que tu avais fermé le bâtiment à clé. Ça s'appelle de la lâcheté.

Après avoir levé les yeux au ciel, elle tourna les talons et partit.

— Ma chérie, tu es en train de laisser un homme bien te filer entre les doigts.

Chapitre Trente-Sept

SKYLAR

Je passai la majeure partie de la journée à essayer de ne pas me laisser distraire. J'y parvins, non sans mal. Je croyais pouvoir choisir la facilité en déracinant mes sentiments pour les jeter au loin, mais ce n'était pas si facile. Loin de là.

Tucker me manquait en permanence, mais mes doutes me taraudaient toujours.

Il y avait beaucoup de choses que je ne comprenais pas chez les autres, mais j'étais relativement douée pour savoir quand quelque chose n'allait pas. Quand on vivait en famille d'accueil, ce genre de sixième sens se développait rapidement. Ma thérapeute m'avait un jour expliqué qu'il s'agissait d'un instinct de survie. *« Tu devais être très attentive parce que tu ne savais pas ce qui allait se passer. »*

Chaque fois que je pensais à Tucker, ce qui arrivait très souvent, mon cœur se serrait un peu. J'avais l'impression qu'il était à vif, comme une plaie à peine refermée.

Je fus surprise en découvrant un message vocal de mon ancienne assistante sociale à la fin de ma journée de travail. J'avais pris l'habitude d'éteindre mon portable quand j'étais au travail. Ludie trouvait ça un peu étrange, mais moi, ça me convenait. Contrairement à la plupart des gens de mon âge, j'avais dû attendre l'âge adulte avant de posséder mon propre portable. Emily et moi en avions partagé un lorsque nous avions vécu ensemble pendant les années qui avaient suivi notre sortie du système des familles d'accueil. C'était tout ce que nous pouvions nous permettre. Nous n'avions jamais eu notre propre portable comme nos camarades du lycée. C'était tout simplement inenvisageable.

Une fois Dan et Ludie partis, je résistai à l'envie de verrouiller les portes, me promettant que si Tucker passait, je trouverais le courage d'avoir une conversation honnête avec lui. Je ne voulais pas admettre que je désespérais de le voir passer tout en priant pour qu'il ne le fasse pas.

Les deux options me terrifiaient.

J'écoutai le message de Jolene. « Salut, Skylar, c'est Jolene. J'espère que tout se passe bien pour toi en Alaska. Quand tu auras un moment, rappelle-moi. Je suis de garde ce soir et j'ai quelque chose d'important à te dire. »

C'est quoi ce bordel ? murmurai-je pour moi-même.

Sans hésiter, je composai le numéro. Le fait que je le connaissais encore par cœur me fit rire. C'était le numéro principal en dehors des heures de travail pour les affaires non urgentes des enfants placés en familles d'accueil. Il y avait aussi un numéro d'urgence, que nous n'étions censés utiliser que si nous étions en train de prendre feu, de nous vider de notre sang, ou plus généralement de mourir.

Comme promis, elle décrocha immédiatement.

— Skylar ! s'exclama-t-elle aussitôt.

— Salut, Jolene.

C'était étrange d'entendre sa voix. Ma gorge se serra d'émotion. Bien qu'elle soit une professionnelle et qu'elle fasse simplement son travail, je m'étais toujours sentie chanceuse qu'elle ait été mon assistante sociale, tout comme Emily. Elle avait toujours pris de nos nouvelles et s'était assurée que nous restions dans le même district scolaire pendant des années. Elle avait fait tout ce qu'elle pouvait pour nous, malgré les circonstances difficiles.

— Comment tu vas ? demanda-t-elle chaleureusement.

— Ça va, répondis-je.

— C'est vrai ?

Sa voix était douce et je savais qu'elle se demandait si Emily me manquait.

— Oui, je vais bien, répondis-je sincèrement.

— Ravie de l'entendre. J'espère que ça ne te dérange pas que je t'aie appelée.

— Bien sûr que non. Qu'est-ce que je peux faire pour toi ?

Elle marqua une pause et je l'entendis distinctement inspirer un grand coup.

— J'ai une lettre pour toi de la part d'Emily.

Mes poumons me firent mal pendant un instant.

— Quoi ?

— Je viens de la recevoir, sinon je te l'aurais envoyée plus tôt. Lorsqu'Emily était à l'hôpital avant de mourir, elle avait écrit quelques lettres. Elle les avait données à l'assistante sociale de l'hôpital. Je ne sais pas trop pourquoi, mais il a fallu tout ce temps pour qu'elles me parviennent. Cette assistante sociale ne savait pas comment te trouver. Emily était répertoriée comme ton contact principal sur tous les documents. Elle m'a finalement trouvée et je lui ai dit que je pourrais te contacter.

La trépidation, l'anticipation et le chagrin me traversèrent en vagues successives.

— Tu veux que je te les envoie par courrier ? finit-elle par dire en voyant que je ne répondais pas.

— J'aimerais bien, mais tu pourrais aussi me les envoyer par e-mail ?

Je ne pensais pas pouvoir supporter la lenteur proverbiale des services postaux.

— Bien sûr. Je les ai scannées et j'ai même déjà commencé à rédiger l'e-mail. Je me doutais que tu voudrais à la fois la version physique et numérique. Je suis sûre qu'elle te manque.

Je ne pouvais même pas parler. La vague de chagrin suivante me frappa si fort que je me sentis renversée, manquant d'air juste sous la surface et essayant de ne pas avaler d'eau. Lorsque je refis surface émotionnellement parlant, je repris mon souffle pendant que Jolene attendait patiemment que je réponde. Je savais qu'elle comprenait que je luttais pour ne pas m'effondrer.

— Je sais qu'elle était comme une sœur pour toi.

— Oui, c'est vrai, murmurai-je, ma voix se brisant et des larmes coulant sur mes joues.

— Je m'en doutais. N'oublie pas que tu peux m'appeler à tout moment si tu as besoin de parler.

Je pris une inspiration tremblante.

— Je sais, mais ce n'est plus ton rôle de t'occuper de moi.

C'était la vérité pure et simple de notre relation. Elle resta silencieuse pendant plusieurs secondes avant de répondre :

— Je sais, mais je me soucie vraiment de toi. Si jamais tu as besoin de quoi que ce soit, tu sais que je suis là pour te conseiller. Je suis vraiment douée pour ça.

Pendant une seconde, je crus entendre des larmes dans sa voix.

— Je t'ai rencontrée dans le cadre de mon travail et mon travail consistait à m'occuper de toi. Mais je suis toujours là pour toi. Ne te méprends pas, je sais me fixer des limites. Ce n'est pas comme si je faisais quelque chose d'insensé. J'ai dit à ma patronne : « Hé, j'ai dit à Skylar qu'elle pouvait m'appeler si elle en avait besoin. » Et elle m'a répondu : « Oui, je comprends. Le monde est dur, et les enfants en famille d'accueil n'ont pas beaucoup de gens sur lesquels compter. » Crois-moi, je sais que ce n'est pas facile.

— Je sais que tu le sais, parvins-je à articuler malgré les larmes qui me nouaient la gorge.

— Tu m'enverras une carte postale un jour ?

— Pardon ?

— De l'Alaska. Je n'y suis jamais allée, mais j'ai entendu dire que c'était une région magnifique. C'est vraiment aussi beau qu'on le dit ?

Je souris à travers mes larmes, essuyant mes joues avec ma main libre.

— Oui, vraiment. Je t'enverrai une carte postale.

Je pris une inspiration tremblante.

— Ce serait génial. Je viens de t'envoyer la lettre par e-mail, dit-elle juste au moment où mon portable vibra.

— Oh, je pensais que c'était un SMS.

Elle éclata de rire.

— Si tu as besoin de quoi que ce soit, appelle-moi, d'accord ? Je dis ça sérieusement.

— Je n'y manquerai pas.

Je reniflai et repris mon souffle. Parfois, ça faisait vraiment du bien de respirer.

— Bref, tu veux qu'on raccroche maintenant ? Tu n'as jamais été très douée pour dire au revoir et tu avais l'habitude de me raccrocher au nez, plaisanta-t-elle.

J'éclatai de rire, parce que je lui avais *effectivement* souvent raccroché au nez quand j'étais adolescente.

— Oh purée. J'étais tellement odieuse avec toi parfois.

— Allons, ne dis pas ça. Tu étais comme n'importe quelle autre adolescente de ton âge et tu savais m'en faire voir de toutes les couleurs, dit-elle chaleureusement.

— Je ne te raccrocherai plus au nez maintenant.

— D'accord, prends soin de toi. Mon adresse postale figure sur la signature de l'e-mail.

— Tu veux vraiment que je t'envoie une carte postale ? insistai-je.

J'entendis son soupir dans le haut-parleur.

— Mon travail est compliqué. Tu as fait partie de mes dossiers pendant dix ans, et la façon dont tu t'en sors dans la vie m'importe. Si tu veux m'envoyer des cartes postales, ça me ferait plaisir d'avoir de tes nouvelles.

— D'accord, dis-je en esquissant un sourire.

— Confirme-moi ton adresse avant de raccrocher.

Elle la récita rapidement. Évidemment, elle ne se trompa pas.

— Comment tu as trouvé mon adresse ?

— Quand c'est nécessaire, on peut faire des recherches sur les gens. Je te rassure, je n'ai rien fait de douteux pour la trouver.

Je ris tout en reniflant un peu.

— Prends soin de toi, Skylar. Je vais mettre cette lettre à la poste demain pour que tu aies l'original.

— C'est vraiment gentil. Merci de m'avoir appelée, Jolene. Ça m'a fait du bien de te parler.

— N'oublie pas de me donner de tes nouvelles, ajouta-t-elle.

— Hé, Jolene ? ajoutai-je alors que je m'apprêtais à lui dire au revoir.

— Oui ?

— Merci pour tout. Je me suis toujours sentie chanceuse que tu aies été mon assistante sociale.

— Tu es sérieuse ? répondit-elle, visiblement surprise.

— Oui. Tout le monde ne se souciait pas forcément de moi, mais toi, si.

— Eh bien, merci.

— Et je te promets de t'envoyer une carte postale.

— Je te prends au mot. Prends soin de toi, Skylar.

— Toi aussi. Au revoir, conclus-je avant de raccrocher.

Après avoir mis fin à l'appel, je me mouchai et fixai mon portable, qui reposait innocemment sur le bureau. J'avais déjà éteint les ordinateurs. J'étais seule, assise dans le bureau silencieux, la peur au ventre à l'idée de lire un simple e-mail.

Pourtant, je savais que je ne pouvais pas attendre. Je m'emparai brusquement de mon portable, puis j'ouvris mon application de messagerie électronique. Mes yeux se posèrent sur l'e-mail de Jolene.

Je pris une profonde inspiration, fermai les yeux un instant, puis les rouvris lentement.

Coucou, Skylar. Comme promis, voici la lettre. Je te l'enverrai également par la poste demain, maintenant que ton adresse est confirmée. J'avais préparé cet e-mail avant notre appel, en espérant que tu décrocherais.

Je suis vraiment fière de toi. Tu as un bon travail et je suis contente que tu sois là où tu as toujours voulu aller. Qu'on se reparle un jour ou non, j'espère que la vie sera plus tendre avec toi désormais.
Prends ton envol pour Emily.

Amicalement,
Jolene

Oh, waouh. Des larmes se remirent immédiatement à couler sur mes joues. Je m'essuyai le visage avec un mouchoir et j'ouvris la lettre scannée qui se trouvait en pièce jointe. Mon souffle se bloqua lorsque mes yeux tombèrent sur l'écriture familière d'Emily.

Chère Skylar,
Les médecins m'ont dit hier que je n'allais probablement pas survivre. J'ai attrapé une sorte d'infection qui s'est répandue dans tout mon corps et je me sens vraiment très mal. J'ai accepté mon sort, mais tu vas terrible-ment me manquer. Si le paradis existe, je veillerai sur toi depuis là-haut. Promis. Considère-moi comme ton ange gardien.
Je te demande de me faire une dernière promesse. Essaie de te faire des amis. Toi et moi savons bien que la seule personne qui peut mettre de l'ordre dans ta vie, c'est toi-même. Je sais que tu n'as pas eu de chance avec les hommes. C'était notre cas à toutes les deux. Mais si quelqu'un de bien se présente, donne-lui sa chance. Quant aux connards, laisse-les où ils sont. Ils n'en valent pas la peine.
J'espère que la chance te sourira un jour. Quoi qu'il en soit, prends soin de toi. Fais-toi passer en premier.
J'espère que tu iras en Alaska comme on l'a prévu. Le bail est déjà signé et je t'ai envoyé un e-mail avec toutes les informations nécessaires. N'oublie pas de l'ouvrir.

· · ·

Tape-m'en cinq,
Emily

Oh, Seigneur. Je pleurais tellement fort que ma respiration en devenait laborieuse. J'entendis le bruit sourd de mon portable, qui avait heurté le sol quand je l'avais fait tomber. Je ne parvins même pas à me pencher pour le ramasser. Je recroquevillai mes genoux sur ma poitrine, les entourai de mes bras et laissai tomber ma tête dessus. Je pleurai toutes les larmes de mon corps.

Le deuil, c'était vraiment une épreuve terrible. J'avais l'impression de me noyer. Par moments, je buvais la tasse, puis je reprenais une goulée d'air avant de lutter pour nager un peu, seulement pour replonger sous la surface.

Je n'entendis personne entrer, mais brusquement, je sentis qu'il y avait quelqu'un. Je levai la tête, pivotai lentement sur ma chaise, et sursautai en découvrant Tucker, immobile dans l'embrasure de la porte.

— Qu'est-ce que tu fais ici ? soufflai-je en reniflant.

— Tu vas bien ? demanda-t-il, ses yeux scrutant mon visage avec inquiétude.

Je poussai un soupir, consciente qu'il était inutile de tenter de minimiser la situation. — Bien sûr que non.

En un clin d'œil, il était agenouillé à côté de ma chaise.

— Qu'est-ce qui s'est passé ?

— C'est mon amie, celle qui est morte. Elle m'avait écrit une lettre à l'hôpital et mon ancienne assistante sociale a fini par la retrouver avant de me localiser. Enfin, c'était l'assistante sociale de l'hôpital qui l'avait. Il lui a fallu tout ce temps pour trouver quelqu'un qui me connaissait.

Je me sentis ridicule en lui expliquant tous ces détails.

— Je suis désolé, dit-il simplement.

Puis Tucker me prit dans ses bras et je nichai ma tête contre son cou. Je pris une profonde inspiration, laissant couler encore quelques larmes, mais sans me laisser complètement submerger.

Quelques minutes plus tard, je marmonnai quelque chose contre son torse.

— Quoi ? demanda-t-il.

— J'ai dit que je craque un peu trop souvent devant toi.

Sa main glissait de haut en bas de mon dos en un geste apaisant.

— Arrête de t'inquiéter pour ça. Perdre quelqu'un qu'on aime, c'est toujours une douleur immense.

Je relevai la tête et pris une inspiration, me risquant enfin à le regarder dans les yeux. Son regard était fixe et inquiet.

— Ça va ? demanda-t-il.

Je hochai la tête, puis je pris un autre mouchoir en papier pour m'essuyer les yeux et me moucher.

— Je dois te dire quelque chose, annonça-t-il en me regardant attentivement.

Je me préparai au pire.

— Écoute, si tu veux me dire qu'on devrait juste rester amis et garder nos distances, je me suis déjà faite à cette idée. Ne t'inquiète pas. Tu n'as pas à me dire quoi que ce soit.

— Hé, ce n'est pas ce que je voulais te dire, répondit-il, la main levée pour m'empêcher d'en dire plus.

Je poussai un soupir.

— Bon, d'accord.

Je fis un geste vers la chaise vide près de moi. Il s'appuya sur son dossier avant de se redresser et de la tirer vers lui pour s'asseoir.

— D'accord, finissons-en, dis-je en agitant ma main en l'air.

— J'avais une petite amie au lycée. On s'aimait, mais elle est morte quand j'avais dix-sept ans.

— Euh... Oh, waouh, je suis désolée.

Mon commentaire me sembla trop simpliste, mais je ne savais pas quoi lui dire d'autre.

— J'étais un peu distant parce que sa mère m'a envoyé une lettre. Avant de mourir, elle avait écrit des lettres pour ses proches et avait demandé à un avocat de les envoyer après un certain temps. Dans mon cas, l'attente a duré quinze ans.

— Oh, tu as trente-deux ans ? demandai-je, incapable de m'empêcher de m'attarder sur ce détail insignifiant.

Ses lèvres se soulevèrent en un sourire désabusé et il hocha la tête.

— Oui.

— Moi, j'en ai vingt-huit.

— C'est bon à savoir.

— Je suis désolée pour ta petite amie.

— Oui, moi aussi. Elle avait un sarcome d'Ewing, un putain de cancer. Le temps qu'il soit détecté, il s'était déjà propagé. On voulait tous qu'elle déjoue les pronostics, mais elle n'y est pas parvenue.

Il inspira brièvement, comme pour rassembler son courage. Je voulais le prendre dans mes bras et faire disparaître son chagrin.

— Je m'étais juré de ne plus jamais tomber amoureux. Je ne voulais pas, parce que la vie est injuste, cruellement injuste. Mais visiblement, je n'ai pas pu tenir ma promesse.

— Hein ?

— Je t'aime.

Les battements de mon cœur vibrèrent dans mon corps tout entier.

— Moi ? murmurai-je en reniflant et en regardant fixement Tucker.

Chapitre Trente-Huit

TUCKER

Skylar cligna des yeux, puis les plissa d'un air incrédule avant de secouer la tête.

— Non.

— Comment ça, non ?

— C'est impossible que tu m'aimes.

Sa voix rauque trahissait une pointe de douleur, tandis qu'une lueur stoïque persistait dans son regard.

— Je crois être bien placé pour savoir ce que je ressens.

Mon cœur se serra en constatant combien le doute s'était enraciné en elle. Elle semblait convaincue que personne ne resterait jamais à ses côtés. La vie avait dû lui enseigner qu'elle ne pouvait compter que sur elle-même, mais je voulais lui prouver le contraire, encore plus ardemment qu'avant.

Elle secoua à nouveau la tête, essuyant ses larmes avec ses jointures.

— Comment tu peux en être sûr ?

— Parce que je sais ce que ça fait d'aimer quelqu'un. Et je t'aime. *Toi.*

Elle pinça les lèvres.

— Je ne te crois pas, déclara-t-elle.

— Tu n'es pas obligée de me croire, mais je t'aime. J'en suis certain. Je sais que tu as mille raisons de douter de l'amour et moi, même si j'y crois encore, j'ai autant de raisons de ne pas vouloir retenter l'expérience. Mais rien de tout ça ne change le fait que je t'aime.

— Qu'est-ce que ça veut dire ?

— Tu peux préciser ta question ?

— Tu viens de dire que tu m'aimes. Qu'est-ce que ça veut dire ?

— Ça veut dire que tu me manques dès que je ne suis pas avec toi. Que je pense à toi presque constamment, sauf quand je suis totalement absorbé par autre chose. Que je veux que tu ailles bien, tout le temps. Que je veux être celui vers qui tu te tournes, peu importe si ta journée a été bonne ou désastreuse. Que je veux que toi aussi, tu sois cette personne pour moi. Que j'ai l'impression de décrocher le gros lot chaque fois que tu souris. Que je sais que la vie n'a pas été tendre avec toi. Ça arrive à tout le monde. Je t'aime comme tu es, un peu cynique.

Elle fit une moue dubitative.

— D'accord, peut-être très cynique, poursuivis-je. Un peu sceptique sur les bords. Si indépendante et si courageuse. Si loyale. Ça veut dire que je veux franchir un cap avec toi. Je veux que notre relation passe au stade supérieur.

— Parce qu'on en était à quel stade, au juste ? chuchota-t-elle.

— Au meilleur sexe de toute ma vie. Mais je ne veux plus m'interdire de tomber amoureux de toi. Je préfère lâcher prise, assumer mon amour et savoir qu'on peut faire face ensemble à ce que la vie nous réserve. Je suis prêt à nous donner une chance. Je me dis que la chance est peut-être de mon côté.

— Comment tu peux dire ça ? Tu étais amoureux d'une fille au lycée et elle est morte, lança Skylar d'un ton si direct qu'il aurait dû me blesser.

Mais je ne ressentis pas de chagrin. C'était plutôt comme une bouffée d'air frais vivifiante, un rappel factuel de ce qui s'était passé dans ma jeunesse.

— Justement. J'ai déjà eu ma part de malchance dans la vie,

alors je me dis que c'est peu probable que ça se reproduise. Il en va de même pour toi. Je ne m'attends pas à ce que tu me dises déjà que tu m'aimes aussi. Pour l'instant, j'espère simplement gagner ta confiance.

Skylar resta silencieuse pendant plusieurs longues secondes. Ses yeux cherchèrent les miens avant de se baisser. Lentement, elle dégagea ses bras de sa taille et croisa les mains devant elle. Elle inspira profondément, presque brusquement, comme pour rassembler son courage, puis releva les yeux vers moi.

— Je te fais déjà confiance, Tucker, murmura-t-elle.

— Vraiment ?

Son aveu me surprit. Je n'aurais jamais cru que Skylar faisait confiance à qui que ce soit. La foi et la confiance en autrui n'étaient pas des cadeaux qu'elle offrait aisément.

— Oui.

Elle baissa à nouveau les yeux et je vis ses épaules se soulever alors qu'elle aspirait une bouffée d'air. Lorsqu'elle croisa à nouveau mon regard, une vulnérabilité poignante se lisait dans ses yeux. Il me fallut un effort surhumain pour ne pas m'agenouiller devant elle, l'enlacer et lui murmurer que tout irait bien. D'une façon ou d'une autre, je ferais en sorte que tout aille bien, quitte à plier la volonté de l'univers à la mienne.

— Je ne veux pas te dire ça, mais je crois que je t'aime, dit-elle enfin d'une voix cristalline.

J'eus l'impression que mon cœur était devenu une paire de mains levées avec victoire vers le ciel.

— Avant, j'étais amoureuse de l'idée d'être amoureuse. Je croyais sans cesse l'être. Tout ce que je voulais, c'était être aimée par quelqu'un, peu importe qui. Et franchement, je n'étais pas très douée pour nouer des relations saines ou discerner les gens en qui je pouvais avoir confiance. Mais avec toi, j'ai essayé de ne pas être amoureuse de l'idée de tomber amoureuse. J'ai vraiment essayé de ne pas être désespérée, et en fait, je ne me sens pas désespérée. Du coup, je pense que je suis probablement vraiment amoureuse.

Elle déglutit et cligna rapidement des yeux. Pendant quelques secondes, son expression méfiante et vulnérable — une expression que je connaissais si bien — disparut alors que nous nous fixions l'un l'autre. Elle cligna à nouveau des yeux avant de les baisser.

— Merci.

— Merci pour quoi? demanda-t-elle en me regardant à nouveau, son expression presque timide.

— Pour m'avoir dit ce que tu ressentais et pour m'avoir fait confiance.

— Avec toi, c'est difficile de ne pas le faire, grommela-t-elle.

J'esquissai un sourire.

— Vraiment?

— Oui, tu es gentil, honnête et direct. Et puis, tu as de bons amis. Tout le monde dit que t'es un mec bien. Je ne sais même pas quoi en penser. D'habitude, je ne sors qu'avec des connards.

— Et si tu ne t'inquiétais pas pour ça?

— Je m'inquiète tout le temps. T'as intérêt à t'y faire. Parce que si tu ne peux pas gérer ça, mieux vaut renoncer à notre relation tout de suite.

— Je peux le supporter, dis-je en souriant.

Je me levai, fis les deux pas qui séparaient ma chaise de la sienne et la soulevai dans mes bras avant de me rasseoir.

— Qu'est-ce que tu fais? couina-t-elle.

— Je te serre dans mes bras.

— Oh.

Elle resta raide pendant une seconde avant de s'adoucir et de se détendre. Elle posa sa tête sur mon épaule et nous restâmes assis en silence. Après quelques instants, elle releva la tête et me regarda.

— Qu'est-ce qu'il y a? demandai-je.

— Je ne m'attendais pas à ça.

— Eh bien, moi non plus. Bienvenue au club.

Skylar sourit, et le bonheur éclatant dans son regard fit bondir mon cœur de joie.

J'avais envie de la raccompagner chez elle, mais elle me fit remarquer que c'était le soir du dîner du personnel à l'auberge.

— Tu es sûre de vouloir y aller ? demandai-je.

— Oui, tout le monde t'attend, expliqua-t-elle.

Je ris doucement.

— Tu as raison.

Nous nous rendîmes donc à l'auberge pour le dîner.

À la fin du repas, personne ne quitta la table et Daphné jeta un coup d'œil vers nous.

— Alors, tout va bien ?

Skylar leva les yeux vers moi.

— Tout va très bien.

— Dites-moi ce qui s'est passé, insista Daphné.

Je décidai de ne pas tourner autour du pot.

— Je suis tombé amoureux de Skylar.

Lorsque je baissai les yeux vers Skylar, je vis qu'elle était devenue toute rouge.

Daphné poussa un cri de joie. Tout le monde éclata de rire et je me souvins alors de quelque chose.

— Au fait, est-ce que quelqu'un a remarqué le porte-bagages dans le hangar, près des toilettes publiques ? demandai-je.

Flynn me lança un regard perplexe. Nora secoua la tête. Diego, quant à lui, hocha la tête. — Oh, oui. Je l'ai vu l'autre jour.

Je jetai un coup d'œil à Skylar.

— Tu vois, je te l'avais dit.

Skylar éclata de rire. Puis nous retournâmes enfin chez elle.

Chapitre Trente-Neuf

SKYLAR

Je me sentis émotionnellement exposée, comme si toutes mes défenses s'étaient effondrées. Aussi vulnérable que je me sentisse, je pensais chaque mot de ce que j'avais dit. Je faisais entièrement confiance à Tucker. Le fait que nous ayons tous deux reçu des lettres d'êtres chers — bien que la nature de nos relations fût différente — nous enjoignant de ne pas être stupides me sembla être un clin d'œil du destin.

À peine avions-nous franchi le seuil de ma porte que Tucker m'embrassait déjà, mon dos plaqué contre la porte. En réalité, c'était moi qui avais pris l'initiative, l'attirant brusquement à moi, parce que j'avais besoin de l'embrasser. J'avais besoin de cette sensation physique, presque viscérale.

Il se dégagea légèrement de mon étreinte et nos respirations saccadées emplirent l'air.

— Allons dans ta chambre, déclara-t-il en me regardant fixement.

— Moi, je suis très bien contre la porte, répliquai-je avec un sourire taquin.

Il laissa échapper un gloussement grave avant de me soulever dans ses bras et de me porter à travers le salon jusqu'à ma chambre. Il me déshabilla lentement. J'avais l'impression d'être un cadeau rien que pour lui.

Ses mains explorèrent mon corps. Son toucher, doux et sensuel, me faisait l'effet de flammèches sur ma peau, et des étincelles semblaient danser dans l'air autour de nous.

Il murmura des mots sexy, doux et salaces. Le temps qu'il m'allonge sur le lit et qu'il se penche sur moi, j'étais déjà en fusion, presque liquéfiée, et si consumée par le désir qu'une litanie de soupirs et de murmures implorants s'échappait de mes lèvres. Je n'étais pas du genre à supplier qui que ce soit, mais je ne m'étais jamais sentie aussi désespérée qu'à ce moment-là. Je m'étais toujours retenue un minimum, mais là, c'était différent.

L'insouciance qui avait toujours caractérisé mes expériences sexuelles semblait avoir disparu. C'était une expérience tellement intime que j'en fus presque submergée. Lorsque je sentis la pression de son membre contre mon centre, suivi du bruit de succion lorsqu'il me remplit, un cri m'échappa. Mon orgasme me surprit par sa rapidité et son intensité. Il me serra contre lui, m'accompagnant jusqu'au bout. Cette fois, il s'éleva avec moi vers un bonheur absolu.

Ensuite, il me garda dans ses bras et passa la nuit entière à mes côtés. Je me sentis à mille lieues de la solitude, si connectée à lui sur le plan émotionnel que j'avais presque l'impression de ressentir ses émotions, et lui les miennes.

ÉPILOGUE

Skylar

Un an et demi plus tard

Ludie se tenait derrière moi dans le miroir, la tête penchée sur le côté. Elle tendit la main et la passa sur l'arrière de ma chevelure.

— Tu es ravissante, et tu sais que je suis avare en compliments d'habitude.

Sa franchise me fit pouffer de rire. Elle m'aidait à me préparer pour mon mariage. Dan avait accepté de me conduire jusqu'à l'autel. Alors que je portais une véritable robe de mariée, ce qui me semblait encore un peu irréel, Ludie portait un simple pantalon décontracté avec un chemisier. Elle avait levé la main en me voyant, déclarant : « Tu ne me verras jamais mieux habillée que ça. »

Ma robe de mariée était sobre. Elle n'était pas blanche, mais c'était pour une bonne raison : je voulais porter ma couleur préférée, qui était aussi celle d'Emily, un bleu saphir profond.

Daphné avait pris sur elle de m'aider à choisir ma robe de mariée, gloussant et secouant la tête en affirmant qu'elle ne me faisait pas confiance pour m'en charger seule. Quand je lui avais demandé pourquoi, elle m'avait répondu : « Parce que tu ne réalises pas à quel point tu es belle, et tu chercheras à le dissimuler. »

J'avais finalement opté pour une robe fourreau en soie, ornée d'un élégant décolleté en V. Le bleu mettait en valeur mes cheveux foncés. J'avais renoncé à porter un voile parce que je pensais qu'il me gênerait, ce qui avait beaucoup amusé Daphné.

Ludie me fit pivoter. Elle posa ses mains sur mes épaules avant de les retirer pour caresser mes joues. Elle me surprit lorsqu'elle se pencha pour m'embrasser rapidement sur la joue.

Au cours de l'année qui s'était écoulée depuis que Tucker m'avait fait sa demande en mariage, j'avais appris beaucoup de choses sur Ludie et Dan, notamment qu'ils avaient perdu leur fille à la suite d'une surdose accidentelle de médicaments. Bien entendu, sa mort leur avait brisé le cœur.

Ludie m'avait confié qu'elle avait l'impression que j'étais devenue leur seconde fille. « Notre fille de cœur », avait-elle dit avec émotion.

Chaque fois que j'y pensais, je manquais de fondre en larmes.

— Tu as fait le bon choix, dit-elle en relâchant mes joues pour poser ses mains sur ses hanches.

— C'est Daphné qui a choisi ma robe.

— Eh bien, heureusement qu'elle était là, parce que tu l'aurais regretté si tu m'avais demandé de la choisir pour toi, mais je ne parlais pas de la robe. Je parle de Tucker. C'est un homme bien, et il est fiable. Quand on est jeune, on ne sait pas quelles qualités chercher chez un partenaire, dit-elle en gloussant.

Je savais pertinemment que Tucker était le seul homme vraiment décent avec qui j'avais été en couple. Évidemment, j'étais peut-être un peu sévère envers les hommes auxquels je m'étais accrochée désespérément quand j'étais plus jeune. J'étais jeune et stupide, mais eux aussi. Aucun de nous ne savait vraiment ce qu'il voulait. Peut-être que certains d'entre eux étaient toujours des connards, mais d'autres avaient sans doute fini par devenir des hommes bien.

Tucker était *vraiment* un homme bien, et parfois, j'avais encore du mal à croire qu'il m'aimait. L'une des choses que j'appréciais le plus chez lui était sa franchise. Quand il me faisait un compliment, je savais qu'il était sincère.

— Je suis contente que tu le penses. J'ai confiance en toi, alors je sais que tu me l'aurais dit si j'étais tombée amoureuse d'un homme peu recommandable.

Ludie me regarda en silence pendant quelques instants avant de hocher vigoureusement la tête.

— Mon opinion compte, mais ne vis jamais ta vie en fonction de ce que pensent les autres. La mienne ne compte que parce que je t'aime. Si tu avais choisi un mauvais partenaire, je lui aurais donné un coup de pied au cul et je l'aurais chassé de ta vie.

J'éclatai de rire, ce qui valait mieux que d'éclater en sanglots. Je ne voulais pas gâcher le joli fard à paupières violet que Daphné m'avait appliqué. Il était subtil et mettait mes yeux en valeur.

— Dan t'attend. Il porte un costume, chuchota Ludie en se penchant vers moi, comme si elle me confiait un grand secret.

Je voyais encore Ludie et Dan presque quotidiennement, même si nos rôles s'étaient inversés. Ils m'avaient confié les rênes de l'entreprise. Je n'avais finalement pas eu besoin d'un prêt bancaire, car ils avaient refusé de vendre l'entreprise. J'avais toutefois collaboré avec Garrett pour m'assurer que tout était en ordre sur le plan juridique. Même si la charge de travail de Ludie et Dan avait considérablement diminué, ils passaient encore presque tous les jours pour s'assurer que tout allait bien. J'adorais les voir. Leur présence, en plus de m'aider à m'orienter sur le plan logistique, m'avait énormément soutenue pour surmonter l'anxiété liée à la gestion d'une entreprise.

— Merci pour tout, Ludie, dis-je en souriant.

Pendant une seconde, je crus voir des larmes briller dans ses yeux.

Le reste de l'après-midi passa à toute vitesse. Je me rappelai la main de Dan posée sur mon coude tandis qu'il m'accompagnait jusqu'à l'autel. Je me rappelai m'être arrêtée devant le petit cercle de proches réunis en l'honneur de Tucker et de moi. Un treillis de fleurs nous entourait et l'océan scintillait sous le soleil éclatant en arrière-plan.

Tout ce que je retenais de la cérémonie, c'était le moment où j'avais plongé mon regard dans les yeux bleu ciel de Tucker. Je me rappelai l'avoir entendu dire «Je le veux», avoir répété ces mêmes mots et réussi à retenir mes larmes. La crainte de ruiner mon maquillage avait été la seule chose qui m'avait retenue de pleurer.

Je gardais un souvenir plus vif de la réception que de la cérémonie. Alors que mes nouveaux amis portaient un toast en mon honneur, j'avais regardé autour de moi et pris conscience de ma réussite. Je m'étais installée en Alaska seule. J'avais appris que les familles ne se limitaient pas aux liens de sang et je m'en étais fait une.

J'avais accompli le rêve qu'Emily et moi avions imaginé. Elle me manquait encore et elle me manquerait toujours. Mais j'avais tenu ma promesse envers elle et, plus important encore, envers moi-même.

Cette nuit-là, nous dormîmes dans mon appartement, et le lendemain, Tucker nous fit décoller à destination de Fireweed Harbor, une petite ville pittoresque du sud-est de l'Alaska qui promettait d'être magnifique. Nous avions réservé une chambre dans un centre de villégiature privé et je ne tenais plus en place. Tucker avait proposé des vacances sous les tropiques, mais je n'en avais pas envie. J'adorais l'Alaska. C'était chez moi.

Ce soir-là, nous sortîmes sur le petit balcon de mon appartement. Je m'appuyai sur la rambarde, levant le menton pour sentir la brise salée de l'océan fouetter mes joues. Je sentis Tucker arriver derrière moi et glisser ses bras autour de ma taille.

— Salut, murmura-t-il.

Je levai la tête et jetai un coup d'œil par-dessus mon épaule.

— Salut, répondis-je avec un sourire.

— Comment tu te sens ? demanda-t-il.

— Plutôt bien. Et toi ?

— C'est tout ? Tu peux faire mieux, non ? plaisanta-t-il.

Je me retournai dans ses bras.

— D'accord, je me sens merveilleusement bien, répondis-je avec légèreté, et c'était la vérité.

Il baissa la tête et effleura mes lèvres avec les siennes.

— Non, parfaitement bien, parce que je suis encore mieux que ça, murmura-t-il contre ma bouche.

— Alors, t'es prêt ? lançai-je.

— Prêt pour quoi ? demanda-t-il en se redressant.

— Pour le premier jour du reste de notre vie. On est officiellement une équipe maintenant.

Ses yeux reflétaient les rayons de lune qui baignaient la nuit de leur lumière argentée. Je posai ma main sur sa poitrine, un geste que j'avais pris l'habitude de faire. C'était ma manière de m'ancrer, de me rappeler qu'il était là, qu'il était réel et qu'il était à moi. Sous ma main, je sentis les battements puissants et réguliers de son cœur.

— Bien sûr que je suis prêt.

Depuis le jour où j'avais cessé de nier mes sentiments pour Tucker, notre parcours émotionnel avait été tout sauf une ligne droite. J'avais du mal à croire que quelque chose de bon pouvait m'arriver. Même si Tucker avait retrouvé la foi plus facilement que moi, je surprenais parfois son regard assombri par le doute. Je savais qu'il comprenait mieux que quiconque ce qu'était le deuil, et que s'autoriser à aimer de nouveau signifiait accepter chaque jour le risque de revivre cette douleur.

Parfois, dans mes pensées, je remerciais son ancienne petite amie de lycée. J'aurais souhaité qu'il n'ait jamais eu à la perdre, mais j'étais reconnaissante pour la lettre qu'elle avait écrite en apprenant qu'elle allait mourir. Sans elle, je ne savais pas s'il aurait osé prendre ce risque un jour. Et de la même manière, je ne savais pas si j'aurais pris ce risque sans la lettre d'Emily. C'était fascinant de constater comment certaines personnes peuvent transcender l'espace et le temps pour nous offrir un petit coup de pouce.

. . .

Inscrivez à ma newsletter ! Ça fait quelques années qu'Amelia et Cade se sont retrouvés dans Brûle Pour Moi, livre 1 dans Au Cœur des Flammes Série. Profitez de cette tranche de vie, tirée de leur avenir.

Cette scène n'est disponible que pour les abonnés à la newsletter. Cliquez sur le lien ci-dessous.

Merci d'avoir lu l'histoire de Tucker & Skylar - j'espère que vous l'avez aimée !

Inscrivez à ma newsletter ! Vous pouvez lire deux scènes exclusives de mes autres séries :

Emmène-moi là-bas: Scène bonus: https://BookHip.com/LMZNBZK

Ou inscrivez-vous à ma newsletter directement ici : https://jh-croix.ck.page/45405038d4

Découvrez l'histoire de Harley & Grant dans le prochain tome de la série Des risques à prendre.

1-click: Liens irrésistibles

À PROPOS DE L'AUTEUR

J.H. Croix est une auteur sur la liste des meilleures ventes USA Today, elle vit dans le Maine avec son mari et leurs deux chiens gâtés. Croix écrit des romances contemporaines à couper le souffle avec des femmes fortes et des hommes alphas qui n'ont pas peur de montrer leurs émotions. Son amour des petites villes et des personnages qui y vivent habite sa prose. Baladez-vous dans les folles romances de ses bestsellers!

jhcroixauthor.com